हिन्द पॉकेट बुक्स

पराजय

कृश्न चन्दर हिन्दी और उर्दू के कहानीकार थे। उनका जन्म 23 नवंबर 1914 को वजीराबाद, ज़िला गूजरांवाला (अब पाकिस्तान) में हुआ था। उनका बचपन पुंछ (जम्मू और कश्मीर) में बीता। उन्होंने अनेक कहानियाँ और उपन्यास लिखे हैं। उनके जीवनकाल में उनके बीस उपन्यास और 30 कथा-संग्रह प्रकाशित हो चुके थे। उन्होंने रेडियो नाटक और फिल्मी पटकथाएँ भी लिखीं। 1973 की प्रसिद्ध फिल्म मनचली के संवाद उन्हीं के लिखे हुए थे। उनकी भाषा पर डोगरी और पहाड़ी का प्रभाव दिखता है। उनकी कहानी पर धरती के लाल (1946) और शराफत (1970) जैसी फिल्में बनीं।

1969 में उन्हें पद्मभूषण से सम्मानित किया गया था। उन्होंने मुख्यतः उर्दू में लिखा, किन्तु भारत की स्वतंत्रता के बाद हिन्दी में लिखकर राजभाषा के प्रचार-प्रसार में योगदान दिया। उनका निधन 8 मार्च 1977 को मुंबई में हुआ था।

पराजय

कृश्न चन्दर

हिन्द पॉकेट बुक्स
पेंगुइन रैंडम हाउस इम्प्रिंट

हिन्द पॉकेट बुक्स

यूएसए। कनाडा। यूके। आयरलैंड। ऑस्ट्रेलिया। सिंगापुर
न्यू ज़ीलैंड। भारत। दक्षिण अफ्रीका। चीन

हिन्द पॉकेट बुक्स, पेंगुइन रैंडम हाउस ग्रुप ऑफ़ कम्पनीज़ का हिस्सा है,
जिसका पता global.penguinrandomhouse.com पर मिलेगा

पेंगुइन रैंडम हाउस इंडिया प्रा. लि.,
चौथी मंजिल, कैपिटल टावर -1, एम जी रोड,
गुड़गांव 122 002, हरियाणा, भारत

पेंगुइन
रैंडम हाउस
इंडिया

प्रथम संस्करण हिन्द पॉकेट बुक्स द्वारा 1967 में प्रकाशित
यह संस्करण हिन्द पॉकेट बुक्स में पेंगुइन रैंडम हाउस द्वारा 2022 में प्रकाशित

10 9 8 7 6 5 4 3 2

ISBN 9789353495275

मुद्रकः रेप्रो इंडिया लिमिटेड

www.penguin.co.in

FSC www.fsc.org MIX Paper from responsible sources FSC® C047271

This is a legitimate digitally printed version of the book and therefore might not
have certain extra finishing on the cover.

पराजय

एकाएक सूरज पश्चिम में अस्त हो गया और दूर जहां तक दृष्टि जा सकती थी, एक सुन्दर, मनोहर वादी फैलती गई। सूरज के मछुए ने अंतिम बार अपना स्वर्णिम जाल वादी की गहराइयों में फेंका और नीले जंगलों से ढके हुए चट्टान, पर्वत, धान के खेत...नदी का चमकीला पानी, लकड़ी के छोटे-छोटे पुल, नाशपातियों के सुनहरे झुंड आकाश के स्वर्णिम जाल में घिरे हुए दिखाई दिए। वायु मन्दगति से रुक-रुककर बह रही थी, मानो उसका मीठा मंद श्वास भी उसी जाल में उलझकर रह गया हो। स्वयं अपने मुख पर श्याम ने उस रंगीन और लचीले ताने-बाने की कोमलता अनुभव की, जैसे वह स्वर्णिम जाल उसके गालों पर से फिसलता हुआ पश्चिम की ओर जा रहा हो। सूरज के मछुए ने वादी का सारा सोना, उसका सारा सौन्दर्य, रंगीन मछलियों की भांति अपने जाल में समेट लिया था और अब वह उसे पश्चिम की ओर खींचे लिए जा रहा था। यह जाल अब पर्वत के शिखरों से नीचे घिसटता और घने जंगलों पर से फिसलता सुनहरी वादी में फैले हुए धान के खेतों की ओर आ रहा था और अपने पीछे एक उदास-सी कालिमा फैलाता जा रहा था। श्याम ने सोचा कि किसी एक व्यक्ति को कैसे यह अधिक़ार है कि वह इस प्रकार वादी के समस्त सौन्दर्य पर कब्ज़ा कर ले और यहां से जाते समय इसे अपने साथ समेट ले जाए? उसका जी चाहा कि पश्चिम अस्ताचल में अन्तरिक्ष के इस छोर से उस छोर तक ऐसा बांध बना दिया जाए ताकि सौन्दर्य का यह प्रवाह उस ओर न जाने पाए और वादी के सौन्दर्य के अन्तिम क्षण अपनी अनुपम छवि ज्यों की त्यों बनाए रहें। परन्तु अस्ताचलगामी सूर्य उसकी इस कोरी कल्पना पर यों मुस्करा दिया कि कुछ ही मिनटों में सारी वादी पर एक धुंधली-सी कालिमा छा गई। पश्चिम में लालिमा

की एक रेखा-मात्र रह गई—जाल का अन्तिम किनारा। उसके खच्चर की गरदन के बाल, जो कुछ क्षण पूर्व ज्वाला की भांति लहराते हुए दीखते थे, अब रूखे-सूखे बालों की एक बदसूरत-सी पट्टी नजर आने लगे, और उसने सोचा कि अधिक समय तक इस दर्रे की चोटी पर खच्चर की पीठ पर बैठे-बैठे अपनी आकांक्षाओं की असफलता पर विचार करना व्यर्थ है, अब आगे चलना चाहिए।

गुलाम हुसैन ने जो उसके निकट ही दूसरे खच्चर पर सवार था, आगे की ओर झुककर और वादी की तरफ हाथ फैलाकर कहा, "यह मान्दर की वादी है और वह—मान्दर की नदी के उस पार कचहरी है। रात होते-होते हम वहां पहुंच जाएंगे। तहसीलदार साहब आपका इन्तज़ार कर रहे होंगे।"

तहसीलदार साहब, नटखट रवि, नन्ही निम्मी और उसकी माता आज सभी उसकी प्रतीक्षा में थे। उनके उत्सुकतापूर्ण मुंह उसकी आंखों के आगे घूमने लगे। निम्मी की भोली मुस्कान, उसके नेत्रों का आश्चर्य, रवि की चंचलता, उसके घंघराले बाल और उसका उन बालों को बार-बार झटकने का वह ढंग, उसकी माता का चौड़ा माथा, सीधी मांग और काले केशों में चमकते हुए चांदी के तार, पतली भवों के तले शान्त पुतलियां और पपोटों की कोरों पर पतली, महीन-सी झुरियां, अधेड़पन के आगमन के चिह्न, नेत्रों में परेशानी...एक अज्ञात भय और एक स्पष्ट-सी उत्सुकता से कहीं अधिक ममता नज़र आती थी। उन सबके ऊपर झुका हुआ उसके पिता का चेहरा, तीखी, परेशान और दयाप्रार्थी आंखें जिनमें कभी प्रसन्नता की चमक, कभी चिन्ता की बदली, कभी शासन का अभिमान—जैसे उन आंखों में सारा संसार अपराधी हो, मज़बूत ठोड़ी जिसे वे अपनी अंगुली से सहला रहे थे।

वह पूरे एक वर्ष के बाद अपने घरवालों से मिलने आ रहा था। पिछली गर्मियों की छुट्टियों के बाद जब वह कालेज पहुंचा तो उसके पिता की तबदीली हो गई थी। तबदीली भी और बढ़ती भी—और वे मान्दर में तहसीलदार के पद पर थे। एक वर्ष में भला घरवालों में तो क्या परिवर्तन आया होगा ! हां, यह स्थान नया था। धीरकोट तो बिल्कुल घुट-घुटी-सी जगह थी...शीत, बरफ से ढकी तथा पाले की मारी हुई। परन्तु इस वादी की छाती असीमित थी, जिसमें

बल खाती हुई एक छोटी-सी नदी भी बह रही थी। अच्छा स्थान होगा ! छोटी बहिन और भाई किस उत्सुकता से उसका मार्ग देख रहे होंगे ! कभी-कभी माताजी भी तो घाटी के किनारे आकर इस टेढ़ी-मेढ़ी सड़क पर आनेवाले सवारों में अपने बेटे को ढूंढती होंगी...

दर्रे के ढलवान से उतरकर अब वे एक सीधी पगडंडी पर आ गए थे। अब चारों ओर अन्धकार छा चुका था—अन्धकार तथा सुनसान। हां, कभी-कभी खच्चरों के पांव पत्थरों से टकरा जाते और खच्चरवाला अपने थके और क्षीण स्वर में कह उठता, "होश, नूरी, होश !"

उसके मन-मस्तिष्क पर एक प्रकार की निद्रा-सी छा गई। केवल नाक में बार-बार किसी उष्ण सुगन्धि की लपटें आती थीं, जिनसे उसने अनुमान लगाया कि वे बासमती के धान के खेतों के निकट से निकल रही हैं। बासमती के धान की सुगन्धि कितनी स्निग्ध और भली होती है !

एकाएक उसकी प्यास चमक उठी। उसने गुलाम हुसैन की ओर देखा जो अपने खच्चर पर पत्थर की मूर्ति की तरह स्तब्ध बैठा था।

"गुलाम हुसैन, इधर कोई चश्मा नज़दीक होगा? बड़ी प्यास लगी है..."

"बस, कोई दस-पन्द्रह कदम आगे। यह भी अच्छा ही हुआ कि आपको यहीं आकर प्यास लगी, नहीं तो..."

दस कदम के बाद खच्चरों के पांव स्वयं ही रुक गए। शायद खच्चर भी प्यासे थे। यहां एक छोटी-सी बावली थी। बड़ी-बड़ी शिलाओं के मध्य में पानी चमक रहा था। ऊपर वृक्षों का घना झुण्ड था। मेंढक टर्रा रहे थे। वह एक शिला पर घुटनों के बल बैठ गया और प्याला चश्मे की ओर बढ़ा दिया।

"इस चश्मे में जोंके हैं, राही !" किसीने कहा।

वह चौंककर पीछे हटा और शिला पर खड़ा हो गया। अंधेरे में, जिसे वृक्षों के झुण्ड ने और भी गहरा कर दिया, वह उस लड़की को न देख पाया जिसका शरीर लम्बा, धनुष जैसा तना हुआ और छातियां उभरी हुई थीं और चमकीली आंखें, मानो पत्थर की शिलाओं में चमकता हुआ पानी।

वह अपने सिर पर एक मटकी उठाए हुए थी और उसके बिल्कुल निकट खड़ी थी।

"इसमें...इस चश्मे में जोंकें हैं ?"

लड़की ने सिर हिलाया—"हां जोंकें...जो अंधेरे में पानी पीनेवाले परदेसियों के कण्ठ में उतर जाती हैं, नाक में चली जाती हैं और कभी-कभी दिमाग में भी..." वह हंसी।

उसके मन में उस 'धनुष' के तिरछे तीरों के प्रति दिलचस्पी उत्पन्न हो गई। कहने लगा, "अगर जोंकें दिमाग में चली जाएं, तो फिर क्या होता है ?"

वह बोली, "वही होता है जो वृक्ष को दीमक लग जाने से होता है !"

"क्या मतलब ?"

"वृक्ष गिर जाता है, दीमक बाकी रहती है...लो पानी पिओ।"

वह अपनी मटकी उंड़ेलकर उसे पानी पिलाने लगी। क्षण-भर के लिए उसने उसके नयनों की श्यामल चमकीली गहराइयां देखीं, मानो एक व्याकुल हंस-युगल उड़ने को तैयार हो। पर दूसरे ही क्षण मूर्तिवत् वह मटकी संभाले खड़ी थी। सहसा उसे ध्यान आया कि वह पानी तो पी चुका है।

"तुम्हारा नाम क्या है ?" उसने पूछा।

"मेरा नाम चन्द्रा है। मेरा घर वृक्षों के उस झुण्ड से परे घाटी के ऊपर है। मैं अपनी मां के साथ रहती हूं, जो विधवा है। हमारे घर में एक कुत्ता भी रहता है। उसका भी नाम जानना चाहते हो ? शेरा है उसका नाम; परदेसियों और बदमाशों को मार भगाने में वह सचमुच एक शेर है !"

वह हंसी, परन्तु उस हंसी में अपमान की स्पष्ट झलक थी और स्वर में व्यंग्य पूर्णतया जाग्रत् था।

यह गर्व, यह आत्माभिमान, यह चैलेंज !

वह खच्चर पर सवार होने लगा।

सहसा चन्द्रा ने पूछ लिया, "और तुम्हारा क्या नाम है ?"

"जोंक !" मुस्कराकर उसने कहा और फिर खच्चर को एड़ी लगाकर हवा हो गया।

भागते हुए खच्चर पर से उसने पीछे मुड़कर देखा तो वह 'धनुष अभी तक वहीं जमी हुई थी।

गुलाम हुसैन कहने लगा, "यह लड़की बड़ी हरामज़ादी है। किसीसे ब्याह नहीं करती, किसीके काबू में नहीं आती। इसकी विधवा मां को पटवारी तीन हजार रुपया देता था। इस कीमत पर यह 'घोड़ी' बुरी भी न थी, लेकिन वह बेवकूफ विधवा न मानी। गांववालों ने इन दोनों को गांव से निकाल रखा है। इसकी मां ने दूसरी जाति में शादी कर ली थी। ब्राह्मण होकर एक चमार से शादी! वह जम्मू से यहां आया था। यह चन्द्रा उसीकी बेटी है। चमार मर गया। अब यह लड़की है और इसकी मां। एक छोटा-सा टुकड़ा ज़मीन का है। जिसपर इनका निर्वाह होता है। गांव के लोग इनसे बड़ी नफरत करते हैं और शरीफ लोग तो इन्हें अपने घरों में नहीं घुसने देते। बड़े बुरे दिन काट रही है। दिन फिर सकते हैं अगर विधवा इस छोकरी को बेच डाले। पर वह तो एक मूर्ख है जी। जैसी मां वैसी बेटी!"

वह गुलाम हुसैन की बातें सुनता गया और खच्चर धीरे-धीरे आगे बढ़ते गए और वादी के बदलते हुए चित्र हृदय-पटल पर अंकित होते गए।

2

मान्दर की नदी पार करने के बाद रास्ता एक पगडण्डी के रूप में धान के खेतों में से गुज़रता था और उसके आगे थोड़ी दूर जाकर एक टीले पर से यह मार्ग उतना ऊबड़-खाबड़ न रह जाता था। उसने दाई रिकाब से अपना पांव निकाल लिया और ऊपर से बाईं ओर ले जाकर बड़े आराम से काठी पर बैठ गया। अब उसके हाथ में खच्चर की लगाम थी और दोनों पांव एक ओर लटके हुए थे। थोड़ी देर के लिए उसने अपनी कमर सीधी की। हैट को उतारकर आगे रख लिया और फिर सारा शरीर ढीला छोड़ दिया। खच्चर धीरे-धीरे टीले पर चढ़ आया। यहां नाशपाती का एक टेढ़ा-मेढ़ा पेड़ था और पगडण्डी के दोनों ओर मक्की के खेत थे। मक्की के भुट्टों की सोंधी-सोंधी गन्ध उसकी नाक में घुसती गई। एक लड़की

भैंस का दूध दुह रही थी, उसके निकट एक गूजर खड़ा था। यहां एक मकान था। एक लाला धोती बांधे, नंगी खाट पर घुटने ऊपर रख हुक्का पी रहा था। निकट ही एक बुढ़िया चूल्हे में लकड़ियां चुन रही थी। आटा गूंधकर पास धरा था। पास ही दो गायें रंभाने लगीं और एक बछिया पेशाब करने लगी। आग, धुआं, गोबर, मुंज, हुक्के की गुड़गुड़ाहट, भुट्टों की सोंधी-सोंधी गन्ध और झाड़ियों पर खिले हुए गुलाब के फूल, नीलधारी की बेलें, जिनपर सैकड़ों चिड़ियां शोर मचा रही थीं—यह सभी कुछ उसके मस्तिष्क पर इस प्रकार छा गया कि वह बिलकुल विचारशून्य-सा होकर ऊंघने लगा। उसके शरीर की हर हरकत खच्चर की चाल से सम्बद्ध हो गई और उसके दोनों पांव बेतरह झूलने लगे। सहसा उसके निकट से दो बच्चे चिल्ला उठे और वह गिरते-गिरते संभला। उसका छोटा भाई और उसकी बहिन निम्मी खुशी से तालियां बजाते हए चिल्ला रहे थे—"बड़े भइया आ गए—बड़े भइया आ गए—आहा—आहा !" रवि तथा निम्मी ने आगे बढ़कर खच्चर की लगाम पकड़ ली और वह उछलकर नीचे आ गया और उसने दोनों को एकसाथ उठाकर अपनी छाती से लगा लिया। निम्मी की आंखों में प्रसन्नता की चमक थी और उसके कटे हुए बाल उसके कन्धों पर गिर रहे थे। रवि के भूरे-भूरे गालों पर हल्की लालिमा छा गई और उसने अपनी दोनों बांहें अपने भाई के गले में डाल दीं और बोला :

"मेरे लिए चाकू लाए ?"

"और मेरी मोटर ?" निम्मी कह उठी।

उसने मुस्कराकर कहा, "हां !"

फिर उसने धीरे से दोनों को नीचे उतार दिया और कहा, "अब मुझे रास्ता तो दिखाओ..." एक बगीची में मन्नो और शमशाद के वृक्ष थे, गुलशिब्बो और पीली चमेली के फूल। उनकी सुगन्धि ने उसकी तन्द्रा को तोड़ दिया और उसने देखा कि वह बगीची एक छोटे-से बंगले के सामने थी। बंगले के बरामदे में चेचक के दागों से भरे हुए चेहरेवाला एक व्यक्ति खड़ा मुस्करा रहा था। रवि ने उसकी ओर देखकर अपना हाथ हिलाया और कहा, "बड़े भइया आ गए। चेचक के दागोंवाले व्यक्ति ने उसे सलाम किया। सलाम का जवाब दे वह आगे

बढ़ा। यहां एक बाग था, जो नया ही लगाया हुआ जान पड़ता था। काफी अन्तर पर लगाए हुए छोटे-छोटे पेड़। चारों ओर लकड़ी की रेलिंग थी और उसके सामने एक बड़ा बंगला था जिसकी बागवाली दीवार से पहाड़ी अंजीर का एक वृक्ष लगा हुआ था और उसके साथ हा नाशपातियों के कुछ पेड़ फलों से लदे झुके जा रहे थे। गुलाम हुसैन आगे निकल गया और निम्मी और रवि उसी तरह शोर मचाते उसके साथ भीतर चले गए।

उसने अपने माता-पिता के पांव छुए। उसकी माता की आंखों में आंसू चमकने लगे और पिता के होंठों पर एक ऐसी सजल-सी मुस्कान थिरक उठी जो आंसुओं तथा मुस्कान के बीच कांपती हुई प्रतीत होती थी। अपने माता-पिता के पांव छूते समय न जाने क्यों उसे अपने कालेज का कैम्पस याद आ गया, जिसके बीच में पीपल का एक पेड़ था और जहां एक बैंच पर उसने इस्टिला को प्रेम की शपथ दी थी। इस्टिला ने कहा था कि तुम मुझे भूल जाओगे, और उत्तर में उसने कहा था कि कोई अपने प्राणों को भी भूल सकता है...लेकिन ईसाई लड़कियों के प्रेम का भी क्या विश्वास ? उसके इस भोंडे मज़ाक पर इस्टिला का मुख लाल हो उठा था और इस गुस्ताखी पर उसे क्षमा मांगनी पड़ी थी...परन्तु उस आंगन में उस समय उसे इस्टिला क्यों याद आ रही थी ?

एकाएक उसकी माता की आवाज़ उसके कानों में पड़ी, "बेटा, यह तुम्हारी बुआ हैं छायादेवी !" एक लम्बे और इकहरे शरीर की स्त्री उसके सिर पर हाथ फेरने लगी। उसकी वाणी में यौवन था और थी नारीत्व की आभा। हां, आंखों के नीचे हल्की-हल्की झुर्रियां थीं। उसने सोचा, अपने समय में बुआ भी सौन्दर्य की प्रतिमा होगी... माताजी भी कमाल करती हैं, जहां जाती हैं, मेरे लिए बुआएं, मौसियां, चाचियां, बहिने आदि ढूंढ़ निकालती हैं। बुआ ! अब भी इसका कद-बुद, रंग-रूप ऐसा है कि कइयों पर जादू कर दे।

छायादेवी ने कहा, "और यह तेरी बहिन है वंती !" वंती सबसे पीछे खड़ी थी। अपना नाम सुनकर संकोच से वह और भी पीछे हट गई। फिर उसने अपने दोनों हाथ जोड़कर आंखें झुका लीं और वह वंती को देखकर सब कुछ भूल गया।

माताजी कह रही थीं, "और यह तेरी चाची मथुरादेवी हैं और यह चाची हुसना बेगम, यहां के नायब तहसीलदार साहब की पत्नी ! ये माताजी हैं पंडितानी, सरूपकिशनजी के घर से। वे करीमा माली की अम्मा हैं। बेटा, इन सबको पैरी-पौना करो ! सन्तराम, बसन्तराम किधर मर गया ! इस कमरे में श्याम के लिए पलंग बिछा दे; और हां, बिस्तर के ऊपर वह चादर बिछाइयो जो अभी निम्मी और वंती ने मिलकर काढ़ी थी। बेटा, रास्ते में कोई कष्ट तो नहीं हुआ ? हमने इसीलिए गुलाम हुसैन को भेज दिया था। सोचा, तुम्हारे लिए यह जगह नई है, रास्ते में तकलीफ न हो। यों यह जगह बहुत अच्छी है, पर..."

माताजी बातें ही बातें किए जा रही थीं। स्त्रियां, जो उसे देखने आई थीं, अब चलने की तैयारी कर रही थीं। आंगन में शोर मच रहा था, परन्तु उन तमाम चेहरों और आवाज़ों के समूह में उसे केवल एक चेहरे का विशेष अनुभव हो रहा था। अनजाने ही वह वंती के लज्जाशील नेत्रों को निहार रहा था। वंती मानो छाया का यौवन थी—उसके खिलते हुए सौंदर्य का पूर्ण चित्र और शायद इससे भी कुछ अधिक वह मुस्कान जो वंती की अपनी ही थी। उसके हंसने का ढंग सबसे निराला था। उसे उन्हीं दो नेत्रों का अनुभव हो रहा था जो उस जनसमूह में दो शर्मीले सितारों की भांति चमक उठते थे और पुनः उसी समूह में विलीन हो जाते थे।

जब सब लोग चले गए और मौसी छायादेवी भी जाने लगीं तो उसकी माता ने कहा, "बहिन, अब भोजन करके ही जाना। तुम्हें तो मांस पसन्द भी है और फिर आज...पर आज मांस और चावल पके हैं, इसके साथ कदम का अचार !"

वह अपने कमरे में चला गया और वस्त्र उतारकर कमर सीधी करने के लिए लेट गया। उसकी आंखें आप ही आप बंद हो गईं। किसी आहट से जब उसकी निद्रा भंग हुई तो उसने देखा कि खाट के निकट ही वंती खड़ी है जो छूटते ही बोली, "मेरी गुरगाबी का दूसरा पांव नहीं मिलता।"

उसने अपनी खाट के नीचे से गुरगाबी को ढूंढ निकाला। बड़ी तेजी के साथ वह गुरगाबी पहनने लगी। उसका मुख कानों तक लाल हो गया, परन्तु

जितनी शीघ्रता से वह कमरे से निकलना चाहती थी उतनी ही गुरगाबी के लेस बटन में से निकल-निकल जाते थे। 'अंह' कहकर वंती ने पांव झटक दिया।

"लाओ, मैं बांध दूं यह फीता!"

पांव के बिल्लौरी उभार पर फीता बिल्कुल फिट आया। ऊपर दो गोल टखने थे। टखनों पर नज़र जाते ही उसकी दृष्टि से बावली के किनारे खड़ी, पानी भरनेवाली युवती के व्याकुल पक्षी फड़फड़ाने लगे। पीपल के नीचे पड़ा हुआ बैंच और इस्टिला के गुलाबी कपोल... और अपनी उंगलियों में तेज़ खून की गरमी से जलन-सी अनुभव होने लगी...परन्तु फीता लग चुका था, वंती उसी क्षण कमरे से बाहर चली गई और उसे अनुभव हुआ मानो उसने बिजली की चमक को लपकते देखा हो; मानो उसने तीर को धनुष से निकलते देखा हो और देखा हो आकाश के अन्धकारों में एक टूटते हुए सितारे को—प्रकाश की रेखा खींचते।

जब वह खाना खाकर सोया तब भी कितनी ही देर तक उसकी आंखों में प्रकाश की रेखा खिंची रही।

3

दूसरे दिन प्रातः जल्दी ही उसकी आंख खुल गई। उसके कमरे की खिड़की पूरब की ओर खुलती था। तारे अभी पूर्ण रूप से फीके न पड़े थे और दूर क्षितिज पर कालाधारी के शिखर पर प्रभात का तारा चमक रहा था। खिड़की के इर्द-गिर्द की बेल कुण्डल बनाए सो रही थी। उसके चौड़े-चौड़े हरे पत्तों पर ओस की बूंदें टपकी हुई थीं। अंगूर के गुच्छों में उसने एक बुलबुल को सोए देखा। बुलबुल की चोंच अंगूर के दानों पर टिकी थी और उसके पंख ओस से भीगे हुए मालूम होते थे। वह एक अंगड़ाई लेकर बिस्तर से बाहर निकला और बाग में चला गया। यह तहसील तो बड़े सुन्दर स्थान पर बनी है, उसने अपने मन में कहा—कई एकड़ भूमि होगी। चारों ओर एक विस्तृत बाग था जिसके मध्य में कचहरी और तहसीलदार का बंगला था। थोड़े-से अन्तर पर एक और छोटा-सा बंगला था। एक ओर नौकरों के क्वार्टर थे और लकड़ी की रेलिग से

परे मक्की के खेत थे और दूर घाटी पर घास लहलहा रही थी। घाटी से नीचे उतरकर धान के खेत थे, फिर वही मान्दर की नदी और उसके बाद वही मार्ग जिधर से वह कल आया था।

अभी चारों ओर गहरी निस्तब्धता छाई थी। बाग में दाऊदी के फूलों की क्यारियां किसी रंगीन शतरंज की तरह बिछी थीं। कश्मीरी सेब अभी गुलाबी न हुए थे और फ्रेंच सेब तो अभी बिल्कुल हरे थे। उनके निकट ही आड़ुओं के वृक्षों का एक छोटा-सा झुण्ड था। इस झुण्ड के साथ सौंफ के पौधे खड़े थे और इनसे परे नीलोफर की कंटीली झाड़ियां। यहां हरियाली इतनी अधिक और छाया इतनी घनी थी कि यह स्थान सारे बाग से अलग-थलग, अन्धकारमय और सुनसानसा दिखाई देता था। न जाने माली इस ओर क्यों ध्यान नहीं देता, अन्यथा यहां थोड़ी-सी जगह साफ करके यदि चबूतरा-सा बना दिया जाए तो दोपहर के समय पढ़ने के लिए यह स्थान उपयुक्त रहे... यह सोचता हुआ वह घाटी से नीचे उतरने लगा। भीगी हुई लम्बी घास पर फिसलन अधिक होने से वह शीघ्र ही घाटी के नीचे जा पहुंचा। यहां एक मार्ग बटकों के वृक्षों में से गुजरकर नदी की ओर जाता था। वह उसी मार्ग पर हो लिया। जहां बटकों के वृक्षों की पंक्ति समाप्त होती थी। वहां एक खेत की बाड़ के निकट उसने एक युवती को देखा जो गाय-भैंसों और भेड़-बकरियों का रेवड़ खेत में से बाहर निकाल रही थी। उसके पीछे उसे एक लम्बा-सा युवक दिखाई पड़ा। उसका रंग गोरा था। आंखें कंटीली तथा मूछे ऊपर की ओर मुड़ी हुई थीं। उसने सफेद रंग की सलवार और खुले कालर की कमीज़ पहन रखी थी। उसने युवती के कान में कुछ कहीं और स्वयं ऊपर की ओर मुड़ गया। मुड़ते समय उसकी गरदन पर बायें जबड़े के पास श्याम को एक गहरी चोट का निशान दिखाई पड़ा। युवती का रंग उड़ गया और वह श्याम की ओर आश्चर्य और क्रुद्ध नेत्रों से देख रही थी। उसका सिर नंगा था और उसने काले रंग की सोसी का कुरता तथा उसी कपड़े की भारी सलवार पहन रखी थी। उसके पांव नंगे थे और हाथ में छड़ी थी। उसका रंग खिलता-सा था, नयन-नक्श अत्यन्त आकर्षक थे। ठोड़ी गोल न थी बल्कि उसमें अत्यन्त सुन्दर झुकाव था जिससे उस युवती के

दढ़ संकल्प का प्रदर्शन होता था। उसने श्याम को ऐसे कुछ नेत्रों से देखा कि वह कुछ क्षणों के लिए ठिठक गया।

वह बोली, "यह कौन-सा रास्ता है ? यह रास्ता तो हमारे घर में से गुजरता है...तुम किधर जाना चाहते हो ?"

"मैं...मैं नदी पर जाना चाहता हूं और...

"मै तहसीलदार साहब का लड़का हूं। कल ...कल ही आया हूं। क्षमा कीजिए ! मुझे रास्ता बता दीजिए !"

युवती ने आंखें झुका लीं। वह उसके साथ हो लिया।

"तुम्हारा नाम क्या है ?"

"तुम्हें मेरे नाम से मतलब ?' वह तनकर बोली।

"वे शायद आपके पति थे। वे गोरे-चिट्टे जवान, जिनकी गरदन पर किसी चोट का निशान है। जो अभी-अभी आपसे अलग हुए थे..." श्याम ने शरारत-भरे ढंग से कहा।

"नहीं, वे यहां के थानेदार हैं, यार अहमद खां। वे भी आप ही की तरह रास्ता भूलकर इधर आ निकले थे," उत्तर देते हुए उसका मुख कानों तक लाल हो उठा और वह ज़ोर-ज़ोर से भैंसों को पीटने लगी।

नदी पर पहुंचकर वह रेवड़ को पानी में से गुज़ारने लगी। यहां नदी का पाट चौड़ा हो गया था और जहां-तहां पानी में से नीले पत्थर सिर निकाले झांक रहे थे। गाय-भैंसे यहीं से गुजर रही थीं। इस स्थान से ऊपर लगभग सौ गज़ के फासले पर एक बड़ा-सा बांध था जहां पानी सोया हुआ-सा प्रतीत होता था। इस बांध के ऊपर पानी एक ढलान से नीचे बहता था और इस बांध में दाखिल हो जाता था।

"इस बांध का क्या नाम है ?"

"संथाल !"

"तैरने के लिए बहुत अच्छी जगह मालूम होती है।"

"क्या कहा ?"

"कुछ नहीं; आई एम वैरी सॉरी।"

युवती मुस्कराने लगी, "मैं यहां हर रोज़ नहाती हूं और इन ऊपर की चट्टानों

में छलांग लगाती हूं। इस समय यहां कोई नहीं होता। आज तुम आ गए हो। चाहे तुम तहसीलदार के बेटे ही हो, लेकिन तुम्हें हम गरीबों को इस तरह तंग न करना चाहिए।'

श्याम ने कहा, "तुम मुझे अपना नाम बता दो, मैं अभी लौट जाऊंगा। मैं तो यों ही सुबह सैर करने को निकला था, कोई काम न था और...आखिर नाम बताने में हर्ज ही क्या है ? तुम न बताओगी तो मैं तहसीलदार साहब से पूछ लूंगा।"

"नूरां," उसने छड़ी को वायु में फेंकते हुए कहा

और वह मार्ग पर मुड़ गया।

4

जनसंख्या की दृष्टि से मान्दर एक गांव था। परन्तु तहसील का मुख्य स्थान होने के कारण इसमें वह सभी कुछ मौजूद था जो एक कस्बे में होता है। थाना, तहसील, अस्पताल, चुंगी की चौकी, जंगलों का स्थानीय आफिस, शराब और अफीम का ठेका अर्थात् राज्य के समस्त मुख्य विभाग यहां मौजूद थे। बाजार में सोडावाटर की एक दुकान भी थी। यह बाज़ार रोड़ी-नाले और मान्दर नदी के बीच एक तंग-सी तलहटी में स्थित था और बाढ़ में दो बार बह चुका था। परन्तु दुकानदारों को न जाने यह स्थान क्यों इतना प्रिय था कि दो बार अपना सब कुछ बाढ़ को भेंट चढ़ चुकने के बाद भी उन्होंने पुनः इसी स्थान पर बाज़ार बनाया था।

वास्तव में रोड़ी-नाले और मान्दर नदी के संगम पर मान्दर गांव की सीमा शुरू होती थी। इसलिए बाजार बिल्कुल मौके पर था, क्योंकि बाहर से आनेवाले गूजर और किसान सबसे पहले इसी बाजार में आते थे और इससे पूर्व कि सरकारी अफसर उन्हें फांस लें, बाज़ारवाले जहां तक उनसे बन आता था, उनका रुपया हथिया लेते। रोड़ी-नाले के उस पार छाया का घर था और उसके भाई जियालाल की दुकान। इस तरह रोशन और उसकी बहिन गांव की सीमा से बाहर थे। उनके घर के बिल्कुल निकट से मान्दर नदी एक खतरनाक बल खाकर मुड़ती थी। यह नदी उत्तर-पूरब से आती

थी। मीलों तक विस्तृत खेत फैले हुए थे और दूर पूर्वी क्षितिज पर नीलाधारी की चोटी सिर उठाए खड़ी थी।

बाजार के पश्चिम में एक विस्तृत मैदान था। यह मैदान चरागाह के रूप में इस्तेमाल होता था। दौरे पर आनेवाले अफसरों के कैम्प भी यहीं लगते थे और जब कभी कोई मेला होता तो वह भी इसी स्थान पर जुटता था। इस मैदान से परे पश्चिम में एक और ऊंची घाटी थी जिसपर पंडित सरूपकिशन का घर था। वहां और भी बहुत-से ब्राह्मणों के घर थे। घाटी की चढ़ाई पर भी धान और मक्की के खेत थे। यह चढ़ाई ऊंची होती-होती एक ओर तो रहड़े के गांव से जा मिलती थी और दूसरी ओर उतराई उतरकर मान्दर के बड़े मैदान तक चली जाती थी जहां तहसील, सरकारी दफ्तर आदि थे। यहीं साहूकार-महाजनों के घर थे। दक्षिण-पश्चिम में यह घाटी घटते-घटते एक और छोटे-से मैदान में जा मिलती थी जिसके अन्तिम छोर पर मान्दर की नदी चक्कर काटकर आ मिली थी। मानो मान्दर गांव एक द्वीप था जिसके तीन ओर यह नदी थी और पश्चिम में रहड़े के गांव का पहाड़ था। इस दक्षिण-पश्चिमी मैदान में तीन निर्मल जल के चश्मे बहते थे। गांववालों की भावना इन नामों से प्रकट होती थी जो उन्होंने चश्मों के रख छोड़े थे। सबसे बड़े चश्मे का नाम 'छुआरा' था; छुआरा अर्थात् खजूर। उससे छोटे चश्मे को लोग 'बादाम' के नाम से पुकारते थे। तीसरे और अन्तिम चश्मे को लोग 'मोतीचूर' कहते थे। मोतीचूर और दूसरे दोनों चश्मों का पानी खेतों में से बहता हुआ मान्दर नदी में जा गिरता था। यहां मन्नो के पेड़ों का एक झुण्ड था और दो पनचक्कियां। मन्नो के पेड़ों में झूले पड़े हुए थे और इस झुण्ड की छाया में दोपहर के समय चरवाहे अपने रेवड़ों-सहित सोया करते थे। कभी-कभी जब तरंग उठती तो चरवाहिने झूले बढ़ातीं और मन्नो की टहनियों को छूने का प्रयत्न करतीं। चरवाहे घण्टों पानी में खड़े हाथों से मछलियां पकड़ने की कोशिश करते और कई तो इस काम में इतने निपुण हो गए थे कि हाथों से पकड़कर या कंकर मारकर मछली को पानी में घायल कर देते, यहां तक कि वह अधमुई होकर ऊपर आ जाती। फिर वहीं कहीं चूल्हा गरम किया जाता और पनचक्कीवाले से तवा मांगकर मछलियां भूनी जातीं। मक्की की रोटियां, हरी मिरचे और प्याज़।

वह सोचने लगा कि इन चरवाहों के जीवन में जहां डकराती हुई काली भैंसे और फटे-पुराने कपड़े हैं, वहां अलगोजों का जंगली संगीत, एक अल्हड़ आवारापन और रस्मो-रिवाज से मुक्त प्रेम की अमिट भावना भी मौजूद है। वह मन ही मन अपने सभ्य शहरी जीवन की इस बर्बर जीवन की प्रसन्नता से तुलना करने लगा।

5

अब उसका यह नियम-सा हो गया कि दोपहर के खाने के बाद वह वृक्षों के उस झुण्ड में आ बैठता और कोई पुस्तक पढ़ता रहता। करीम माली से कहकर उसने छोटा-सा चबूतरा बनवा लिया था। वह स्थान बाग से अलग-थलग और बिल्कुल ओट में था। दोपहर पुस्तकें पढ़ते अथवा ऊंघते-ऊंघते सो जाने में व्यतीत हो जाती। कभी-कभी किसी टहनी से वह एक-दो आड़ तोड़ लेता और चाकू से काटकर खाने लगता। सौंफ के पौधों की हल्की-हल्की सुगन्धि सारे वातावरण में फैली हुई मालूम होती और कभी पत्तों में छिपी हुई कोई बुलबुल चहचहा उठती। प्रकृति अत्यन्त रंगीन और मनोहर नज़र आती और उसे अपने मन की गहराइयों में सुखद संतोष और नशे का सा अनुभव होता।

सहसा उसके कानों में एक आवाज़ आई, "सलाम बाबूजी !"

उसने आंखें खोल दीं। बुलबुल का नगमा कहीं दूर विलीन होता गया। एक औरत हाथ में दरांती लिए सौंफ के पौधों के पास खड़ी थी। वह युवा थी, परन्तु यौवन में अधेड़पन के चिह्न भी झलक रहे थे। जैसे वह समय से पूर्व ही युवावस्था में पहुंच गई थी और अब समय से पूर्व ही युवावस्था से निकलकर अधेड़पन में प्रवेश करना चाहती थी। उसका माथा चौड़ा था, मांग सीधी थी, परन्तु कानों पर बाल अगणित मेढ़ियों में गुंथे हुए थे। उन मेढ़ियों को गूंथकर उसने उन्हें कानों के ऊपर लपेट रखा था। कपोलों पर भूरी-भूरी झाइयां थीं, होंठ नीले थे। हां, आंखें अब भी सुन्दर थीं। परन्तु भंवों के किनारों पर आंखों में बल्कि सारे चेहरे पर ही एक ऐसी निराशा की छाप थी, जैसे उस औरत ने जीवन

में कई उतार-चढ़ाव देखे हों। गरदन का चमड़ा ढलक रहा था और उसे छिपाने के लिए उसने हरे मनकों की छः लड़ियोंवाली माला पहन रखी थी। ऐसी माला जो किसी युग में मलका 'मेरी' की तस्वीरों में नज़र आती थी। लाल छींट की कमीज़ के नीचे छातियां ढलकी हुई थीं। रंग कभी गोरा होगा, अब जैसे उस रंग में किसीने कीचड़ मिला दिया था।

"मेरा नाम सैयदां है। मैं करीम माली की बहू हूं," वह दरांती हिलाते हुए बोली, "अब्बाजी ने मुझे भेजा है कि मैं यहां सौंफ के इन पौधों को काट दूं।"

"अच्छा, तो तुम सैयदां हो !" वह सैयदां की रामकहानी गुलाम हुसैन से सुन चुका था, परन्तु अब तक उसने सैयदां को देखा न था। हां, सम्भवतः ऐसी औरत ही सैयदां हो सकती थी। "अच्छा तो तुम ही सैयदां हो !" उसने अपने शब्दों पर जोर देते हुए कहा ताकि सैयदां जान जाए कि वह उसे जानता है—"अब्दूल की बीवी !"

"जी हां !" सैयदां ने आंखें नीची कर लीं और अपनी कमीज़ को कोने पर से खींचने लगी।

"आओ बैठो," उसने कहा, "ज़रा ध्यान रहे, कहीं सौंफ के सभी पौधे न काट फेंकना, नहीं तो इस कुंज की सारी सुगंध जाती रहेगी। जुरा-जरा छिदरा कर दो।"

सैयदां सौंफ के पौधे काटने लगी। थोड़े समय बाद उसने बिना किसी झिझक के पूछ लिया, "मैंने सुना है, तुम अपनी शादी के कुछ दिन बाद किसी पुलिस के सिपाही के साथ भाग गई थीं?"

"हां, यह सच है," उसने उकताई हुई सी आवाज़ में उत्तर दिया।

"फिर क्या हुआ ? तुम लौट क्यों आईं ? क्या उसने तुम्हें छोड़ दिया या तुम्हें उससे प्रेम न था ?"

वह पौधों को काटते-काटते रुक गई और दरांती को धरती पर रखकर बोली, "मुझे उससे प्रेम था या शायद वह दिन ही और थे—" उसने एक.दीर्घ निश्वास छोड़ते हुए कहा—"तब वह मुझे बहुत प्यार करता था।"

"फिर ?"

"हम दोनों यहां से भाग गए। वह पुलिस में नौकर था। उसके खिलाफ

रिपोर्ट हुई। अगवा का केस था। मैं किसी दूसरे की ब्याहता थी। हम दोनों कसूरवार थे। जंगलों में मारे-मारे फिरते थे। फिर हम यहां से बचकर दूर दूसरे इलाके में चले गए जहां हमें कोई न पहचानता था।"

कुछ क्षणों तक सन्नाटा रहा।

फिर वह बोली, "मैं तो गरीब घर की लड़की थी। मेहनत-मजूरी कर सकती थी, लेकिन वह पुलिस में रह चुका था, मुफ्त का माल उड़ाने और लोगों को धमकाने का उसे चसका था और वह एक भागे हए अपराधी की तरह घूम रहा था। उसे अपनी नौकरी छिन जाने का बहुत दुःख था।"

"लेकिन तब भी वह तुम्हें प्यार तो करता ही होगा ?"

"हां, बहुत प्यार करता था !" वह कटु स्वर में बोली, "फाके कराता था, हर रोज़ पीटता था, हर रोज रात को...साथ सोता था... थोड़े ही दिनों मैं ज़िन्दगी अजीर्ण हो गई। फिर मैं उसे छोड़कर भाग आई। यहां मेरे खाविन्द ने मेरे साथ कोई बुरा बर्ताव नहीं किया।" वह एकदम चुप हो गई और पौधों को छिदरा करने लगी।

उसने कहा, "सच है, प्रेम को भी रोटी की ज़रूरत है। प्रेम भी, चाहे वह कितना ही पवित्र क्यों न हो, केवल...एकसाथ सोने के सहारे नहीं जी सकता। प्रेम को भी रोटी चाहिए।"

"जी हां बाबूजी, जब तक पेट में रोटी न हो, कोई बात नहीं सूझती... लेकिन आदमी जवानी में, जब खून में आग होती है, कभी न कभी कोई ऐसी बात कर बैठता है जिससे उसे उम्र-भर पछताना पड़ता है...यह आपके यहां जो छाया आई है, इसके साथ भी एक ऐसी ही घटना घट चुकी है।"

"मौसी छाया के साथ ?" उसने आश्चर्य से पूछा।

"जी हां !" उसने विश्वासपूर्ण स्वर में और ईर्ष्यायुक्त प्रसन्नता से कहा, "इसी आपकी मौसी छायादेवी के साथ ! यह पहले अपने खाविन्द के साथ मौज़ा गोराह में रहती थी। वहां इसका मास्टर अमजद हुसैन से, जो इन दिनों यहां स्कूल में पढ़ाता है, प्रेम हो गया था। काफी दिनों तक इस बात की चर्चा रही। यह घर से भागकर दो दिन उसके पास भी रही, लेकिन बाद में

इसके खाविन्द ने बहत शोर मचाया तो अमजद हुसैन को चुपके से गोराह से खिसकना पड़ा। आपको नहीं पता इस बात का ?"

"नहीं तो !"

"सारा गांव इस बात को अच्छी तरह जानता है। बिरादरी इसे अच्छी नज़रों से नहीं देखती। गांव के बाहर रोड़ी-नाले पर इसने अपना मकान बना रखा है। इसके खाविन्द ने इसे छोड़ रखा है और अब यहां अपनी लड़की वंती के साथ रहती है। जियालाल इसके बड़े भाई का नाम है। वह इन दोनों मां-बेटियों की रखवाली करता है, नहीं तो अगर बिरादरी का बस चले तो नंगा करके निकलवा दे। ये ब्राह्मण लोग बड़े ज़ालिम होते हैं। मगर सच तो यह है कि यह भी बड़ी दिलवाली औरत है। क्या मजाल है, किसीके सामने दबके रहे। इसके खाविन्द ने इसे प्रायश्चित्त करने को कहा था, लेकिन यह न मानी। यहां की बिरादरी कहती है कि प्रायश्चित्त करो और अपनी लड़की को पंडित सरूपकिशन के लड़के दुर्गादास से ब्याह दो; मगर यह औरत है कि न प्रायश्चित्त करती है, न अपनी लड़की का हाथ पंडित सरूपकिशन के लड़के के हाथ देने पर राज़ी होती है। गांव के बाहर अपने भाई के साथ इसकी अलग दुकान है। वहां खुद दुकान पर बैठती है और सब ग्राहकों से बड़ी चतुराई से निबटती है। और देखिए न! यहां की बिरादरी भी नाराज़ है तो क्या, इसने पलड़ा बराबर रखने के लिए यहां के सब सरकारी अफसरों से बना रखी है। देखिए आपके घर में किस तरह आती-जाती है ! मौसी बनी हुई है, चुड़ैल कहीं की, कुटनी ! कैसे हर वक्त लतर-लतर बातें करती है ! पहले तहसीलदार के घर में भी इसी तरह बुआ-बहिन बनी हुई थी। दूसरे अफसरों के यहां भी बेरोक-टोक आती-जाती है। दुपट्टा देखिए किस तरह संवारकर ओढ़ती है, एक पल्लू टखनों तक आता है ! किस बांकेपन से मटक-मटककर चलती है, ममोले की तरह ! मुझे इसकी चाल नहीं भाती। आखिर औरत को थोड़ी-बहुत तो शरम चाहिए, लेकिन इसने तो बिल्कुल ही लाज गंवा दी है।"

उसने सैयदां की नारी-ईर्ष्या की उपेक्षा करते हुए कहा, लेकिन यह इन ब्राह्मणों से मेल-मिलाप क्यों नहीं कर लेती ? आखिर इसे इस गांव में रहना है, इन्हीं लोगों के साथ। अफसर लोग तो चलती-फिरती छाया हैं। आज यहां,

कल यहां। और फिर सरकारी ओहदेदारों का क्या ठिकाना ! प्रायश्चित्त कर ले, हर्ज क्या है ?"

"प्रायश्चित्त कैसे करे ?" सैयदां ने और निकट सरककर कहा, "असल में बात यह है कि अब भी इसका अमजद हुसैन से सम्बन्ध है। वह चाहे इसकी इतनी परवाह न करता हो, लेकिन यह उसपर जान देती है। वह अब भी इसके घर आता-जाता है। यह उसकी हर तरह खातिर करती है। अगर उसे रुपये-पैसे की ज़रूरत हो तो भी इन्कार नहीं करती। अमजद हुसैन विवाहित है। सुना है उसका लड़को उधर आपके लाहौर में पढ़ता है। यह उस लड़के के लिए भी खर्च देती है। मालदार औरत है...हां आं ! दुकान बड़ी अच्छी तरह चलाती है। बड़े-बड़े चतुर महाजनों के कान काटती है, बल्कि मेरे विचार में तो इसके भाई जियालाल की दुकान भी इतनी अच्छी न चलती होगी। ग्राहकों को मीठी-मीठी बातों से लुभा लेती है।"

श्याम ने कहा, "प्रायश्चित्त करे—यहां कौन पूछता है, और वंती की शादी भी पंडित सरूपकिशन के लड़के से कर दे। बस फिर चैन ही चैन है।"

सैयदां ने उसकी हां में हां मिलाते हुए कहा, "बाबूजी, यों देखा जाए तो इसमें हर्ज ही क्या है ! दुनिया में ऐसा ही होता है। अब इस पंडित सरूपकिशन ही को लो। मैंने अपने जीवन में ऐसा कमीना आदमी कभी नहीं देखा। यों तो जब देखो, माथे पर तिलक लगाए रहता है। सफेद अचकन, सफेद साफा...होंठों पर गम्भीर मुस्कराहट; हमेशा बगुलाभगत नज़र आता है। लेकिन बाबूजी क्या बताऊं—बड़ा बदमाश है। सैयदां सब कुछ जानती है, इस गांव के बच्चे-बच्चे की रग से वाकिफ है। क्या आप जानते हैं कि पंडितजी वंती का गौना क्यों मांगते हैं ? इसलिए कि और कोई इनके लड़के दुर्गादास को लड़की नहीं देता। यद्यपि यहां ब्राह्मणों की बिरादरी के सरदार हैं, लेकिन और कोई मंगनी नहीं आती। इनके लड़के से सभी कन्नी काटते हैं। आपने दुर्गादास को देखा है—दाईं आंख से काना है और लंगड़ाकर घिसटता हुआ चलता है। बड़ी अजीब शक्ल है उसकी।"

यह कहकर सैयदां खिलखिलाकर हंस पड़ी। फिर सहसा उसने अपने होंठों पर हाथ रखकर अपनी हंसी को रोक लिया और मुस्कराते हुए बोली,

"योंही आपका इतना समय नष्ट किया और मुझे भी अभी यह सारा झुण्ड ठीक करना है।"

और वह तेज़-तेज़ हाथों से दरांती चलाने लगी।

6

जुलाई के अन्तिम दिनों में जब घाटियों की लम्बी-लम्बी घास में सरकंडे निकलने लगे, हरी नाशपातियों में मीठा रस उतरने लगा और सेबों पर लालिमा आने लगी—उसे नायब तहसीलदार ने शिकार पर। आमन्त्रित किया। यद्यपि बन्दूक वह अच्छी तरह चला लेता था, परन्तु शिकार में उसे विशेष मज़ा न आता था और न ही किसी वृक्ष के ऊंचे मचान पर बैठकर जंगल के निहत्थे पशुओं को गोली से घायल करने को वह मानवी वीरता की पराकाष्ठा मानता था। परन्तु नायब तहसीलदार अलीजू जहां एक सुशिक्षित और भावुक व्यक्ति था वहां एक निपुण शिकारी भी था और दस-पन्द्रह दिन के बाद शिकार पर जाना उसका नियम था। इस बार श्याम ने इसलिए निमन्त्रण स्वीकार कर लिया कि शिकारगाह मन्दिर से बहुत निकट थी। कोई तीनचार मील की दूरी पर सवाई का घना जंगल था जहां तीतर, लूमड़, सूअर और रीछ बहुत मिलते थे। उसने सोचा, चलो पिकनिक ही रहेगी। फिर नायब तहसीलदार अलीजू उसे पसन्द भी था। प्रायः उससे साहित्य और दर्शन सम्बन्धी रोचक बहसें हुआ करती थीं— समय आसानी से कट जाएगा।

वह रात उन्होंने सवाई के जंगल में व्यतीत की। एक छोटे-से तल्ले पर खेमा लगाया और उसके चारों ओर एक घेरे के आकार में आग सुलगा दी। आग के निकट चौकीदार भी बिठा दिए, ताकि खटका होने पर तुरन्त सूचना दे दें।

नायब तहसीलदार अलीजू एक दिलचस्प व्यक्ति था, दर्मियाना कद, भारी-भरकम शरीर, जो मदिरा-सेवन से और भी भारी होता जा रहा था, सांवला रंग और चग्गी दाढ़ी। पांचों वक्त नमाज़ किया करता था। निचले जबड़े में बाईं ओर होंठों के कोने के निकट एक दात टूटा हुआ था और जब अनजाने वह ज़ोर से सांस खींचता तो उस टूटे हुए दांतवाले स्थान से एक विचित्र सीटी की सी

आवाज़ उत्पन्न होती। दर्शन और साहित्य में भी काफी पहुंच थी; हकीमी का भी शौक था।

"लेकिन आप हकीम कब से बने ?" श्याम ने खेमे के परदे को रस्सी से बांधते हुए पूछा।

वे दोनों अपने-अपने बिस्तर पर लेटे थे। अलीजू अपने टूटे हुए दांत से सीटी बजाते हुए बोला—"हूं।"

"मैंने कहा, आप हकीम कब से बने ?"

"बात असल में यह है श्याम साहब, कि मैं पुराने विचारों का आदमी हूं। पुराने ज़माने में आपको मालूम है कि हकीमी, दर्शन और साहित्य एकसाथ ही पढ़ाए जाते थे। असल में हकीमी, दर्शन और साहित्य एक ही विद्या समझी जाती है। यह तकसीम तो अंग्रेज़ों के वक्त की है, वरना पहले एक हकीम कवि भी होता था और दार्शनिक भी। श्याम साहब, यह विद्या की बेहूदा तकसीम जो आप आजकल देख रहे हैं, पश्चिमी सभ्यता ही का दोष है। ज़िन्दगी बदतर होती जा रही है..."

"यों कहिए कि ज़िन्दगी बेहतर होती जा रही है। इस विद्या में अब इतनी वृद्धि हो चुकी है कि हमें इसके तीन भाग करने पड़े हैं, और अब ये तीनों विषय साहित्य, दर्शन और हकीमी इतने विस्तृत हो गए हैं कि किसी एक का अध्ययन भी बरसों का काम है, इससे कम नहीं। इसे मनुष्य की उन्नति समझिए।" श्याम ने उत्तर दिया।

"मनुष्य की उन्नति नहीं, मैं तो इसे बेढंगेपन की उन्नति समझता हूं। एक हकीम उस वक्त तक ठीक हकीम नहीं हो सकता जब तक वह थोड़ा-बहुत साहित्यिक और दार्शनिक न हो; और इसे ही मैं एक अच्छे साहित्यिक और दार्शनिक के लिए ज़रूरी समझता हूं। उसे विद्या के बाकी इन दो पहलुओं का भी ज्ञान होना चाहिए, वरना उसका अध्ययन और विश्लेषण अधूरा रह जाएगा।"

अलीजू ने दो-एक जम्हाइयां लीं और फिर करवट बदलकर खुर्राटे लेने लगा। परन्तु श्याम की आंखों में नींद न थी। वह खेमे का परदा खोलकर बाहर निकल आया, क्योंकि खेमे के अन्दर उसे अपना दम घुटता हुआ सा मालूम हो रहा था। वह एक आरामकुरसी पर बैठ गया। सामने की कुरसी पर नायब

तहसीलदार का शिकारी कुत्ता ऊंघ रहा था जो आहट पाते ही चौंका, गुर्राया और फिर उसे पहचानकर अपने कान ढीले छोड़ दिए और पूर्ववत् ऊंघने लगा।

आग के घेरे से हल्का-हल्का धुआं उठ रहा था। कभी-कभी ज्वाला की मानो जिह्वाएं ऊपर की ओर लपक उठतीं। दो चौकीदार बन्दूकें हाथों में लिए पहरा दे रहे थे। घेरे से परे अन्धकारमय जंगल खड़ा था—अपने समस्त भेद और रहस्य छिपाए हुए—मूक, डरावना, एक अंधेरी दीवार की तरह जिसमें कहीं भी कोई छिद्र दिखाई न देता हो, जिसमें कहीं से प्रकाश की कोई किरण भीतर न आ सकती हो।

वह सोचता-सोचता सो गया और जब उठा तो प्रभात हो चुका था। अन्धकार छंट रहा था, हवा में ताज़गी थी, आग का घेरा बुझकर राख हो चुका था। चौकीदार इसी घेरे के निकट थककर सो गए थे और दूर ताड़ के दो छोटे-छोटे वृक्षों के बीच एक रीछनी अपने छोटे-छोटे बच्चों के साथ खेल रही थी।

7

"आज आप बहुत सवेरे जाग गए ?" अलीजू ने पूछा।

"जी हां, कुछ ऐसी ही बात है, रात नींद भी अच्छी तरह नहीं आई।"

"शायद नई जगह सोने की वजह से," नायब तहसीलदार ने चिन्ता प्रकट करते हुए कहा, "वैसे आपकी तबीयत तो ठीक है न ? मेरे ख्याल में अगर आप एक जोशांदा पी लें तो...यहीं जंगल में से जड़ी-बूटियां मिल जाएंगी। बनफ्शे के फूल और पत्तियां, बीज, जंगली सौंफ, पोदीना और सुंबलू की जड़ें। बस, एक बार पीने से ही आपकी तबीयत ठीक हो जाएगी।"

श्याम चुप रहा। सोचने लगा, अब जोशांदा तो पीना ही पड़ेगा। इन्कार करना व्यर्थ है।

"ओ हरी ! हरी, राधे, मोहनसिंह, गल्ले ! कहां मर गए सब ?"

मोहनसिंह दौड़ता हुआ आया और हाथ जोड़कर कहने लगा, "क्या हुकुम है हुजूर ?"

"देखना मोहन !" अलीजू ने अत्यन्त चिन्ता-भरे स्वर में कहा, "आपके लिए एक जोशांदा तैयार करना है। यहीं जंगल ही में सब चीजें मिल जाएंगी। बनफ्शे के फूल और पत्तियां, बीज और सुम्बलू की जड़ें, जंगली पोदीना और सौंफ—सोंफ तो शायद इस जंगल में मुश्किल ही से मिलेगी। जो हो, बाकी बूटियां तो ज़रूर मिल जाएंगी। शाबाश, अभी दो मिनट में यह हो जाए !"

"अभी लीजिए सरकार !"

वह चला गया तो श्याम ने अलीजू से कहा, "बड़ा खूबसूरत जवान है।"

अलीजू बोला, "राजपूत है, अपने शरीर का बड़ा ध्यान रखता है। शिकार का बड़ा शौकीन है। मन्दिर में इसकी अपनी ज़मीन भी है और एक पनचक्की भी। मैं जब भी शिकार के लिए आता हूं, यह ज़रूर मेरे साथ आता है। बहुत शील-स्वभाव का लड़का है। अभिमान और अकड़ तो नाम को भी नहीं।"

श्याम ने जोशांदा पिया, अलीजू ने चाय। इसके बाद गल्ले शिकारी ने आकर कहा, "हुजूर, मचान पर तशरीफ ले चलिए, चाढ़ शुरू की जाए।"

नायब तहसीलदार साहब बोले, "भाई, चाढ़ के लिए हांकिए बहुत कम हैं। अगर आप और मोहनसिंह मदान और पीर के गांव से कुछ आदमी और ले आएं तो ज़रा चाढ़ का मज़ा रहेगा, वरना यह मचान तो शायद योंही बंधा रहेगा।" फिर वह श्याम से कहने लगा,

"आपने तो अभी तक मदान और पीर के गांव न देखे होंगे। इस इलाके के सबसे सुन्दर गांव वही हैं, और पीर का स्थान तो यों भी एक ऐतिहासिक महत्त्व रखता है। अगस्त के मध्य में वहां एक मेला जुटता है। कहा जाता है कि वहां पांडवों के पुराने महल हैं और साथ ही बाबा पीर की कबर भी। इसीलिए यह स्थान हिन्दू और मुसलमान दोनों के लिए बहुत पवित्र माना जाता है। अगस्त में यहां जो मेला जुटता है, उसे लोग दूर-दूर से देखने आते हैं। दो-तीन दिन बड़ी रौनक रहती है।"

श्याम ने कहा, "अजीब बात है कि एक ही स्थान धार्मिक रूप से हिन्दू

और मुसलमान दोनों के लिए आदरणीय हो !"

अलीजू एक दीर्घ श्वास लेकर बोला, "श्याम साहब, बात असल में यह है कि हिन्दुओं और मुसलमानों के सम्बन्ध इन्हीं पिछले बीस वर्षों में बिगड़े हैं, वरना इससे पहले दांतकोटी रोटी सांझी थी। रही यह बात कि एक ही स्थान धार्मिक रूप से हिन्दुओं और मुसलमानों के लिए कैसे आदरणीय हो सकता है, तो इसकी एक नहीं सैकड़ों मिसालें हैं। हमारे गांवों में अक्सर और शहरों में भी कहीं-कहीं ऐसे स्थान मिलते हैं। असल में इसमें हमारे बुज़ुर्गों ने बड़ी बुद्धि से काम लिया है। हिन्दुओं और मुसलमानों में एक-दूसरे की सभ्यता और संस्कृति समझने के लिए ये स्थान बहुत महत्त्व रखते हैं। यहां पीर की कब्र और पांडवों के महल साथ-साथ हैं। अनन्तनाग में मुसलमानों की इबादतगाह और हिन्दुओं के पवित्र तालाब एक ही जगह पर हैं। दोनों अपने-अपने ढंग से खुदा की इबादत करते हुए भी एक विशेष अपनापन और सान्निध्य अनुभव करते थे। बहुत-से गांवों में मन्दिर, धर्मशालाएं और मसजिदें साथ-साथ होती थीं। उन दिनों आरती और बाजे का झगड़ा न था, क्योंकि दिलों में नफरत न थी, और अब झगड़ा उन्हीं जगहों पर ज़्यादा होता है जहां मन्दिर और मस्जिद साथ-साथ हैं। खुदा का शुक्र है कि यह बीमारी अभी हमारे गांवों में नहीं पहुंची। आप पीर के मेले पर ज़रूर चलिएगा। यह मेला देखकर आपका जी खुश हो जाएगा।"

"वह गांव यहां से कितनी दूर है ?"

"बहुत दूर नहीं। इस सवाई के जंगल से एक रास्ता मदान के गांव को जाता है, चढ़ाई का रास्ता है, बस यहां से कोई दो-ढाई मील होगा। एक और रास्ता यहां से नीचे उतरकर उस बावली से जा मिलता है, जो आपने मान्दर से आते हुए रास्ते में देखी होगी। वहां से पीर का गांव तीन-चार मील के करीब होगा।"

श्याम कहने लगा, "मैं अभी इन लोगों के साथ जाकर वह गांव देख आता हूं, सैर भी हो जाएगी।"

"बहुत अच्छा," अलीजू बोला, "लेकिन बन्दूक साथ लेते जाइए।"

वह गल्ले और मोहनसिंह के साथ जगल की टेढ़ी-मेढ़ी पगडंडी पर चल पड़ा। आगे-आगे गल्ले शिकारी था और पीछे-पीछे मोहनसिंह और मध्य में

वह स्वयं।

गल्ला एक निपुण शिकारी था। वह बूढ़ा था, लेकिन शरीर अखरोट की लकड़ी की तरह मज़बूत और हृष्ट-पुष्ट था। वह जंगल के चप्पे-चप्पे से परिचित था।

"गल्ले, तुम्हारी उमर क्या होगी ?"

"पता नहीं साहब, हिसाब नहीं जानता, कोई तीन बीस के लगभग होगी।"

"कब से शिकार खेलना शुरू किया ?"

"जब से होश संभाला है साहब, शुरू से ही इस काम का शौक था। इस जंगल ने अपने नाखूनों से बहुत-से घाव भी लगाए हैं, लेकिन साहब यह शिकार का चसका ही ऐसा है कि छूटता नहीं।"

मोहनसिंह बोला, "एक घाव तो गल्ले के दिल में भी है और अभी तक शायद उसी तरह मौजूद है।" फिर वह श्याम से सम्बोधित होकर बोला, "साहब, गल्ले की बीवी को इसी जंगल ने निगल लिया था। एक बार वह बेचारी जंगल में लकड़ियां चुनने गई कि एक चीते ने उसे आ दबोचा। गल्ले को अपनी नौजवान बीवी से बड़ी मुहब्बत थी..."

गल्ले ने आह भरकर कहा, "उस वक्त की क्या कहते हो मोहन, जाने दो !"

"तुमने फिर शादी नहीं की ?" श्याम ने पूछा।

"पहली बार तो शादी की थी, तो क्या बना ? दोबारा शादी करके क्या बनता ?" गल्ले ने धीरे से कहा, "अब तो इसी जंगल से शादी रचाई है।"

एकाएक पास की झाड़ी से दो तीतर उड़े। गल्ले ने उसी वक्त बन्दूक तानी और धांय—धांय और दूसरे ही क्षण दोनों पक्षी फड़फड़ाते हुए कुछ अन्तर पर झाड़ियों में जा गिरे। वे तीनों इन झाड़ियों की ओर लपके। एक के पंख टूट गए थे और छर्रे पेट को चीरकर पार हो गए थे और दूसरे की गर्दन से गरम-गरम लहू बह रहा था। एक नर था दूसरी मादा।

"बेचारा जोड़ा !" श्याम ने कहा।

गल्ले ने श्याम के स्वर में छिपी वेदना को अनुभव किया, बोला, "इस

जंगल ने कब मुझपर तरस खाया था ! साहब, उस वक्त मेरी उमर बाइस साल की थी। नूरेनशां को मैं धराटकोट से भगाकर लाया था। जंगलों में छिपते-छिपते हम यहां अपने इलाके में आए थे। कभी किसी किसान के घर में रह जाते, कभी जंगलों में ही बसेरा कर लेते। जो मिलता, खा-पी लेते। मक्की की रोटी और साग मिलता, तो कभी जंगली फल और पौधों की जड़ें। जब नूरेनशां चलते-चलते थक जाती तो उसे, उसकी कमज़ोरी पर लज्जित करके, दो-चार मील और चलाता; लेकिन जब वह बिल्कुल ही चूर हो जाती तो मैं उसे अपने कंधों पर उठा लेता और वह वहीं मेरे कंधों पर बैठे-बैठे सो जाती। उसके केश खुलकर मेरी आंखों पर छा जाते... ।"

बूढ़ा चुप रहा। वे दोनों सर झुकाए उसके पीछे चलते रहे।

गल्ला चलते-चलते रुक गया और बन्दूक को ज़मीन पर खड़ी करके उनकी ओर मुड़कर बोला, "साहब ! अगर मरद और औरत दोनों एक-दूसरे को प्यार करते हों तो जंगल से ज़्यादा सुन्दर जगह कोई नहीं होती। मुझे वे दिन अब भी उसी तरह याद हैं—जैसे कल की बात हो। हम जंगल में धूनी रमाते और ढोरों की आग में चने जलाकर उनमें से होले निकाल-निकालकर खाते। मैं उसके मुंह में होले डालता, वह मेरे मुंह में, और फिर हम एक-दूसरे के मुंह की तरफ देखकर मुस्करा देते। वह मेरी नज़रों का भेद पाकर चुप हो जाती और लज्जा से आंखें झुका लेती।

"भट्टी की आग जलती रहती और वह चीड़ के नुकीले पत्तों के बिस्तर पर सो जाती और सारे जंगल में सन्नाटा छा जाता। केवल लकड़ियों के चटखने की आवाज़ आती, कहीं दूर कोई उल्लू बोल उठता या कोई गीदड़ भूख से बेताब होकर चिल्लाता...मैं रात-भर पहरा दिया करता। सुबह होते ही उसे जगा देता और फिर मैं उसी बिस्तर पर सो जाता और वह बन्दूक लेकर पहरा देती, यहां तक कि सूरज सिर पर आ जाता और हम फिर उठकर चल देते। साहब, जी चाहता है कि किसी तरह के दिन फिर लौट आएं; लेकिन वक्त तो तीतर की उड़ान है, एक बार हाथ से निकल गया सो निकल गया...

"...एक बरस तक हम अपने घर बड़ी हंसी-खुशी के साथ रहे, फिर एक दिन जो वह जंगल में लकड़ियां चुनने गई तो कभी लौटकर न आई। मैं जंगल

में उसे ढूंढ़ने निकला, लेकिन बेकार। दूसरे दिन एक झाड़ी के नीचे मुझे उसकी हड्डियां मिलीं। एक आदमखोर चीते ने खा लिया था—मेरी नूरेनशां को ! मेरे हाथों में उसकी खोपड़ी थी और उसके सुनहरे बाल जो कभी मेरी आंखों पर छा जाते थे..."

गल्ले ने खांसकर अपना गला साफ किया और नाक भी, फिर चुपचाप चढ़ाई चढ़ने लगा।

मोहनसिंह बोला, "गल्ले ने इस इलाके में शायद ही किसी चीते को ज़िंदा छोड़ा हो। जहां इसे किसी चीते की बू मिली है, झट वहीं पहुंच जाता है। दूसरे इलाके के लोग भी चीते के शिकार के लिए गल्ले को दूर-दूर से बुलवाते हैं, और यहां तो यह बात मशहूर है कि जिस जंगल में गल्ला हो उसमें चीता नहीं रह सकता। इसकी बू पाकर फौरन भाग जाता है।"

गल्ला फिर बोला, "लेकिन साहब, दिल में एक ही अरमान है। आज तक बीसियों चीतों को अपनी गोली का निशाना बना चुका हूं। कई बार तो उनसे प्रत्यक्ष लड़ाई भी हुई है, लेकिन साहब, न जाने वह कौन-सा चीता था...? जी में हर वक्त यही तड़प रहती है, यह अरमान हर वक्त दिल में कांटे की तरह चुभता रहता है।"

श्याम बोला, "हां, हर चीते के शिकार पर तुम्हारा ज़ख्म फिर हरा हो जाता होगा।"

"बस, साहब, यही बात है !"

चढ़ाई समाप्त हो गई। अब सामने भूमि का एक हरा-भरा टुकड़ा था। यहां दो पगडंडियां निकलती थीं—एक उत्तर की ओर, दूसरी पश्चिम की ओर। यहां जंगली केलों का झुण्ड था और उसके आंचल में एक छोटा-सा चश्मा। इस स्थान को देखकर श्याम की टांगों ने जैसे जवाब दे दिया। उसने गल्ले और मोहनसिंह से कहा, "भाई, तुम लोग अब गांव में जाकर लोगों को ले आओ। मुझसे तो अब नहीं चला जाता। मैं तुम्हारी यहीं प्रतीक्षा करूंगा।"

गल्ला कहने लगा, "मैं मदान जाता हूं, इस चढ़ाई के रास्ते। मोहन, तुम पीर के गांव से किसानों को ले आओ।" फिर वह हंसकर बोला, "देखना, बावली पर ज़्यादा देर न बैठना। आज दोपहर तक चाढ़ शुरू हो जानी चाहिए,

नहीं तो नायब तहसीलदार साहब नाराज़ हो जाएंगे।

जब वे दोनों चले गए तो श्याम ने अपने जूतों के तसमे खोल दिए। फिर जूते उतारकर अपने पांव मोज़ों से निकाल लिए और उन्हें हरी और ठंडी घास पर रख दिया। वह अपने पांव उस ठंडी, मुलायम मखमल जैसी घास पर फेरने लगा। उसके अंग-अंग में यह सुखद शीतल कोमलता रचती गई, यहां तक कि सफर की थकान सांप की केंचुली की तरह उसके शरीर से उतर गई और वह अपने-आपको बिल्कुल स्वस्थ अनुभव करने लगा। जंगल की गहन निस्तब्धता में केवल झरने की 'तरल-रल, तरल-रल' सुनाई देती थी, परन्तु यह ध्वनि भी इतनी मद्धम, मीठी और अनवरत थी कि ध्वनि होते हुए भी पूर्ण निस्तब्धता थी। उसकी प्यास चमक उठी, वह झरने के किनारे लेट गया और अपने होंठ झरने के स्तर से मिला दिए, मानो वह झरने की सुन्दरी के होंठ चूमना चाहता हो। हां, यह एक दीर्घ चुम्बन ही तो था ! उसी तरह मीठा, सुखकर, उल्लासयुक्त ! उस चुम्बन ने उसकी प्यास बुझा दी और वह उठकर बैठ गया, फिर उठकर खड़ा हो गया। अभी तक वे दोनों शिकारी न लौटे थे, न जाने कब तक लौटेंगे ? एकाएक उसका जी घूमने को चाहा और उसके पांव आप ही आप निचली पगडंडी की ओर मुड़ गए।

यह मार्ग एक भयानक ढलान पर चक्कर काटता हुआ नीचे जाता था। कुछ समय तक वह घने जंगल में चलता गया। वृक्ष इतने घने थे कि कुछ ही गज़ परे कुछ दिखाई न देता था। थोड़ी-थोड़ी देर बाद उसके मन में किसी अज्ञात भय की आशंका जाग्रत् हो उठती और उसकी गरदन के पिछले भाग पर चींटियां-सी रेंगने लगतीं और उसे आभास होता मानो उसके कान किसी विचित्र शब्द, किसी अज्ञात भयानक आवाज़ को सुनने के लिए खड़े हो रहे हैं। जैसे उसके पीछे-पीछे कोई हरी आंखोंवाला भयानक चीता दबे पांव चला आ रहा है, और वह एकदम पीछे मुड़कर देखता। परन्तु वहां कोई न था। आगे और पीछे दोनों ओर मार्ग निर्जन था।

अब वृक्ष छिदरे होने लगे। फिर छिदरे होते-होते समाप्त हो गए। और अब मार्ग घास में से गुज़र रहा था। आगे चलकर यह मार्ग चक्कर काटता हुआ अंजीरों के एक झुण्ड में गायब हो जाता था। फिर अंजीरों के झुण्ड के नीचे से

कुछ अंतर पर उसे वही पुराना मार्ग दृष्टिगोचर हुआ, जिस मार्ग से वह मान्दर में आया था। उत्तर-पूरब में मान्दर की नदी थी और उसके पार उसका घर। अब उसका जी वापस शिकार पर जाने को न चाहा। उसने सोचा कि वह कुछ देर अंजीरों के झुण्ड के नीचे बावली पर आराम करेगा और वहीं मोहनसिंह की प्रतीक्षा भी। मोहनसिंह के आने पर वह उसके हाथ नायब तहसीलदार को कहला भेजेगा कि वह वापस घर जा रहा है—यह सोचकर वह तेज़-तेज़ कदमों से नीचे उतरने लगा, लेकिन अंजीरों के झुण्ड के निकट पहुंचकर वह ठिठककर रह गया। नीचे बावली से एक पुरुष और एक स्त्री की बातों की आवाज़ आ रही थी। दोनों आवाज़ें उसे परिचित-सी प्रतीत हुईं। उसने धीरे से झांककर देखा। पुरुष वही मोहनसिंह था और स्त्री वही लड़की थी जिससे पहली बार इधर आते हुए उसकी भेंट हुई थी।

लड़की कह रही थी, "मुझे इसकी चिंता नहीं कि दुनिया क्या कहती है, मेरी मां खुश होती है या नाराज़। मेरे लिए तुम ही सब कुछ हो। लेकिन याद रखना, यदि तुम झूठे निकले, तो मैं अपने होथों तुम्हारो गला घोंट दूंगी, मुझमें इतनी हिम्मत है।"

मोहनसिंह हंसकर कहने लगा, "जाने-बूझे अनजान बनती हो। सौ बार परख चुकी हो, जब जी चाहे फिर आज़मा लेना। मोहनसिंह राजपूत है, अपने वचन का सच्चा है। उसका प्रेम कोई कच्चा धागा नहीं।"

लड़की बोली, "शायद तुम यह समझते होगे कि मैं अछूत हूं, निर्धन हूं, गांववालों ने हमें गांव से निकाल रखा है, इसीलिए तुम मुझसे मीठी-मीठी बातें करके मुझे धोखा दे सकते हो—लेकिन मैं सच कहती हूं—मुझे देवी की सौगन्ध है, यदि कोई ऐसी-वैसी बात हो गई तो मैं तुम्हें और तुम्हारे गांववालों को कच्चा खा जाऊंगी। समय आने दो, मैं स्वयं इन ब्राह्मणों के लिए काली माता बन जाऊंगी। इन्होंने समझ क्या रखा है!"

मोहनसिंह बोला, "तुम यही सन्देह करती हो, गांव में किसीको इस बात का पता तक नहीं, और तुम..."

श्याम खांसा, फिर उसने अपने कदमों से चलने की आवाज़ पैदा की ताकि

उन लोगों को अपने आगमन से सूचित कर दे। उसने काफी कुछ सुन लिया था, उसे इससे अधिक सुनने की आवश्यकता नहीं थी। वही प्यार और मुहब्बत की घिसी हुई बातें—मैं यह करूंगा और तुम वह करोगी। राजपूत पुरुष, अछूत स्त्री, ब्राह्मणों का समाज—परिणाम स्पष्ट है। यह स्त्री एक कलंकित सन्तान को जन्म देगी और क्या !

मोहनसिंह उसे वहां देखकर हैरान रह गया। लड़की के नेत्र अब भी किसी अज्ञात क्रोध से चमक रहे थे।

श्माम कुछ इस स्वर में बोला मानो वह दोनों से क्षमा मांग रहा हो, "भाई, मैं वहां बैठे-बैठे उकता गया था। यही इस रास्ते से नीचे उतर आया। अब यहां तक आ गया हूं तो वापस जाने को जी नहीं चाहता। तुम नायब तहसीलदार साहब से कह देना, मेरी तरफ से क्षमा मांगना। मैं तो चलता हूं अब..." यह कहकर उसने अपना हाथ हिलाया और नदी की ओर जानेवाले मार्ग पर चल खड़ा हुआ।

मोहनसिंह और वह लड़की देर तक चुपचाप उसकी ओर देखते रहे, जब तक वह आंखों से ओझल न हो गया। फिर लड़की बोली, "मेरे ख्याल में उसने सब कुछ सुन लिया है।"

मोहनसिंह अपनी बारीक मूंछों पर ताव देता हुआ बोला, "सुन लिया है तो क्या ? मैं कब किसीसे डरता हूं ? मैं राजपूत हूं। अपने वचन का सच्चा हूं और..."

लड़की तमककर बोली, "बस, बस, ज़्यादा डींग न मारो, रहने दो अपनी राजपूती शान। इस राजपूती शान को भी देख लूंगी। अभी तो छिप-छिपकर मिलते हो, जिस दिन बिरादरी में बात उठेगी उस दिन बात करना !"

और श्याम चला जा रहा था और सोचता जा रहा था कि जात-पांत को समाप्त कर देने से कम से कम एक श्रेष्ठ जाति तो उत्पन्न हो सकती है। अब इस लड़की ही को लो। चमार और ब्राह्मण के सम्पर्क से क्या चीज़ बन गई है ! ब्राह्मण का सौन्दर्य, कोमलता और पवित्रता, चमार की मज़बूती, शोखी, शरारत और क्रोध। किस तरह नये जूते की तरह चूर-चूर करती है ! और इस मोहनसिंह को तो देखो ! वहां से नायब तहसीलदार ने किस काम से भेजा था और यहां हज़रत अपनी प्रेमिका से गप्पें लड़ा रहे हैं। फिर वह

अपना मनोवैज्ञानिक विश्लेषण करने लगा—बच्चाजी, वास्तव में तुम स्वयं इस युवक और युवती को एकसाथ देखकर जल-भुन गए हो। अब अचेतन रूप से तुम अपने-आपको मोहनसिंह के स्थान पर बैठा हुआ देखना चाहते तो—क्यों है न यही बात ? और उसके मन का एक भाग दूसरे भाग की क्षुद्रता पर मुस्कराने लगा।

8

जब वह घर पहुंचा तो उसे बहुत तेज़ भूख लग रही थी। बाहर नाशपाती की छांव में रवि और निम्मी खेल रहे थे। उसे देखते ही वे सहसा खुशी से चिल्ला उठे, "भाईजी, भाईजी, आपकी मंगनी आई है।"

"मंगनी ?" उसने आश्चर्य से पूछा।

"हां-हां," निम्मी खुशी से ताली बजाते हुए बोली, "आपकी सगाई आई है !" और वे दोनों चिल्लाते हुए घर के भीतर भाग गए। वह उनके पीछे-पीछे प्रविष्ट हुआ। चकित था कि यह क्या माजरा है। भीतर आंगन में एक चौकी पर उसकी मां बैठी थी और दूसरी पर छाया। उसे देखकर दोनों के मुख खिल उठे और वे मुस्कराने लगीं। आखिर यह क्या माजरा है—वह जानना चाहता था, लेकिन रवि और निम्मी ने उसे अधिक सोचने का अवसर न दिया। उसे घसीटते हुए बल्कि उसके साथ स्वयं घिसटते हुए भीतर चले गए। कपड़ोंवाले कमरे में एक छोटा-सा बक्स धरा था जो शायद सुबह की डाक से आया था।

उसने अनजान-सा बनकर निम्मी से पूछा, "इसमें क्या है ?"

"इसमें भइयाजी की मंगनी है !"

रवि बोला, "इसमें सगाई बन्द है।"

"यानी जिस लड़की से मैं शादी करने जा रहा हूं, वह इसमें बन्द है ?" श्याम ने पूछा।

यह प्रश्न उन दोनों बच्चों के लिए ज़रा टेढ़ा था। एकाएक उसे छाया के हंसने की आवाज़ आई। उसने मुड़कर देखा। दरवाज़े की चौखट पर छाया और माताजी खड़ी थीं।

छाया बोली, "नहीं बेटा, इस बक्स में दुल्हन बन्द नहीं, मंगनी का शगुन है। दुल्हन एक और बक्स में आएगी।''

श्याम की माता मुस्कराते हुए बोली, "एक साल के बाद डोली में बन्द होकर आएगी।"

"अहा-हा," रवि और निम्मी ताली बजाकर नाचने लगे, "बीवी डोली में बन्द होकर आएगी, एक साल के बाद..." और उसी तरह नाचते-नाचते कमरे से बाहर चले गए। श्याम ने कहा, "मां, मुझे बहुत भूख लगी है।"

"शिकार से बहुत शीघ्र लौट आए ! शिकार किया ?"

"नहीं, मैं तो बहुत पहले से चला आया। तबीयत ठीक न थी।"

छाया बोली, "बधाई हो बेटा। बड़ी शानदार मंगनी आई है। पांच सौ रुपये नकद और एक चांदी का थाल औ..."

"माताजी को बधाई दीजिए, मैं तो बलि का बकरा हूं।" उसने रूखे स्वर में कहा।

"नहीं बेटा, ऐसा नहीं कहते अच्छे बेटे !"

छाया बोली, "हंसते हैं बाबू साहब ! जब दुल्हन का मुंह देखेंगे तो..." वह खिलखिलाकर हंसने लगी।

"मां, मुझे खाना चाहिए," उसने तीखे स्वर में कहा और खाने के कमरे में चला गया।

खाना खाते हुए उसने अपनी मां से पूछा, "यह आपको क्या सूझी ?"

"बेटा, घर बहुत अच्छा है। उसके पिता छः सौ रुपया मासिक वेतन पाते हैं। सभ्य घराना है। परिवार बिल्कुल खरा है। लड़की मिडिल पास है। हारमोनियम बजाती है।"

हारमोनियम का नाम सुनते ही उसके मस्तिष्क में एक चित्र-सा बनने लगा। उसने देखा कि एक आठवीं श्रेणी पास लड़की—जैसीकि एक आठवीं श्रेणी पास लड़की हो सकती है, एक हारमोनियम पर गरदन झुकाए अभ्यास कर रही है। सावन के नज़ारे...लल-लल-ला, लल-लल-ला, लल-लल-ला—और ग्रास उसके मुंह से बाहर जा गिरा। वह खिलखिलाकर हंसने लगा—हंसता गया, हंसता

गया। हंसी के उस स्रोत ने कमरे के वातावरण में एक कम्पन उत्पन्न कर दिया।

"क्या हुआ, क्या हुआ ?" उसकी मां ने हैरान होकर पूछा, "किस बात पर हंस रहे हो ! भला इसमें हंसी की क्या बात है ? ऐसे घराने कहीं नित मिला करते हैं ? आजकल के लड़कों की तो बस बुद्धि ही भ्रष्ट हो गई है...' वह तनिक क्रोध से बोली, "लड़की तुम्हारी बुआ देख चुकी हैं। वे कहती हैं कि लड़कियों जैसी लड़की है। सुघढ़, समझदार है। फैशनेबल भी है।"

उसने कठिनता से हंसी रोककर कहा, "फैशनेबल से आपका क्या अभिप्राय है ? शायद ऊंची एड़ी के जूते पहनती होगी। बालों में लम्बे-लम्बे क्लिप लगाती होगी। टेढ़ी मांग निकालकर बालों को कानों के ऊपर संवारती होगी। चोटी गूंथकर पीछे इतना लम्बा सुनहरा लहरिया लगाती होगी कि मील दो मील तक लोगों को नज़र आ जाए। होंठों पर लाल स्याही जैसी लिपस्टिक, गालों पर लाल गाज़ा, लम्बे-लम्बे नाखूनों पर नेलपॉलिश—'दिल की जलन', 'प्रीतम के पत्र' पढ़ती होगी और सिनेमा का तो अवश्य ही शौक होगा। 'दिल की आस', 'पुराना खानदान', 'निकम्मी दीदी' तो उसने अवश्य देखी होंगी। ठीक ही तो है, और क्या चाहिए। बस, चैन ही चैन है।"

"अब तुमसे कौन उलझे !" श्याम की माता ने अप्रसन्न होकर कहा, "मैंने अभी पंडित सरूपकिशनजी को बुलाया था। सगाई की तिथि पंद्रह सितम्बर को निकली है। पन्द्रह सितम्बर तक तो तुम्हें छुट्टियां हैं ही। एक-दो दिन बाद भी चले गए तो कौन-सा ऐसा हर्ज हो जाएगा।

यह जुलाई का अन्तिम सप्ताह था। उसने मन में सोचा—अभी तो बहुत दिन पड़े हैं—देखा जाएगा।

यह सोचकर अपने मन से उसने इस बात को निकाल दिया और संतोष से खाने में जुट गया।

9

तीसरे पहर तक वह अपने कुंज में पड़ा गालिब का सचित्र कविता संग्रह देखता रहा। गालिब के कविता-संग्रह में हर बार उसे एक नया आनन्द मिलता था।

बार-बार पढ़ने पर भी गालिब से उसका मन न ऊबता था। अन्य कवियों में यह बात न थी। गालिब की हर पंक्ति उसे एक ऐसे हीरे की टुकड़ी-सी नज़र आती जिसके हर पहलू से एक नई किरण फूटती थी। पुराने अर्थ नये अर्थों में विलीन हो जाते। किरणों का रुख बदल जाता और एक ही पद भिन्न-भिन्न मानसिक अवस्थाओं का प्रदर्शन करता। यह गुण उसे बहुत कम कवियों में नज़र आया था। आज उसका मन असाधारणतया उदास हो गया। उस उदासी को गालिब के अध्ययन ने और भी बढ़ावा दिया और वह उदासी ही में एक हल्की-सी खुशी महसूस करने लगा।

ढूंढे है फिर मुग़न्नी -ए-आतिश-नफ़स को जी
जिसकी सदा हो जलवा-ए-बर्के फ़ना मुझे।[1]

चित्रकार ने अत्यन्त सुन्दर चित्र बनाया है—उसने सचित्र कविता-संग्रह के पन्ने पलटते हुए सोचा—मुझे तो इस नर्तकी के पायल की हर रुनझुन में अग्नि की ज्वाला प्रतीत होती है। साज़िंदे के साज़ में वह बिजली नहीं जो स्वयं उसकी आंखों में है।

एकाएक उसे ख्याल आया कि इस समय उसका 'आग उगलनेवाला गायक' किसी हारमोनियम के निकट बैठा गा रहा होगा—सावन के नज़ारे हैं—लल-लल-ला, लल-लल-ला, लल-लल-ला'—और उसका मुख क्रोध से लाल हो उठा। किसीको क्या अधिकार है कि उसे यों किसीके पल्ले बांध दे ? जैसे वह कोई भेड़, बकरी अथवा दास हो–वास्तव में इस प्रकार का विवाह दासता ही की एक प्रथा थी। अन्यथा स्वतन्त्र देशों में तो इस प्रकार के विवाह को बहुत बुरी प्रथा माना जाता है। फिर वह सोचने लगा—नहीं, यह कुप्रथा न थी ; और यदि कुप्रथा थी भी तो तत्कालीन व्यवस्था की एक आवश्यक कुप्रथा थी। भला जहां सामाजिक जीवन के दो भाग हों, एक में पुरुष और दूसरे में स्त्रियां रहती हों और एक-दूसरे से मिलने-जुलने का कोई अवसर न हो, वहां इस प्रकार की रीतियों के अतिरिक्त अन्य कौन-सी रीति पनप सकती थी ? और फिर दूसरे ढंग के विवाह में भी कौन सा सुख था !

---

[1] मेरा मन उस आग उगलनेवाले गायक को ढूढ़ता है, जिसके स्वर में मेरे लिए मृत्यु का सन्देश (झोंका) हो।

पहले लड़की चुनो। अच्छा, लड़की भी चुन लो! फिर उससे प्रेम जताओ। संभव है कि वह तुम्हें लुच्चा, बदमाश समझकर तुम्हारे प्रेम को ठुकरा दे और तुम्हें फिर से अपने चुनाव पर दृष्टि डालनी पड़े। अच्छा, यदि यह बात भी बन जाए तो फिर प्रेम करो, कविताएं लिखो। यदि स्वयं न लिख पायो तो दूसरे से लिखवाओ। पत्र लिखो, सुगन्धित लिफाफे इस्तेमाल करो। अब यदि लड़की मान जाए तो उसके माता-पिता को मनाना आसान काम नहीं। चलिए, किसी तरह यह समस्या भी हल हो गई और कोर्टशिप (प्रेम-प्रदर्शन) के बाद विवाह भी हो गया—फिर आया हनीमून—और पता चला कि हम दोनों के स्वभाव में तो धरती-आकाश का अन्तर है। अब कहिए, इससे क्या यह उचित नहीं है कि समाज उन्हीं दो विभागों में बंटा रहे। एक में पुरुष रहें और दूसरे में स्त्रियां। विवाह के लिए एक में हाथ डाला, नाम निकला 'श्याम', दूसरे में हाथ डाला और नाम निकला 'सुभागिन'। दोनों को धागे से जोड़कर दस व्यक्तियों के सम्मुख बांध दिया। चलिए श्याम और सुभागिन का विवाह हो गया और पीतल का बैंड बाजा बजने लगा—श्याम को जितनी इस पीतल के बैंड बाजे से चिढ़ थी उतनी शायद हारमोनियम से भी न थी। यह पीतल का बैंड बाजा हर विवाह में अवश्य होगा। चाहे लड़के का पिता उस विवाह में सम्मिलित हो अथवा न हो। चाहे सारे बराती विवाह में सम्मिलित होने से इन्कार कर दें, परन्तु यह पीतल का बाजा अवश्य बजेगा। दूल्हा आंख से काना हो, चाहे टांग से लुञ्जा, परन्तु बैंड अवश्य यह गाएगा—'तेरी छवि मनमोहन श्याम, दिल को भाए जाए— दिल को लुभाए जाए।' दुल्हन ऐसी कुरूपा-चुड़ैल हो कि डायन भी मूर्छित हो जाए, परन्तु बैंड बाजे की ओर देखिए, किस उल्लासयुक्त स्वर में गा रहा है '...तू है मेरे मन की प्रास, मेरे मन की आस तू है...' सारे बराती खाना खाकर विदा भी हो चुके हैं परन्तु यह बैंड अब भी गाए जा रहा है, '...काहे करता देर बराती, देर बराती, देर बराती।' इस हृदय-विदारक स्वर में यह बैंड इस प्रश्न को बार-बार दोहराता है कि मनुष्य का तन टुकड़े-टुकड़े हो जाता है और वह सोचता है कि काश, उसके पास कोई ऐसी सारंगी हो जिसके बजाने पर संसार-भर के बैंड बजानेवाले अपना-अपना साज़ लेकर उसके पास

दौड़े आएं और वह अपनी सारंगी बजाता हुआ उन्हें समुद्र में ले जाए और वहीं सदैव के लिए उन्हें डुबो दे, उसी तरह जिस तरह उस प्रसिद्ध कहानी में एक सारंगीवाले ने गांव के चूहों को समुद्र में डुबो दिया था। परन्तु शोक ! इस संसार में ऐसी कोई जादू-भरी सारंगी नहीं...और बेचारे श्याम को अपने विवाह के अवसर पर इसी घृणित बैंड के कटु चीत्कार को सुनना ही पड़ेगा...।

10

वह कुंज से उठकर बाग में घूमने लगा। घूमते-घूमते वह बाग के पश्चिमी कोने में चला गया। यहां एक टीला आगे की ओर निकला हुआ था और यहां से वादी का दृश्य अत्यंत रमणीक था। नीचे विस्तृत वादी में धान के खेतों के बीचोबीच बल खाती हुई नदी बहती थी। पश्चिमी क्षितिज में भगवान भास्कर अस्ताचल की ओर जा रहे थे और प्रतिक्षण हरे जंगल एक गहन अन्धकार में विलीन हुए जा रहे थे। धीरे-धीरे सारी वादी—पर्वत, जंगल, धान के खेत और नदी का चमकीला पानी उस कालिमा में डूब गए। अब पश्चिमी क्षितिज की लालिमा में पर्वतों की चोटियों की इतनी रेखाएं स्पष्ट दिखाई देती थीं, मानो किसीने आकाश पर पेंसिल से उन चोटियों का चित्र खींच दिया हो। धीरे-धीरे ये चोटियां भी मद्धम होती गईं। पश्चिमी आकाश पर बादलों का रंग मटियाला हो गया। हां, उस स्थान पर जहां सूर्य अस्त हुआ था, बादलों में एक सुनहरी खिड़की-सी बन गई थी। शायद नीले आकाश ने इस संसार के लोगों को निमंत्रित करने के लिए स्वर्ग की खिड़की खोल दी थी। स्वर्ग की महारानी उस स्वर्णिम झरोखे में से इस भूरे भूमण्डल को देख रही थी जहां विवाह लाटरी की तरह किए जाते हैं और लाटरियां विवाह की सी धूमधाम के साथ...जहां परियों के पंख उनके उत्पन्न होते ही काट दिए जाते हैं और देवलोक से कोई सुन्दर राजकुमार उनकी रक्षा के लिए नहीं आता...जहां सौंदर्य फूलों के माप में तुलने की अपेक्षा धन के माप में तुलता है...

उसे पांच फूलोंवाली राजकुमारी की कहानी स्मरण हो उठी जो इतनी सुन्दर और नाज़ुक थी कि यदि एक पलड़े में राजकुमारी हो और दूसरे में पांच

फूल, तो दोनों पलड़े बराबर होते थे। उसने सोचा, स्त्रियां अब भी राजकुमारियां हैं। वे अब भी परियों की तरह सुंदर हैं। हां, उनके तुलने का तराज़ू बदल गया है। अब स्त्रियां रुपयों के साथ तुलती हैं। कोई औरत पांच रुपये पर तुल जाती है, कोई पांच सौ पर और कोई पांच हज़ार पर। यही हाल पुरुषों का है। केवल माप अलग-अलग हैं। परियों की सभ्यता का माप फूल है—मनुष्य की सभ्यता का माप रुपया है। कौन-सा माप श्रेष्ठतर है—फूल या रुपया? यह मूल प्रश्न विचारणीय है—वह अभी यहां तक ही सोच पाया था कि उसके कानों में गुलाम हुसैन की आवाज़ पड़ी। उसने मुड़कर देखा।

गुलाम हुसैन अपनी कही हुई बात को दोहराने लगा, "हजूर, तहसीलदार साहब आपको याद फरमाते हैं।"

11

रात काफी बीत चुकी थी। गांव में एकाएक शोर-सा मच उठा। चारों ओर से नाना प्रकार की आवाज़ें आ रही थीं और तेज़ गति से भागने का शब्द भी। वादी में लोग एक-दूसरे को बुला रहे थे और ये विभिन्न बुलावे घाटियों में गूंजते हुए एक भयानक डर-सा उत्पन्न कर रहे थे। श्याम जाग उठा। घर में लोग जाग उठे थे। बाहर बाग में सोए हुए पशु-पक्षी भी बेचैन होकर शोर मचा रहे थे। किसीकी समझ में न आता था कि माजरा क्या है। गुलाम हुसैन, जो हमेशा आंगन में सोता था, उठकर बाहर पता लगाने चला गया था। उसके लौटने पर मालूम हुआ कि वह नायब तहसीलदार साहब शिकार से वापस आ रहे थे ; मोहनसिंह को सवाई के जंगल में किसी सूअरनी ने बुरी तरह घायल कर दिया था और लोग उसे उठाए लिए आ रहे थे। श्याम ने उठकर कपड़े पहने और अपने पिता के साथ बाहर निकल गया।

बाहर एक विचित्र दृश्य था। आसपास की घाटियों, ढलानों और वादियों की तलहटियों में लोग एक-दूसरे को बुलाते हुए मान्दर की नदी की ओर जा रहे थे। अंधेरे में मार्ग ढूंढ़ने के लिए प्रत्येक के हाथ में वेनियों के गट्ठे थे। ये

वेनियां चीड़ के तने में से निकाली जाती हैं और मोमबत्ती की तरह जलती हैं—ये जंगली मोमबत्तियां घाटियों के हर कोने से जलती और हिलती हुई दिखाई देती थीं, सैकड़ों मोमी दीपक ! कोई ऊंची जगह पर और कोई नीची जगह पर और कोई किसी ढलान पर जैसे सितारे आकाश से नीचे उतर आए हों। सारी वादी ऊंची आवाज़ों से गूंज रही थी। नदी पर उन दीपकों की एक पंक्ति-सी बनी हुई थी और वेनियों की ज्वालाएं मान्दर के काले पानी में चमक रही थीं—अन्धकार और सोना ! उसे दूर घोड़े और खच्चर दिखाई दे रहे थे और एक पालकी जिसे बहुत-से लोगों ने उठा रखा था। शिकारी का जलूस ! शिकारी जो स्वयं शिकार हो गया था !

उसने अपने पिता से कहा, "पिताजी, मैं ज़रा नदी तक जाता हूं"

उसके पिता बोले, "गुलाम हुसैन को साथ ले जाओ !"

रास्ते में उसे बहुत-से लोग मिले जो उसीकी तरह नदी की ओर जा रहे थे। कई लोग नदी से होकर लौट रहे थे। यहां-वहां दो-दो, चार-चार आदमी खड़े तरह-तरह की बातें कर रहे थे। कोई कह रहा था, "यह सब अलीजू नायब तहसीलदार की करतूत है, बेचारे गरीब राजपूत को सूअरनी से फड़वा दिया। सुना है, अलीजू चिरकाल से अन्दर ही अन्दर मोहनसिंह के विरुद्ध षड्यन्त्र कर रहा था।"

कोई कह रहा था, "अजी, इसमें अलीजू बेचारे का क्या दोष है ? यह मोहनसिंह तो है ही ऐसा अड़बेग, अक्खड़, अड़ब आदमी। वह भला कब किसीकी सुनता है ! ऐसा शिकार का शौकीन कि स्वयं तो कभी पनचक्की पर बैठता ही नहीं, नौकर को बिठा रखा है, स्याहसफेद जो चाहे करे। भला कभी नौकर भी इस तरह दयानतदारी से काम करते हैं ?"

"अजी इसमें उसका क्या अक्खड़पन है? सब कुछ तो इस कम्बख्त माथे पर लिखा होता है। मेरे चचा का लड़का था। क्या बताऊं राधे, तुमने तो उसे देखा ही था।"

राधे बोला, "हां, बड़ा गबरू जवान था...एक सिगरट देना।"

"...तो जनाब, वह भी शिकार का बड़ा शौकीन था। सरकारी रख में

चुपके-चुपके शिकार किया करता था। कभी कोई रीछ मार डाला; कभी कोई सूअर। कई लोमड़ियों की खालें उसने अपने घर में लटका रखी थीं...यह लो सिगरट...बस एक बार जाड़े में जब घुटनों-घुटनों बरफ पड़ी हुई थी, वह रख में शिकार के लिए गया और वहां एक रीछ ने उसे घायल कर दिया। शाम को जब वह घर न आया तो दूसरे दिन खोज शुरू हुई। आखिर गांव के लोग उसे वहां से उठा लाए। दवा-दारू होती रही। "घाव बहुत गहरे थे, खून बहुत बह चुका था। कुछ दिन बाद चल बसा।"

श्याम बोला, "लेकिन तुम लोग उसे अस्पताल क्यों नहीं ले गए ?"

राधे सिगरेट को कश लगाते हुए बोला, "साहब, यह बात बड़ी टेढ़ी थी, क्योंकि मरनेवाला रख में शिकार किया करता था—सरकारी रख में ! फिर उसके पास शिकार का लाइसेंस भी तो न था। इसी डर से उसके रिश्तेदार उसे अस्पताल न ले गए। उसे अस्पताल में ले जाते तो डाक्टर उसके घाव देखता। बस, पुलिस को भी पता चल जाता। देखिए न, यहां कचहरी, पुलिसचौकी, अस्पताल सब साथ-साथ ही तो हैं। उसपर मुकदमा बनता—इसी डर से लोग उसे अस्पताल न ले गए और जो कुछ उनसे बन पड़ा, घर पर ही करते रहे। उसकी मौत आई थी, मर गया।"

"मोहनसिंह के पास तो लाइसेंस है," एक बोला।

"हां भाई, होगा।"

"न भी हो तो क्या हर्ज है, यह मामला दूसरा है। वह नायब तहसीलदार के साथ शिकार खेलने गया था। हाकिम स्वयं उसे बचा लेंगे।"

"बेचारे की जान बच जाए...अस्पताल में ला रहे हैं शायद।"

"हां डागडर (डाक्टर) भी नदी पर गया था। एक कम्पाउंडर उसके साथ था। वही काना बामदेव—क्या नाम है उसका—आओ हम भी नदी पर चलें !"

"लेकिन वे लोग तो इधर ही आ रहे हैं।"

"फिर भी चलने में क्या हर्ज है ! जो लोग उसे पालकी में उठाए ला रहे हैं, उनका हाथ बंटाएंगे।"

लेकिन श्याम नदी पर नहीं गया। वहीं मान्दर की ओर जानेवाले मार्ग

पर नाशपाती के टेढ़े-मेढ़े पेड़ के तने से लगकर खड़ा हो गया। गुलाम हुसैन बोला, "यह कम्बखत सुअरनी बहुत बुरी होती है। यदि गर्भवती हो या बच्चोंवाली, तो बस खुदा ही इससे बचाए। देखें, बेचारे मोहनसिंह का क्या होता है।"

नदी से लौटनेवाले लोगों का शोर बढ़ता गया। बहुत-से लोग वेनियों के गठे हाथों में लिए आगे-आगे चले आ रहे थे। उनके पीछे घोड़े और खच्चर सिर झुकाए धीरे-धीरे चढ़ाई चढ़ रहे थे। अलीजू पैदल चल रहा था। उसके घोड़े की बाग ढीली होकर घोड़े के पांव में लटक रही थी। उसने श्याम को नहीं देखा।

अब पालकी बिल्कुल निकट आ गई। एक चारपाई में लम्बे-लम्बे डांड बांधकर यह पालकी बनाई गई थी। श्याम मोहनसिंह का चेहरा न देख पाया, क्योंकि उसे पेट के बल लिटा रखा था।

पालकी निकल गई। लोग चले गए, लेकिन श्याम मौन खड़ा रहा।

गुलाम हुसैन ने धीरे-से उसके कंधे पर हाथ रखा—"चलिए साहब !"

नीचे घाटी पर से कोई आ रहा था। उसके हाथ में वेनियों का गट्ठा न था। जब वह बिल्कुल निकट आ गया तो श्याम ने उसे पहचाना।

"चन्द्रा !" उसने धीरे से कहा।

यह बावलीवाली लड़की थी। वह एक क्षण के लिए ठिठककर खड़ी हो गई। उसकी सांस तेज़-तेज़ चलने लगी और छाती ज़ोर-ज़ोर से कांपने लगी। उसने अपने होंठ दांतों तले दबा लिए और आंसुओं को आंखों में आने से रोककर बोली, "अस्पताल जाऊंगी ; वह जहां जाएगा वहीं जाऊंगी।"

गुलाम हुसैन बोला, "दुनिया क्या कहेगी ?"

"वह दुनिया का नहीं, वह मेरा है।"

श्याम बोला, "चलो, मैं तुम्हारे साथ चलता हूं। तुम्हें कोई कुछ नहीं कहेगा।"

यौंही बिना सोचे-समझे उसने यह वाक्य कह दिया था। वह चन्द्रा की आंखों में कृतज्ञता की झलक न देख सका।

12

वह सीधा ऑपरेशन-रूम में चला गया। डाक्टर मोहनसिंह के सिरहाने खड़ा उसकी नब्ज़ देख रहा था। बामदेव कम्पाउंडर घाव धो रहा था। दीवार पर टंगी हुई रबर की नली से निकलकर पानी की सफेद धार घावों पर पड़ती थी और रक्त से लाल हो जाती थी। सारी पीठ घावों से भरी पड़ी थी। कमर से लेकर बायें कन्धे तक गहरा घाव था। शायद सूअरनी ने यहां सूंड लगाई थी।

बामदेव बोला, "यह सूअरनी भी कम्बख्त नीच होती है—विशेषकर जब वह गर्भवती होती है। देखिए, यहां सूंड कमर पर लगाई और मांस को उधेड़ती हुई कन्धे तक चली गई, नीच, कम्बख्त!"

बामदेव 'कम्बख्त' की गाली अनजाने ही में हर समय प्रयोग में लाता था और अब यह गालियां उसके जीवन का एक अंग, उसकी टेक बन गई थीं। वह इन शब्दों को अगणित बार दोहराता था, इस तरह कि अब ये गालियां उसके व्यक्तित्व का एक मुख्य अंग बन चुकी थीं। उसका कद ठिंगना था। चेहरा सांवला और लम्बूतरा। गालों की हड्डियां बाहर निकली हुई थीं और उनके नीचे काले गढ़े थे। एक आंख से काना था। शराब खूब पीता था। दिल का बहुत नेक था। रोगियों की सेवा में कोई कसर न उठा रखता था। शायद इसीलिए बहुत-से लोग उसकी बकवास को सहन कर लेते थे।

श्याम ने पूछा, "क्या यह बच जाएगा ?" उसके स्वर में निराशा थी।

इससे पूर्व कि डाक्टर उत्तर दे, बामदेव कह उठा, "अजी, इसमें बचने की क्या बात है ! हमने कम्बख्त इससे भी खतरनाक केस अच्छे होते देखे हैं। यह तो कम्बख्त ऐसा खतरनाक केस भी नहीं। क्यों डाक्टर साहब, क्या ख्याल है आपका ?"

डॉक्टर बोला, "सुना है उस सूअरनी के साथ बच्चों का झुण्ड था। अलीजू साहब ने जो उसपर गोली चलाई तो वह घायल हो गई, मरी नहीं। उसके बच्चे इधर-उधर बिखर गए और वह घायल हुई एक तरफ हट गई। अचानक मोहनसिंह सामने आ गया। वह इस तेजी के साथ उसपर झपटी कि मोहनसिंह अपने-आपको संभाल न सका, पेट के बल नीचे गिर पड़ा।

सूअरनी उसे सूंड से चीरती हुई जंगल में गुम हो गई। नब्ज़ कमज़ोर है। जल्दी करो। मैं इसे और क्लोरोफार्म नहीं सुंघा सकता, यह इसे सह नहीं सकेगा।"

बामदेव बोला, "अभी लीजिए! मैं अभी सब काम ठीक किए देता हूं। किस तरह इस कड़ियल जवान का कम्बख्त सूअरनी ने कीमा बना डाला है!"

श्याम का जी मितलाने लगा। वह ऑपरेशन-रूम से बाहर चला आया। बाहर दरवाज़े के साथ चन्द्रा खड़ी थी। उसकी अनुनयपूर्ण एवं प्रश्नसूचक मौन दृष्टि—वह प्रश्न जो उन नाज़ुक घड़ियों में जिह्वा पर नहीं आता परन्तु डबडबाई हुई आंखों के हर आंसू में झलक उठता है—वही प्रश्न उस अछूत, असहाय, दृढ़प्रतिज्ञ युवती की आंखों में झलक रहा था। ये वे नाज़ुक क्षण होते हैं जब मनुष्य की सम्पूर्ण वाक्शक्ति आंखों में प्रकट हो जाती है।

श्याम ने उसके कन्धे पर हाथ रखकर सान्त्वना-भरे स्वर में कहा, "डाक्टर कह रहा है, मोहनसिंह अच्छा हो जाएगा। और बामदेव कम्पाउण्डर तो कहता है कि (गाली उसके होंठों पर आते-आते रुक गई) चिन्ता की कोई बात नहीं।"

"मोहन को कहां रखेंगे, घर पर या अस्पताल में?" चन्द्रा ने पूछा।

"अस्पताल ही में, वार्ड में दाखिल करेंगे। घर पर उसकी मरहमपट्टी कैसे होगी?"

चन्द्रा ने सन्तोष की सांस ली।

"तब तो मैं यहां ठहर सकूंगी। घर में तो इसके सम्बन्धी मुझे घुसने न देते।"

"क्या यहां इसका कोई सम्बन्धी भी है? मैंने तो सुना है कि मोहनसिंह बिल्कुल अकेला है। मां-बाप मर चुके हैं।"

"नहीं, उसकी मां का एक भाई है। वह और उसकी घरवाली मौजा धड़े में रहते हैं। फिर वह कानाफूसी के स्वर में बोली, "वे इस समय यहां उपस्थित हैं। बाहर अस्पताल के बरामदे में बैठे हैं। फिर थोड़ा-सा रुककर, "वही मोहन के बाद उसकी ज़मीन और पनचक्की के मालिक होंगे। अगर आज मोहन मर जाए तो..." वह सिर से पांव तक कांप उठी।

"चिन्ता न करो !" श्याम ने उसे धीरज बंधाते हुए कहा, "मोहन अच्छा हो जाएगा।"

"मोहन कभी अच्छा नहीं होगा, यदि उसकी देखरेख उसके ये सम्बन्धी करेंगे। मैं इन बातों को खूब जानती हूं।" उसने तीक्ष्ण स्वर में कहा, "मैं इन सम्बन्धियों को खूब समझती हूं। कभी हमारे भी सम्बन्धी थे। आज गांववालों ने हमें देशनिकाला दे दिया है। क्या वे सम्बन्धी हमारे मीत हैं ? हमसे तो वे आंख भी नहीं मिलाते...चोर, डाकू, कमीने..."

फिर वह निश्चयपूर्ण स्वर में बोली, "मोहन की देखरेख मैं करूंगी।" फिर वह श्याम के आगे हाथ जोड़कर कहने लगी, "तुमने मुझपर जो उपकार किया है उसका बदला मैं आयु-भर नहीं चुका सकती। मुझपर एक उपकार और कर दो। डाक्टर से कहकर मुझे यहां मोहन की देखभाल करने की आज्ञा दिलवा दो।"

"लेकिन," श्याम कहने लगा, "यह कैसे होगा ? उसके सम्बन्धी कैसे मानेंगे ? गांववाले शोर मचाएंगे। यह ब्राह्मणों का गांव है। पंडित सरूपकिशन... जगहंसाई होगी, स्वयं तुम्हारी मां..."

"मेरी मां की आप चिन्ता न करें ! उससे मैं स्वयं मिल लूंगी। जगहंसाई की मैं परवाह नहीं करती और यदि पंडित सरूपकिशन कुछ कहेगा तो मैं उसका मुंह झुलस दूंगी...हां, इसके सम्बन्धियों की बात ज़रा टेढ़ी है, लेकिन आप..." वह पुनः श्याम की ओर अनुनयपूर्ण दृष्टि से देखने लगी। उसके होंठ थोड़े-से खुले थे। एक लट गाल पर लहरा रही थी। बड़ी-बड़ी काली आंखों में आकर्षक चमक थी जिनमें अश्रुओं की सजलता थी।

श्याम को जैसे अपने कण्ठ में कोई वस्तु फंसी हुई सी अनुभव हुई। कम्बख्त यह लड़की नहीं जानती कि वह कितनी सुन्दर है। ऐसा सौन्दर्य बड़ा भयानक होता है...इस्टीला सब कुछ जानती है। उसे अपने सौंदर्य का सम्पूर्ण अनुभव है। अपने सौंदर्य के आकर्षण, लावण्यता आदि से वह कदापि अनभिज्ञ नहीं। वह यह भी जानती है कि उसकी पहुंच कहां तक है और किस सीमा से आगे बढ़ना उसके लिए मूर्खता सिद्ध होगी। परन्तु इस सादे सौंदर्य की अज्ञानता,

इसका अनजानपन ही इसे सबसे अधिक खतरनाक बना देता है। इस्टीला का सौंदर्य, अलजेब्रा है, चन्द्रा का सौन्दर्य, ईथर की लहर, सूर्य की किरण, सूर्यास्त का स्वर्ण !

चन्द्रा घबराकर बोली, “इस तरह क्या देख रहे हैं आप, क्या सोच रहे हैं ?”

श्याम अपने विचारों, अपनी मनोभावनाओं पर स्वयं ही लज्जित हो उठा। धीरे से बोला, “घबराओ नहीं, मैं पूरी कोशिश करूंगा। आज की रात तो तुम यहीं रह सकती हो। मैं बामदेव से कहूंगा और कल डाक्टर से भी बात करूंगा।”

13

श्याम ने पहले डाक्टर से बात की। डोक्टर टालमटोल करने लगा, “बड़ा टेढ़ा मामला है। हर किसीको देखरेख की आज्ञा नहीं दी जा सकती। इस नियम को मैं तोड़ भी सकता हूं, लेकिन यह मामला कुछ अधिक बेढब है। मोहनसिंह की मां का भाई उसका असली उत्तराधिकारी है। अगर वह इसकी देखरेख करना चाहे तो मैं कैसे इन्कार कर सकता हूं, आप ही सोचिए। फिर यह लड़की अछूत है। गांववालों ने इसका बहिष्कार कर रखा है। मोहनसिंह के सम्बन्धी विरोध कर सकते हैं कि एक राजपूत का धर्म भ्रष्ट हो रहा है। ब्राह्मण विरोध करेंगे, अर्ज़ी देंगे। मेरे विरुद्ध कार्रवाई होगी। देखिए न, इस मामले को आप इतना आसान न समझिए। और फिर मैं ठहरा मुसलमान ! यही समझा जाएगा कि इस आदमी ने जान-बूझकर धार्मिक अड़चन डाली। देखिए न, आप स्वयं इस मामले की गम्भीरता को समझते हैं।”

फिर श्याम ने बामदेव से बात की। वह बोला, ‘‘अजी इसमें हर्ज ही क्या है ? मैं कम्बख्त अभी इस मामले को सुलझाता हूं। यह लड़की भी रहे और क्या नाम...कम्बख्त इसके सम्बन्धी भी रहें। आप बिल्कुल चिन्ता न करें।”

श्याम ने कहा, “एक बात विचार करने की और है; हो सकता है, मोहनसिंह के उत्तराधिकारी उसकी देखभाल अच्छी तरह न करें, बल्कि उल्टा उसे कष्ट पहुंचाने की सोचें, क्योंकि इसकी मौत से उन्हें बहुत-सा आर्थिक लाभ होगा।

दूसरी ओर चन्द्रा..." श्याम ने वाक्य अधूरा छोड़ दिया।

डाक्टर भी इस मामले को समझ गया और बामदेव भी। लेकिन दोनों अपनी ओर से कोई फैसला देने से कतराते थे। आखिर दूसरे दिन दोपहर के बाद जब मोहनसिंह को होश आया तो उसने स्वयं इस बात का फैसला किया। वह चाहता था कि केवल चन्द्रा ही उसकी देखरेख करे। वह अपने-आपको अन्य किसीके हाथ में सौंपने के लिए तैयार न था। परिणाम यह हुआ कि उसके सम्बन्धी गालियां बकते चले गए और चन्द्रा ने अपनी चारपाई वार्ड में मोहनसिंह के निकट बिछा ली।

14

इस घटना के तीन-चार दिन बाद उसकी अलीज़ू से भेंट हुई। अलीज़ उसे देखते ही बोला, "मुबारिक हो, अब मिठाई खिलाओ न !"

"क्यों ?"

"हमसे छिपाते हो ! सुना है तुम्हारी मंगनी हुई है, किसी बड़े अच्छे घराने में ! सुना है, मंगनी में पांच सौ रुपये आए हैं।"

श्याम ने चिन्तातुर होकर कहा, "नायब तहसीलदार साहब ! आपसे क्या परदा, मुझे तो इसमें प्रसन्नता का कोई कारण नहीं। दिखाई देता। पांच सौ रुपये से जीवन नहीं बिताया जा सकता। जीवन तो प्रेम चाहता है और प्रेम उस लड़की को जानता तक नहीं। उसकी शकल तक से अपरिचित हूं। अब आप ही बताइए, यह भी कोई तरीका है ?"

नायब तहसीलदार ने कहा, "अभी बच्चे हो, इन बातों को तुम क्या समझोगे ! सैकड़ों वर्षों के आज़माए हुए रस्म और रिवाज दो-चार पुस्तकों के पढ़ लेने से झूठे नहीं किए जा सकते। तुम्हारे दिमाग में शायद पश्चिमी कोर्टशिप की अठखेलियां घूम रही हैं। बात असल में यह है श्याम साहब कि पश्चिम में भी इसी तरह विवाह होते हैं जिस तरह यहां। यह कोई अचम्भे की बात नहीं। वहां भी घर, खानदान, जात-पांत इसी तरह मौजूद हैं। ऐसा बहुत कम होता है कि किसी लार्ड का लड़का किसी मज़दूर की लड़की से शादी कर ले। अब मोहनसिंह को

लीजिए ! राजपूत है, सुन्दर है, अच्छे घराने का है। उसके पास काफी जायदाद भी है, लेकिन अपना जीवन अपने हाथों नष्ट कर रहा है। उस अछूत लड़की से प्रेम कर रहा है। जिसे बिरादरी मुंह नहीं लगाती। क्या इसका कोई अच्छा परिणाम निकल सकता है ? बात असल में यह है श्याम साहब, कि समाज एक बड़ी भारी शक्ति है। समाज मनुष्य की संगठित बुद्धि और संगठित शक्ति का नाम है। समाज से विद्रोह किसी तरह भी हितकर सिद्ध नहीं हो सकता। मैंने तो छाया को कई बार सलाह दी है कि वह बिरादरी का कहना मानकर अपनी लड़की की शादी पंडित सरूपकिशन के लड़के से कर दे। बस सारे झगड़े मिट जाएंगे। फिर उसकी तरफ कोई आंख उठाकर भी देखे या उसकी किसी बात पर कटाक्ष करे तो मेरा ज़िम्मा। पंडित सरूपकिशन बड़ा धूर्त ब्राह्मण है। गांव के सब ब्राह्मण उसकी मुट्ठी में हैं। मैं उसे खूब समझता हूं। मगर साहब, उससे बिगाड़ी नहीं जा सकती और वह छाया है कि मेरी बात मानती ही नहीं। त्रियाहठ है, और क्या ?"

"आखिर वह चाहती क्या है ?" श्याम ने पूछा।

"असल में वह वंती को कहीं और ब्याहना चाहती है। वह एक लड़का है बलभद्र। है तो वह भी ब्राह्मण ही, लेकिन गरीब है। जायदाद वगैरह भी कुछ इतनी नहीं।"

"फिर ऐसी मूर्खता क्यों करना चाहती है ?"

"बात असल में यह है श्याम साहब, कि छाया बड़ी ही स्त्री है। अपनी मनमानी करना चाहती है, और वह जो बलभद्र है, वह ज़रा सुन्दर जवान है, मैट्रिक पास है और यहां स्कूल में पढ़ाता है। किसी दिन आपको मैं उससे मिलाऊंगा। वह वन्ती पर बुरी तरह मरता है। गांव के कई और लौंडे भी मरते होंगे, लेकिन उसका प्रेम सबसे ज़्यादा बदनाम है...कुछ इस कारण से और कुछ यह भी कारण है कि वंती को भी इस लड़के से थोड़ा-बहुत लगाव है; छाया उसकी शादी बलभद्र से करना चाहती है। बलभद्र के मां-बाप मर चुके हैं। छाया का ख्याल होगा कि वह उसे घरजंवाई बनाकर रखेगी। उसके मुकाबले में पंडित सरूपकिशन का लड़का बड़ा बदसूरत और मूर्ख है। मगर साहब, आखिर है तो पंडित सरूपकिशन का लड़का। बात असल में यह है श्याम साहब कि..."

श्याम ने घबराकर जल्दी से हाथ मिलाया और कहा, "माफ कीजिए नायब तहसीलदार साहब, मुझे एक बहुत ज़रूरी काम याद आ गया है। फिर कभी हाज़िर हूंगा। प्राज्ञा दीजिए !"

अलीजू बोला, "अच्छा-अच्छा ! कोई बात नहीं। मेरा भी अब नमाज़ का वक्त हो रहा है।"

15

और श्याम चलते-चलते सोचने लगा—अलीजू की बातें कितनी ठोस होती हैं, लेकिन इनमें कार्य शीलता नहीं। क्या मनुष्य क्रान्ति और विद्रोह के बिना उन्नति कर सकता है ? स्वयं मानव-समाज ने पिछले कुछ हज़ार वर्षों में जो उन्नति की है, क्या इसी क्रांति और विद्रोह का परिणाम नहीं ? धर्म के अवतार क्या विद्रोही न थे ? क्या उन्होंने अपने समाज से विद्रोह न किया था ? क्या वे अपने समय में नास्तिक न समझे जाते थे ? यदि जीवन एक स्थान पर जुटकर बैठे रहने का नाम है तो फिर—मृत्यु किसे कहते हैं ? यदि मनुष्य के मन में यह नैसर्गिक विद्रोह की ज्वाला उत्पन्न न होती, तो सम्भवतः वह आज भी उसी तरह जंगलों में लंगूर की तरह दुम लटकाए वृक्षों पर छलांगें मारता फिरता—जो भी हो, अलीजू में आत्मविश्वास तो है। मेरी धारणाएं तो अभी बिल्कुल ही कच्ची हैं। मैं किसी भी धारा में बह सकता हूं। मैं कभी कुछ सोचता हूं, कभी कुछ। अर्धचेतन-सी कुछ वृत्तियां उभर रही हैं। न जाने किस रूप में सामने आएंगी ! इनका प्रवाह किधर उन्मुख होगा ! जीवन की कहानी क्या रूप धारण करेगी !

एकाएक वह ठिठक गया। सामने की ओर से वंती चली आ रही थी। उसके हाथ में फलों की टोकरी थी, जिसमें से लाल-लाल सेब झांक रहे थे। उसे देखकर वंती की चाल धीमी पड़ गई। वे दोनों उस तंग मार्ग पर एक-दूसरे का मुंह ताकने लगे। एक ओर सुम्बलों की झाड़ियां थीं, दूसरी ओर तरनारी की बेल। श्याम ने देखा कि बंती ने सफेद नॉन का दुपट्टा ओढ़ रखा है जिसकी उज्ज्वल ओट में कन्धों पर लहराए हुए काले केश झांक रहे हैं। चेहरे पर ताज़गी थी और

रस-भरे होंठ किसी अज्ञात भाव से कांप रहे थे। श्याम की दृष्टि उसके पांव की ओर गई। बोला, "फीता अब तो तंग नहीं करता ?"

वह हंसी। उसकी हंसी एक अलौकिक प्रकार की थी। उस हंसी में केवल साधारण स्त्रियों की हंसी की सी मृदुलता, कोमलता और चांदी ही घुली हुई न थी, वरन् उसे अनुभव हुआ कि उस हंसी में किसी सुन्दरतम संगीत का अमृतमय रस विद्यमान था। उसके मन में उस हंसी को बार-बार सुनने की इच्छा जाग्रत् हो उठी।।

वह शोखी से कहने लगा, "अगर यह कम्बख्त फीता तुम्हें फिर कभी तंग करे, तो..."

वह फिर हंसने लगी, "सेब खाइए न—आपके बाग के हैं !"

वह बोला, "मैं अपने बाग के सेब नहीं खाया करता।"

और फिर श्याम ने वंती के गालों पर गुलाब के फूल खिलते देखे। अपने नॉन के पतले दुपट्टे से अपने वक्षस्थल को ढांपने का प्रयत्न करने लगी, जहां मानो दो बेचैन पक्षी सगर्व ऊपर की ओर मुंह उठाए हुए थे...या शायद नीचे की ओर झुके जाते थे, पके हुए फलों की भांति। और श्याम के मन में उन फलों को तोड़ लेने की चाह तड़पने लगी...

वंती ने धीरे से कहा, "आप यों अचरज से क्यों देख रहे हैं ?"

"मैं यह सोच रहा था," श्याम ने लजाते हुए कहा, "तरनारी के यह सफेद फुल कितने भले लगते हैं ! कितनी विचित्र सुगन्धि है। इनकी !"

वंती बोली, "हां, मैं तो भूल ही गई थी। मैं आज तरनारी के फुल अपने जूड़े में लगाऊंगी। आपको यदि कष्ट न हो तो ज़रा इन फूलों को चुन दीजिए। इनकी कटीली डालियों से मुझे डर लगता है।"

श्याम ने इधर-उधर देखा। झाड़-फूस से घिरी हुई वह पगडंडी बिल्कुल निर्जन थी। वह धीरे-धीरे फूलों के गुच्छे उतारने लगा और वंती वहीं घास पर बैठकर अपना जूड़ा संवारने लगी। थोड़े समय के बाद बोली, "बस !" उसने अपने जूड़े में फूल टिका लिए और गजरे बनाने के लिए अपने दुपट्टे में भी फूल भर लिए। श्याम को ऐसा अनुभत हुआ मानो वंती स्वयं तरनारी की बेल बन गई हो।

श्याम मुस्कराकर बोला, "गेसूए-ताबदार को और भी ताबदार कर ![1] लेकिन सम्भवतः आप इसका अर्थ न समझ सकेंगी। बलभद्र से पूछ लीजिएगा।"

परन्तु वंती ने शायद इसका अर्थ समझ लिया था, क्योंकि उसने लजाकर आंखें झुका ली थी और अब गुरगाबी की नोक से धरती कुरेद रही थी।

वह बोला, "मालूम होता है यह कम्बख्त फीता फिर तंग कर रहा है—लाइए।" और वह उसके पांव की ओर झुका।

लेकिन वंती हंसते हुए एक जंगली हिरनी की तरह चौकड़ी भरकर भाग गई।

सन्ध्या के धूमिल अंधकार में श्याम ने बाग के पश्चिमी टीले पर बैठे-बैठे अनुभव किया कि आज वह अकेला नहीं है; जैसे वंती अब भी उसके साथ है; जैसे वह उसके मृदुल, मधुमय श्वास का अब भी अपने माथे पर अनुभव कर रहा है; जैसे उसकी गुलाबी उंगलियों के स्पर्श से उसके हृदय के मरुस्थल में गुलाब के फूल खिलते जा रहे हैं; जैसे उसकी हंसी का मनोरम संगीत समस्त संसार पर छा गया है। इससे पूर्व आज तक कभी ऐसा न हुआ था। और श्याम का मन किसी अज्ञात भय, किसी अज्ञात सौन्दर्य के अनुभव से कांप उठा और वह धीरे-धीरे कहने लगा, "ठहर, ऐ दिल...ठहर, ऐ दिल..."

16

पंडित सरूपकिशन का दोमंज़िली मकान मान्दर और मौजा धड़ा के बीच की घाटी में एक ऊंचे स्थान पर स्थित था, जहां से सारी वादी का दृश्य साफ दिखाई देता था। वादी में यह सबसे ऊंचा स्थान था और ब्राह्मणों का सरदार होने के कारण उसकी शान के उपयुक्त भी। आसपास कई अन्य ब्राह्मणों और धनी महाजनों के घर थे। इस मकान से एक ओर रोड़ी नाला, उसका तल्ला और मान्दर का बाजार दिखाई देता था और दूसरी ओर तहसील और अन्य सरकारी दफ्तर। उधर पंडित सरूपकिशन के छोटे भाई बसंतकिशन का घर था।

---

१. चमकीले केशों को और भी चमकीला बना।

बसंतकिशन को पंडितजी और गांव के सब लोग अच्छा न समझते थे। उसकी बातें, उसका चाल-चलन उन्हें पसंद न था। फिर बड़े भाई की तरह वह धनी भी न था, इसलिए वह लोगों से अलग-थलग रहता था। पंडित सरूपकिशन के मकान के उत्तर-पश्चिम में दूर तक उसके मक्की के खेत फैले हुए थे। इन खेतों से परे वृक्षों की घोट में एक धर्मशाला थी जहां एक ऊंचे मन्नो की चोटी पर केसरी रंग का झण्डा लहरा रहा था। पण्डित सरूपकिशन साधारण-सा जागीरदार भी था। वास्तव में इसके पूर्वजों को यह जागीर इस धर्मशाला ही के संबंध में मिली थी ताकि धर्मशाला का खर्च इससे चलता रहे। लेकिन अब उस धर्मशाला में पंडित सरूपकिशन ने एक पुजारी रख छोड़ा था जो प्रायः बीमार रहता था, इसलिए पुजारी की माता ही प्रातः उठकर पूजा-पाठ किया करती थी।

पंडित सरूपकिशन उस धर्मशाला का सरकारी पुरोहित था। आयु चालीस के लगभग होगी। कद असाधारणतया लम्बा जो उसके ब्राह्मणी ठाठ में और भी वृद्धि करता था। चौड़ा माथा, पतले होंठ, जिनपर आत्माभिमान की छाप थी। निचला जबड़ा बहुत मज़बूत था और भवें ऊपर की ओर मुड़ी हुई थीं, जिस तरह पश्चिमी चित्रकार 'शैतान' की भवें दिखाते हैं और पूरबी चित्रकार किसी सुन्दर नर्तक की। उसकी सुन्दरता अजंता के एक देवता की सी सुन्दरता थी। सरूपकिशन के होंठ हर समय मुस्कराते रहते थे चाहे उसकी मनःस्थिति कैसी ही क्यों न हो। उस स्थायी मुस्कान से मन की शान्ति का नहीं वरन् धूर्त स्वभाव का पता चलता था। श्याम जानता था कि ऐसे व्यक्ति, जो हर समय मुस्कराते हैं या मुस्कराते रहें, वे कितने भयंकर होते हैं।

यदि सरूपकिशन के रंग-रूप में अजंता के चित्रों का सा आकर्षण था तो उसकी पत्नी दुर्गा में मिस्र देश की मम्मियों (रक्षित मृतक शरीर) जैसी निर्जीव शुष्कता थी। यद्यपि उसकी कमर काफी चौड़ी थी, परन्तु कमर से ऊपर वह बिलकुल सूखी, मुरझाई हुई और मृतक मम्मी की तरह नज़र आती थी। गालों की हड्डियां बाहर निकली हुई थीं और उनपर पीली, मटियाली-सी खाल मढ़ी हुई मालूम होती थी।

अजंता के चित्र और मिस्र की मम्मी ने मिलकर दुर्गादास को जो जन्म

दिया था। क्रॉस-ब्रीडिंग का इससे बुरा उदाहरण शायद कहीं और न मिल सकता था। कम से कम श्याम को ऐसे किसी उदाहरण का पता न था। दुर्गादास के कन्ध चौड़े थे परन्तु धड़ सूखा हुआ था—किसी सूखे हुए वृक्ष की जड़ों की तरह जिसके पत्ते अभी तक हरे हों। बाई टांग से लंगड़ा, एक आंख से काना—और काना भी कुछ इस प्रकार कि एक आंख अन्दर को धंसी हुई थी और उसमें से हर समय पानी-सा रिसता रहता था। बातें करते समय इस खोखले ढंग से हंसता था कि अक्सर शरीर के रोंगटे खड़े हो जाते थे। चाल में ही नहीं, सारे शरीर में घृणास्पद बेतुकापन था।

17

अगस्त की आरम्भ की एक संध्या को पंडित सरूपकिशन ने अपनी बैठक में गांव के मुख्य-मुख्य ब्राह्मणों और महाजनों को एक आवश्यक मामले पर विचार करने के लिए बुलाया। लगभग चालीस-पचास लोग होंगे। इस बैठक में लाला बांशीराम, लाला हुकमचन्द, लाला फुलचन्द, लाला दीपचन्द, बिसाखामल, गज्जामल, फुजीमल, और कोंडूराम महाजनों की ओर से सम्मिलित हुए थे। ये लोग अपने श्याम रंग बल्कि अधिकतर काले रंग, लम्बी नाक और दीन स्वर से पहचाने जा सकते थे। स्वर में रेशम की सी कोमलता थी, परन्तु शब्दों के अर्थ पर विचार करने से प्रत्येक शब्द दोधारी तलवार की तरह दोनों ओर काट करता हुआ मालूम होता था।

इस सभा में गांव के सिक्खों की ओर से भी कुछ एक प्रतिनिधि थे। ये लोग वास्तव में आधे सिक्ख और आधे सनातनधर्मी थे ; जैसा अवसर देखा, वैसे हो गए। यह कुछ उन्हीं तक सीमित न था, गांव के अधिकतर निवासी इसी ढंग के थे। वाहगुरु का नाम भी लेते थे और शिवजी की पूजा भी करते थे। जिस तरह मन चाहा भक्ति कर ली। इन सिक्खों में सरदार खेशरसिंह, सरदार बचत्तरसिंह और सरदार कलियारीसिंह प्रमुख थे।

मौजा धड़ा से भी कुछ लोग आए हुए थे। पंडित रुद्रभानजी, गंगू मिशर, बुद्ध, पुरोहित और पं० पेड़ाराम हजामत बनाए, नई कमीजें पहने, माथे पर

तिलक लगाए, गले में मालाएं डाले, कन्धों पर अंगोछे रखे, आलती-पालती मारे विराजमान थे।

दुर्गादास इस मजलिस में इधर-उधर घिसटता हुआ लोगों को शर्बत, पानी आदि के लिए पूछ रहा था। उसकी खोखली हंसी बार-बार कमरे में गूंज उठती थी।

"पण्डित सरूपकिशनजी कहां हैं ?" लाला बांशीराम ने अपनी सोने की घड़ी को जेब से दसवीं बार निकालते हुए पूछा।

"अभी आते हैं।" दुर्गादास ने क्षमाप्रार्थी होकर कहा, "ऊपर ध्यान में मग्न हैं खी, खी, खी !" वह हंसते हुए अपने दोनों हाथ मलने लगा।

लाला कोंडूराम बोले, "लोहे का भाव चढ़ गया है।"

छाया का भाई जियालाल बोला, "पीर के मेले में कितने दिन रह गए हैं ?"

दुर्गादास बोला, "बारह दिन—खी, खी, खी—अब की बहुत रौनक होगी। हम सब लोग मेले पर चलेंगे। खी, खी, खी !"

'सब लोग' से दुर्गादास का क्या अभिप्राय था, इसे सब लोग समझते थे। बैठक में एक कहकहा पड़ा। जियालाल लज्जित हो गया। दुर्गादास के मुंह से हंसी की चीखें निकल रही थीं। उसके विचार में उसने कोई बहुत अच्छा मज़ाक किया था जिसपर सब लोग यों प्रसन्न होकर कहकहे लगा रहे थे।

"हो, हो, हो—खी, खी, खी..." वह हंस रहा था और झूम रहा था। उसका निचला होंठ और भी लटक गया था। उसके सामने के दो दांत इस तरह बाहर दिखाई दे रहे थे जिस तरह हिन्दू चित्रकार अपनी देवमाला के चित्रों में राक्षसों के दांत दिखाया करते हैं। वह सचमुच उस समय राक्षस ही दिखाई देता था।

ठीक उसी समय पण्डित सरूपकिशनजी ने बैठक में प्रवेश किया। सब लोगों ने उठकर उन्हें नमस्कार किया। बैठक 'पालागन महाराज, पालगन महाराज' की आवाज़ों से गूंज उठी। पण्डितजी मुस्कराए। मुस्कान उनके होंठों से फिसलकर सारे चेहरे पर फैल गई। वे एक शान के साथ आगे बढ़े और अपने खाली सिंहासन पर, जहां तकिया लगा था, बैठ गए। उनके बैठने के बाद गांव के लोग भी अपने-अपने स्थान पर बैठ गए और सारी सभा में सन्नाटा छा गया।

पण्डितजी के सिंहासन के निकट दो लकड़ी की चौकियां लगी थीं। इनमें एक पर योगवासिष्ठ पड़ा था और दूसरी पर एक पीतल की थाली जिसमें घी का दिया जल रहा था और अगरबत्ती भी। अगरबत्ती का सुवासित धुश्रां कमरे के वायुमण्डल में चक्कर काटता हुआ चारों ओर फैल रहा था।

सब लोग कान लगाए बैठे थे। पंडितजी बोले, "सज्जनो ! आज मैंने आपको एक अत्यन्त जटिल विषय पर विचार करने के लिए बुलाया है। पिछले कई दिनों से मैं इस विषय पर हर दृष्टिकोण से विचार कर रहा था। मन में सौ प्रकार की बातें उठती थीं—दुनियादारी और धर्म-संकट की। कभी एक का पलड़ा भारी हो जाता था, तो कभी दूसरे का। इसी दुविधा में दिन निकलते जा रहे थे कि आपको बुलाऊं या न बुलाऊं। परन्तु कल रात जब मैं स्वस्तिवाचन चरके योगवासिष्ठ पढ़ने लगा तो मेरे सामने यह मन्त्र आया।" इतना कहकर पण्डितजी ने योगवासिष्ठ को खोलकर उसके पन्ने उलटने आरम्भ किए।

कमरे में गहरा सन्नाटा था। केवल पन्ने उलटने की आवाज़ सुनाई देती थी। बिरादरीवालों ने जैसे अपने श्वास तक भी रोक रखे थे।

'हां, यही मन्त्र था,' पण्डितजी ने ऊंची आवाज़ में कहा और फिर उन्होंने मन्त्र का उच्चारण किया। उच्चारण के बाद महाजन तो चुपचाप बैठे रहे, लेकिन कई ब्राह्मणों ने ऊंचे स्वर में वाह-वाह की, किसीने सिर हिलाया मानो कह रहा हो—इस मन्त्र का अर्थ केवल मैं ही समझता हूं। किसीने दीर्घ श्वास भरकर इस प्रकार राम-राम किया, मानो कह रहा हो—अन्धा क्या जाने वसंत की बहार ! इस मन्त्र में वेदान्त का जो सागर बन्द है उसे मेरे अतिरिक्त कौन समझ सकता है ! मन्त्र तो पण्डित पेड़ाराम की समझ में भी न आया था, परन्तु यहां कुछ न कुछ कहना आवश्यक था अन्यथा सारी पंडिताई धरी की धरी रह जाती। आंखें बन्द करके वे ऊंचे स्वर में बोले, "हे भगवान, तेरी लीला अपरम्पार है !" अब इसका अर्थ जो चाहे ले लीजिए।

दुर्गादास अपनी खोखली हंसी हंसने लगा, परन्तु किसीने उसपर ध्यान न दिया।

गंगू मिशर बोला, "वाह गुरुजी ! योगवासिष्ठ तो बस योग वासिष्ठ ही है, जो इसका पठन-पाठन कर ले उसका तीनों लोक में भला होता है।"

पण्डित सरूपकिशन मुस्कराते हुए बोले, "इस मन्त्र का अर्थ है कि जीवन दो दिन का मेला है।"

दुर्गादास अपनी खोखली हंसी हंसते हुए बोला, "खी, खी, खी—पीर का मेला..."

"दुर्गादास !" पण्डितजी ने गरजकर कहा, "चुप रहा !"

दुर्गादास की हंसी उसके कण्ठ में गड़गड़ाहट-सी उत्पन्न करती हुई दब गई। उसका निचला होंठ फिर लटक आया और वह अपनी कानी आंख से बहते हुए पानी को अंगोछे से पोंछने लगा।

पण्डितजी ने अपनी मुस्कान को पुनः अपने मुख पर धारण कर लिया। बोले, "सज्जनो ! इसका अर्थ यह है कि जीवन दो दिन का मेला है, इसे प्रसन्नतापूर्वक व्यतीत करो, परन्तु..." एक-दो क्षण चुप रहने के बाद उन्होंने एक मन्त्र का दूसरा चरण पढ़ा और फिर बोले, "परन्तु इसके साथ ही तुम्हारा यह कर्तव्य है कि जीवन के मेले में धर्म से कभी विमुख न रहो, क्योंकि धर्म ही से मुक्ति प्राप्त होती है।"

"सत्य है, बिलकुल सत्य है," कई ब्राह्मणों ने एकसाथ कहा।

लाला बांशीराम बोले, "पण्डितजी, आपकी वाणी में अमृत घुला हुआ है।"

पण्डित सरूपकिशन ने कृतज्ञतापूर्वक लाला बांशीराम की ओर देखा।

"परन्तु अब यह बताइए,' लाला बांशीराम ने यह बात जारी रखते हुए कहा, "आपने आज हमें क्यों याद किया है ?"

लाला फेजीमल सुनार बोले, "मैं पण्डितजी के बुलावे पर दुकान बन्द करके चला आया। आज एक गूजर ने अपनी बीवी की हंसली ले जाने को कहा था। आकर लौट गया होगा बेचारा।"

बुद्ध, पुरोहित ने अपनी कण्ठमाला संवारते हुए 'सतनाम, सतनाम' कहा।

सरदार बचत्तरसिंह ने सरदार खेशरसिंह के कान में कहा, "बिल्कुल ऐसा ही एक श्लोक हमारे सच्चे पादशाह बाबा नानक ने कहा है।" यह कहकर उन्होंने एक श्लोक सरदार खेशरसिंह के कान में फूंका।

सरदार खेशरसिंह गांव के पटवारी थे और दिन-भर खेतों में जरीब लिए फिरते थे या खतूनी और खेवट की रट लगाते रहते थे। जपजी साहब उन्होंने

बिलकुल ऊटपटांग रूप से रट रखा था और स्नान करते समय उसका पाठ वे इस तेज़ी से किया करते थे मानो सिर पर से कोई बला टाल रहे हों। वे इस श्लोक का तो क्या संसार के किसी श्लोक का भी अर्थ न समझ सकते थे। उन्हें केवल एक ही श्लोक आता था—सबसे पहला नाम रुपये का, दूसरा नाम रुपये का और सबसे अन्तिम और सबसे सच्चा नाम रुपये का। परन्तु इस समय वे भी ज्ञान-ध्यान की बातें करने लगे। अपनी लम्बी दाढ़ी पर हाथ फेरकर बोले, "बिलकिल, बिलकिल (वे सदैव बिलकुल को बिलकिल कहते थे), यह बाबाजी का ही श्लोक है जिसे इन हिन्दुओं ने चुराकर योगवासिष्ठ में रख दिया है।" और इतना कहकर वे मुस्कराए। बचत्तरसिंह भी उनके अपार ज्ञान पर मुस्कराने लगे और सरदार गुल्हाटीसिंह ने, जो इस वार्तालाप से सर्वथा स्वतन्त्र रहे थे, जब अपने दोनों भाइयों को मुस्कराते देखा तो वे भी उस मुस्कान में सम्मिलित हो गए। पण्डित सरूपकिशन ने जब इन तीनों को मुस्कराते देखा तो उन्हें भी अपने प्रशंसकों में मिला लिया। मुस्कराते हुए बोले, "सरदार बचत्तरसिंहजी, आज मैंने आपको और बाकी सब भाइयों को इसलिए कष्ट दिया है कि आप लोग एक अत्यन्त दुःखदायक बात का फैसला कर दें।"

सरदार गुल्हाटीसिंह बोले, "वाहगुरु किरपा करेंगे। कहिए कौनसी ऐसी दुःखदायी बात है?"

पण्डित सरूपकिशन की भवें और भी तन गईं। बारीक पपोटों के नीचे आंखें और भी बेचैन हो उठीं। चन्दन का टीका जैसे अग्नि की ज्वाला बन चमकने लगा। बोले, "धर्म की रक्षा करना मेरा, आपका, सबका कर्तव्य है। कल जब मैं योगवासिष्ठ का यह मन्त्र पढ़कर सोया तो मैंने स्वप्न में अपने दादाजी को देखा।"

"सतनाम, सतनाम," गंगू मिशर ने कहा।

"मैं उनके चरणों में गिर पड़ा। दादाजी कहने लगे—बेटा, धर्म की रक्षा में यदि तुम्हें प्राण भी देने पड़े तो भी संकोच न करना जो मामला है स्पष्ट अपनी

१. भूमि मापने का पैमाना

बिरादरी के सम्मुख रख दे। बिरादरी कभी तेरा कहा न टालेगी। इतना कह दादाजी अलोप हो गए।"

"वाहगुरु, वाहगुरु—सच्चे पादशाह," सरदार बचत्तरसिंह ने प्रभावित होकर कहा।

"आपके दादाजी तो सन्त थे। सन्तों का कहा कौन टाल सकता है! आज्ञा दीजिए महाराज!" लाला कोंडूमल ने हाथ बांधकर कहा।

जियालाल बोला, "क्या फिर किसीसे कोई अपराध हुआ है?"

"हां," पण्डित सरूपकिशन गरजकर बोले, "आपके सामने आपका धर्म नष्ट हुआ जा रहा है और आपको लज्जा नहीं आती। वह बदचलन चन्द्रा, जिसे आपने और सारी बिरादरी ने उसकी मां-सहित गांव से निकाल दिया था, आज फिर इसी गांव में आकर एक राजपूत का जन्म भ्रष्ट कर रही है। एक राजपूत घराने का सर्वनाश हो रहा है और आप लोग आंखें मूंदे पड़े हैं। वह मुसलमान डाक्टर भी उस अछूत कुलटा के पक्ष में है और डटकर खुलेआम हमारे धर्म पर आक्रमण कर रहा है, और आप लोग सब कुछ देख रहे हैं और चुप्पी साधे बैठे हैं। सब कुछ सुन रहे हैं और चूं तक नहीं करते। यदि ऐसा ही होता रहा तो एक दिन इस धरती पर से हमारे धर्म का नाश हो जाएगा और इस गांव पर ऐसा वज्रपात होगा कि आप उस समय हाथ मल-मलकर पछताएंगे और कुछ न कर सकेंगे।"

सारी सभा कांप रही थी। केवल महाजन लोग शान्त बैठे थे। लाला बांशीराम बोले, "पण्डितजी, आपने बिल्कुल सत्य कहा है, लेकिन आप ही बताइए, हम क्या कर सकते हैं! मोहनसिंह के स्वभाव को तो आप जानते ही हैं, वह किसीकी नहीं सुनता; और इस समय जबकि वह घावों से बेहोश अस्पताल में पड़ा है और चन्द्रा इतनी तन्मयता से उसकी देख-रेख कर रही है, वह कब हमारी सुनेगा! उसे अच्छा हो लेने दीजिए, फिर उसे समझाएंगे।"

"हां, हां," कई लोगों ने लाला बांशीराम की हां में हां मिलाई।

"उसे अच्छा हो लेने दीजिए!" पण्डित सरूपकिशन ने व्यंग्यपूर्वक मुस्कराते हुए कहा, "फिर वह चन्द्रा से विवाह कर लेगा और गांव में एक और क्षत्रिय का जन्म भ्रष्ट हो जाएगा। राक्षस-बुद्धिवाले लोग बढ़ते जाएंगे और

देबताओं का धर्म खतरे में पड़ जाएगा। मैं कहता हूं, उसकी देख-रेख क्या उसके सम्बन्धी नहीं कर सकते ?"

मोहनसिंह का सम्बन्धी भी वहीं बैठा था। वह उठा और हाथ जोड़कर कहने लगा, "मैं बिरादरी के सामने हाथ जोड़कर प्रार्थना करता हूं कि मेरे सम्बन्धी के धर्म की रक्षा की जाए।"

"लेकिन," लाला फजीमल सुनार बोले, "यह बड़ी कठिन बात है। डाक्टर बड़ा भलामानस और शरीफ है। आज तक उसने कभी..." वे चुप हो गए, क्योंकि पण्डितजी के माथे पर बल ग्रा गया था और वे उसकी ओर क्रुद्ध नेत्रों से देख रहे थे।

पंडितजी बोले, "मैं आपको एक उपाय बताता हूं। डाक्टर साहब के विरुद्ध तो इसी समय अर्जी दे देनी चाहिए। बाकी रह गई चन्द्रा, तो उसके सम्बन्ध में भी मैंने एक योजना सोच ली है..." यह कहकर उन्होंने दुर्गादास को इशारा किया और कहा, "चन्द्रा की मां को बुलाओ।"

चन्द्रा की मां !" कई आवाजें एकसाथ आईं।

पंडितजी ने विजयी दृष्टि से चारों ओर देखा और बोले, "मैंने आज प्रातः चन्द्रा की मां को बुलाया था। वह भी चन्द्रा की इस हरकत पर प्रसन्न नहीं है। बातों-बातों में उससे पता चला कि चन्द्रा अभी नाबालिग है। यदि चन्द्रा की मां चाहे तो...परन्तु ठहरिए, अभी आपके सामने सब बातें हो जाती हैं। मैंने ग्राज प्रातः से उसको यहां बैठा रखा है।"

दुर्गादास हंसता हुग्रा चन्द्रा की मां को अपने साथ ले आया। चन्द्रा की मां बैठक की दहलीज़ से लगकर खड़ी हो गई।

बैठक में शोर मच गया। लोग तरह-तरह की बातें करने लगे। अब हर व्यक्ति इस मामले में दिलचस्पी ले रहा था, कुछ इस हद तक मानो यह मामला उसीके कुटुम्ब से सम्बन्ध रखता हो। खूब चमक-चमककर इस मामले के भिन्न-भिन्न पहलुओं पर विचार प्रकट किए जाने लगे।

पंडितजी ऊंचे स्वर में बोल उठे, "अब बात यह है कि चन्द्रा की मां..."

जब चन्द्रा की मां दुर्गा के पास से उठकर भीतर चली गई तो दुर्गा जल्दी-

जल्दी आंगन में से होती हुई बाहर निकल गई और इधर-उधर देखती हुई घर की पश्चिमी दीवार के साथ-साथ उस कोने पर जा पहुंची जहां से मक्की के खेत शुरू होते थे। उसके पहुंचते ही खेत में सरसराहट उत्पन्न हुई और लम्बा-मुसंडा गूजर खेत में से निकल आया और उसका हाथ पकड़कर बोला, "मैं कब से तुम्हारी प्रतीक्षा कर रहा हूं।"

"हाय, हाय," दुर्गा अपने होंठों पर उंगली रखकर लजाते हुए नाक में गुनगुनाने लगी, "मैं क्या करती, देखते नहीं घर में कितने मेहमान आए हुए हैं!"

18

श्याम बाग में अपने कुञ्ज में विचार-निमग्न बैठा था कि सैयदां ने आकर उसे सलाम किया।

"सलाम बीबी सैयदां," उसने मुस्कराकर कहा, "क्या अब सौंफ के बाकी पौधों को भी काटने की इच्छा है?"

सैयदां कह रही थी, "इधर तरकारी की क्यारियों में निलाई करने आई थी। सोचा, आपको भी सलाम करती चलूं।"

सलाम! इस सलाम शब्द से उसे बहुत चिढ़ थी। चिढ़ थी? क्या सचमुच उसे चिढ़ थी? क्या अपने हृदय पर हाथ रखकर वह विश्वास के साथ कह सकता था कि उसे 'सलाम' से चिढ़ थी? झूठा! यह चिढ़ वास्तविक न थी, कल्पित थी। यदि उसे सलाम से चिढ़ थी तो जब लोग उसे सलाम करते थे तो वह मन ही मन में प्रसन्न क्यों होता था? यह ऊंच-नीच! यह जंजीर की दो कड़ियां—वह कब इनसे मुक्त था? सैयदां उसपर मुग्ध तो न थी जो उसे सलाम करने चली आई थी। सैयदां उसके गांव की बहू थी। वह तहसीलदार का लड़का था। परन्तु यदि वह यह कहे कि उसे उस जंजीर की दोनों कड़ियों से घृणा थी तो उसे इसके लिए प्रत्यक्ष और क्रियात्मक प्रमाण देना होगा। क्रियात्मक प्रमाण क्या दूं? श्याम के मन में कोई क्रोधपूर्वक कहने लगा, 'क्या सैयदां को अपने कंधे पर बिठा लूं? क्या इसकी गर्दन में अपनी बांहें डाल दूं और रोकर कहूं—कामरेड सैयदां, मुझे क्षमा कर दो? समाज ने तुमपर जो अत्याचार

किए हैं उनके लिए मैं तुमसे क्षमा चाहता हूं ? एक प्रकार से मैं ही इन अत्याचारों के लिए उत्तरदायी हूं, इसलिए ऐ कामरेड सैयदां—मेरे मुंह पर थूक! मेरे माथे पर थूक ! मेरे बालों में थूक ! इंकलाब जिन्दाबाद !'—एकाएक वह जोर-जोर से हंसने लगा।

सैयदां हैरानी से उसकी ओर देखने लगी। बोली, "क्या बात है साहब, क्या बात है?"

वह हंसते हुए कहने लगा, "कुछ नहीं, कुछ नहीं। योंही हृदय में एक तरंग आ गई थी," उसकी प्रसन्नता फिर उभर आई। बोला, "बैठो, बैठो, कोई नई बात सुनाओ—बात असल में यह है सैयदां..." वह इतना कहकर रुक गया। 'बात असल में यह है, यह तो अलीजू की टेक थी। वह रुककर बोला, "सैयदां, छुट्टियों में काम-काज तो होता नहीं, बस विचारों के सपनों में रहता हूं।"

सैयदां ने एक दीर्घ श्वास लेते हुए कहा, "अपना-अपना भाग्य है। हमें इतना काम होता है कि सोचने की फुरसत ही नहीं होती।"

"ठीक है," श्याम ने बात टालने के लिए कहा, "अपना-अपना भाग्य है," वह पुनः विचारधारा में न बहना चाहता था।

यह सुनकर सैयदां को मानो किसीसे शिकायत न रही। प्रसन्नतापूर्वक बोली, "क्या आपको मालूम है कि इन दिनों गांव में बड़ी हलचल मची हुई है ?"

"नहीं तो, क्या बात है ?"

"वही मोहनसिंह और चन्द्रा वाला मामला है।'

श्याम ने यह प्रकट करने के लिए कि वह तन्मयता से सुन रहा है, अपना सिर हिलाया।

सैयदां ने अपनी सलवार के नेफे से नमवार की डिबिया निकाली। टीन की छोटी-सी डिबिया, जिसके ढकने पर चेहरा देखने के लिए एक गोल शीशा लगा हुआ था। सैयदां ने उस शीशे में दायें-बायें मुड़कर अपना मुंह देखा, फिर बालों को ठीक किया, फिर डिबिया खोलकर उसमें से नसवार की चुटकी भर और अपने मुंह में दायें-बायें, ऊपर-नीचे मसूड़ों पर अच्छी तरह मल ली।

"ऊं-ऊं हं," उसने अपना निचला जबड़ा उठाते हुए पान की पीक की तरह

नसवार की थूक फेंकते हुए कहा, "बात यों हुई कि..." वह फिर थूकने लगी।

श्याम सोचने लगा, कम से कम औरतों को नसवार नहीं चढ़ानी चाहिए और यह खाने की नसवार और भी घृणायुक्त है। कम से कम औरतों को नसवार नहीं खानी चाहिए—या उन्हें नसवार खाते नहीं देखना चाहिए!

शायद सैयदां ने श्याम के मुख पर से इस भाव को भांप लिया था। बोली, "मैं नसवार बहुत कम इस्तेमाल करती हूं। असल में मेरी दाढ़ में दर्द है और फिर जब काम अधिक हो या थकान ज्यादा हो, तो यह नसवार ऐसे अवसर पर बहुत फायदा करती है। बड़ा नशा आता है!"

कुछ देर तक चुप रहने के बाद सैयदां पुनः बोली, "गांव के ब्राह्मणों और महाजनों ने मिलकर मुसलमान डाक्टर के विरुद्ध अर्जी दी है। बड़े हाकिमों को जांच के लिए बुलाया है। कहते हैं, चन्द्रा मोहनसिंह की देखरेख क्यों करती है जबकि वह एक अछूत, आवारा, बदमाश औरत है; गांव से निकाली जा चुकी है और जबकि मोहनसिंह के सम्बन्धी उसकी सेवा करने को तैयार हैं। गांव में इसकी बड़ी चर्चा है। पंडित सरूपकिशन ने, कुछ दिन हुए, बिरादरी को इकट्ठा किया था। इस बात का निश्चय हुआ कि डाक्टर के विरुद्ध अर्जी दी जाए। यह पंडित सरूपकिशन बड़ा चालाक आदमी है। जो चाहे, जिस तरह चाहे, बिरादरी से मनवा लेता है।"

श्याम बोला, "बड़े हाकिम मूर्ख नहीं हैं जो अर्जी के पहुंचते ही दौड़े आएंगे। ऐसी सैकड़ों अर्ज़ियां उनके पास आती रहती हैं। स्वयं मेरे पिता के विरुद्ध कई अर्ज़यां जा चुकी हैं। कभी कुछ नहीं हुआ। विश्वास रखो, डाक्टर का कोई बाल भी बांका न कर सकेगा और न ही कोई चन्द्रा को मोहनसिंह की सेवा करने से रोक सकेगा। मोहनसिंह की मर्जी ही से तो वह वहां रहती है।"

सैयदां बोली, "लेकिन मैंने एक और बात भी सुनी है, वह यह है। कि वे लोग चन्द्रा की मां को फ़ुसलाने का यत्न कर रहे हैं। सुना है, चन्द्रा अभी नाबालिग है। उमर पक्की होने में अभी एक साल और है।"

श्याम ने ज़ोर से कहा, "वह नाबालिग नहीं है, यह झूठ है।"

"और वे लोग चन्द्रा की मां से मोहनसिंह के खिलाफ दावा करवाएंगे। यह अगवा का दावा होगा। डाक्टर भी जरूर इसमें फंसेगा और नौकरी से निकाला जाएगा। मोहनसिंह को भी सज़ा मिलेगी। अग़वा का मुकदमा बड़ा सख्त होता है—मैं अच्छी तरह जानती हूं जी।"

श्याम सन्न-सा रह गया। वह बात उसे पहले न सूझी थी।

सैयदां ने एक बड़ी-बूढ़ी, बुद्धिमती स्त्री की तरह सिर हिलाकर कहा, "मैं अच्छी तरह जानती हूँ साहब ! यह पण्डित सरूपकिशन बड़ा चालाक है। ऐसा षड्यन्त्र करता है कि उसके जाल में से कोई नहीं निकल पाता। मैं आज चन्द्रा से मिली थी। अस्पताल में मोहनसिंह को देखने जा रही थी। बड़ी चिंतित नजर आती थी बेचारी।"

"उसे..." श्याम ने कुछ पूछना चाहा।

"हां, उसे सब पता चल गया है, बड़ी उदास थी बेचारी।"

क्या उसने इस षड्यन्त्र के बारे में मोहनसिंह को कुछ नहीं बताया है ?"

"जी नहीं, मोहनसिंह के घाव अभी कच्चे हैं। यद्यपि अब वह खतरे से बाहर है, लेकिन अभी हिल-जुल नहीं सकता, बहुत कमजोर है। ऐसी हालत में अगर उसे यह बात बताई गई तो जाने उसपर क्या असर हो ?"

श्याम ने सिर हिलाकर कहा, "हां, यह तो ठीक है, सचमुच कितनी नीच चाल चली गई है !"

सैयदां बोली, "मेरा ख्याल है, अभी तो वे चन्द्रा को डराएं-धमकाएंगे और उसे मोहनसिंह से अलग रहने पर मजबूर करेंगे। मेरे विचार में यदि चन्द्रा को विश्वास हो गया कि उसके साथ रहने से मोहनसिंह पर अगवा का मुकदमा बनेगा और वह जेल जाएगा, तो वह उसे छोड़ देगी—क्या करेगी बेचारी !"

श्याम ने सोचा कि कल या परसों वह अवश्य मोहनसिंह को देखने अस्पताल जाएगा। चन्द्रा भी वहां होगी। उसीसे सब हाल मालूम होगा। फिर वह सैयदां को सम्बोधित करके कहने लगा, "तुमने बहुत बुरी खबर सुनाई है। मैं आज शाम को पिताजी से इस बारे में बात करूंगा।"

सैयदां उठकर चलने लगी, परन्तु थोड़ा रुककर और आंखें झुकाकर दयनीय स्वर में बोली, "यदि आपके पास एक रुपया हो तो...बड़ी मेहरबानी होगी। मुझे अपनी लड़की के लिए एक कुरते का कपड़ा..."

उसकी बात समाप्त होने से पूर्व ही श्याम ने अपने बटुए में से एक रुपया निकालकर दे दिया।

"सलाम साहब !"

"सलाम !"

जब श्याम ने घर आकर अपनी माता से इस बात का ज़िकर किया तो वह बोली, "बेटा, संसार में इस प्रकार की बातें हुश्रा ही करती हैं। ये लोग मूर्ख और उजड्ड हैं। सभ्यता इन्हें छू तक नहीं गई। न इन्हें ऊंच-नीच का कुछ ज्ञान है। तुम्हें इन लोगों की बातों में न आना चाहिए और न ही इन लोगों के साथ अधिक उठना-बैठना चाहिए।"

और जब रात के समय उसने अपने पिता से बात की तो उन्होंने भी इसपर कोई विशेष ध्यान न दिया। पहले तो कुछ ध्यान से सुनते रहे, परन्तु जब बात समाप्त हो गई तो उनके मुंह से एक बार 'ऊंह'-भर निकली, फिर वे बिस्तर पर करवट बदलकर सो गए।

लेकिन श्याम काफी रात तक जागता रहा। फीकी-फीकी-सी चांदनी थी जिसपर मैले बादलों का गिलाफ चढ़ा हुआ था। न अन्धकार था, न प्रकाश। बाग के वृक्षों पर भी यही हल्का अन्धकार और हल्का प्रकाश छाया हुआ था। ऐसा मालूम होता था मानो चांदनी का असर कई स्थानों से उखड़ गया हो। वायु बिल्कुल बन्द थी और वृक्षों के फल, पत्ते और डालियां बिल्कुल निश्चेष्ट। श्याम को इस निस्तब्धता का अनुभव इस उग्रता से हुआ कि उसे यह सारा दृश्य बनावटी-सा प्रतीत होने लगा। उसने खिड़की की ओर से अपनी दृष्टि हटा ली और फिर करवट बदलकर सोने का प्रयत्न करने लगा, परन्तु अलसाई आंखों में बार-बार चन्द्रा की निडर और सुन्दर आकृति सामने आ जाती। वह चन्द्रा से एक विशेष प्रकार का सान्निध्य अनुभव कर रहा था।

19

चन्द्रा अपने घर वापस लौट रही थी। मां-बेटी में बहुत झगड़ा हुआ था। वर्षों से दुख झेलते रहने से उसकी मां के हृदय में विद्रोह की ज्वाला ठण्डी हो चुकी थी। बिरादरीवालों ने उसे और उसके पति को बहुत दुख पहुंचाए थे और जब उसके पति का देहान्त हो गया तो भी उन मुसीबतों में कोई कमी न आई थी, वरन् वे और भी कटु हो गई थीं। धीरे-धीरे उन विपत्तियों ने चन्द्रा की मां का दिल कुचल डाला था। दुःख और कष्ट के जीवन ने आत्मा में संघर्ष की शक्ति न रहने दी थी। वह अपने बुढ़ापे के दिन सुख-चैन से व्यतीत करना चाहती थी। पंडित सरूपकिशन ने उसे वचन दिया था कि यदि वह मोहनसिंह और चन्द्रा को एक-दूसरे से अलग करने में उसका हाथ बंटाए तो वह रुपये-पैसे से उसको पूरी सहायता देगा। चन्द्रा को किसी दूसरे गांव में ब्याहने के लिए भी उसकी सहायता करेगा—चन्द्रा के विवाह होने और उसके अपने घर जा बसने से उसकी आत्मा का बोझ हल्का होता था और सरूपकिशन इस मामले में उसकी मदद को तैयार था।

परन्तु चन्द्रा का दृष्टिकोण यह नहीं था। उसे गांववालों, बिरादरी, महाजनों, ब्राह्मणों, सरकारी पदाधिकारियों, पंडित सरूपकिशन—किसीपर भी विश्वास नहीं था। सब अत्याचारी, चोर-डाकू, दुराचारी थे। उन्होंने जीवन-भर उन्हें सताया था, भला ये आज किस तरह उनके हितैषी हो सकते थे ? मां मूर्ख थी जो उन लोगों पर विश्वास करती थी जिन्होंने उनकी समस्त आशाओं को अपने निर्दयी पांव तले रौंद डाला था— जैसे बैल मक्की के भट्टों को पांव तले रौंद डालते हैं। गांव के ये निर्दयी बैल कभी उनके हितैषी न हो सकते थे। और सरूपकिशन पर विश्वास करना तो मानो सांप पर विश्वास करना था। उसे अपनी मां की मूर्खता पर आश्चर्य हो रहा था। वे लोग अपना उल्लू सीधा करना चाहते हैं। और वह जानती थी कि एक बार मोहन और उसके बीच विरोध की रेखा खिच जाने के बाद वे उसे और उसकी मां को जूती-सा भी न जानेंगे।

तुम बच्ची हो, इस मामले को नहीं समझ सकतीं," उसकी मां कहती।

"यह मेरा मामला है और मैं इसे समझती हूं," चन्द्रा उत्तर देती।

"यह उनके धर्म, उनकी बिरादरी, उनकी इज़्ज़त का प्रश्न है। इसके लिए वे हर संभव बात कर गुजरेंगे, बड़े से बड़ा मूल्य देने को तैयार हो जाएंगे।"

"वे तुम्हें फूटी कौड़ी न देंगे, और अपने कटु जीवन के साथ तुम मेरे जीवन को भी कटु बना दोगी। मोहन जेल में जाएगा तो क्या मैं जीवित रहूंगी? मैं तुमसे साफ-साफ कह देती हूं—मोहन मेरा है, मेरा है, मेरा है। मैं उसे कभी नहीं छोड़ सकती।"

"वह तेरा कैसे हुआ? क्या तेरा और उसका ब्याह हुआ है?"

"हां, ब्याह हुआ है। इस धरती के ऊपर, इस आकाश के तले हमारा ब्याह हुआ है। बावली के किनारे हमने प्रेम-बन्धन किया है। यह हमेशा बंधा रहेगा। मृत्यु भी इस सम्बन्ध को नहीं तोड़ सकती। परमात्मा साक्षी है।"

और चन्द्रा की मां को अपनी जवानी के दिन स्मरण हो उठे। कभी उसके मुंह से भी ऐसी बातें निकली थीं! कट स्वर में बोली, "यदि परमात्मा साक्षी होते तो बिरादरी हमारी शादी को क्यों स्वीकार न करती? लेकिन परमात्मा की साक्षी को आजकल कोई नहीं मानता। बिरादरी की स्वीकृति चाहिए।"

"बिरादरी जाए चूल्हे में, भाड़ में! बिरादरी ने हमें कौन-सा सुख पहुंचाया है जो मैं उसकी चापलूसी करती फिरूं? मोहन और मैंने फैसला कर लिया है। जब वह अच्छा हो जाएगा, हम यह गांव छोड़कर किसी और ऐसी जगह जा बसेंगे जहां हमें कोई न जानता हो। हम पार (पंजाब) चले जाएंगे। मां, दुनिया बहुत बड़ी है और अब तो सुना है कि मीरपुर तक लारी भी आ गई है। लारी में बैठे और झट जहां जी चाहा चले गए।"

चन्द्रा के आत्मगौरव ने क्षण-भर के लिए उसकी मां को प्रभावित कर दिया, लेकिन फिर वह सिर हिलाने लगी, "बेटी, यह अच्छी बात न होगी। इस दीवार से टकरा-टकराकर मैंने हमेशा के लिए अपना भाग्य फोड़ लिया है। अब क्या तू भी इसी दीवार से टकराना चाहती है? मेरी मन्नो बेटी, चन्द्रा!"

चन्द्रा उठ खड़ी हुई, "नहीं मां, ये लोरियां किसी और को देना। मैं एक बार फिर तुम्हें चेतावनी देती हूं कि पंडित के चंगुल में न फंसना, नहीं तो ऐसा पछताओगी, ऐसा पछताओगी कि..."

चन्द्रा अपना वाक्य अधूरा छोड़कर चली आई। क्रोध और घृणा से उसका मुख आग की तरह दहक रहा था। उसे रह-रहकर अपनी मां की मूर्खता पर क्रोध आ रहा था—यह क्यों इस सीधी-सी बात को नहीं समझती और जान-बूझकर बिरादरी के फंदे में फंसी जा रही है ? लेकिन आज मैंने इसे खूब धमकाया है, आशा है पंडित सरूपकिशन और बिरादरीवालों के सम्बन्ध में उसके बहुत-से भ्रम उसके मन से धुल जाएंगे। एक-दो बार और समझाऊंगी तो अवश्य सीधे रास्ते पर आ जाएगी।....उफ ! कितनी गरमी है !

चन्द्रा नदी पार कर आई। उसे ख्याल आया कि उसने संथाल की डाब के किनारे एक अजीर के तने में मोहन के घावों की पट्टियां रखी थीं, धोने के लिए। उसने सोचा—आज बहुत गरमी है। सारा शरीर पसीने में तर हो गया है, शायद इस क्रोध के कारण। पट्टियां धो लेने के बाद खुब नहाऊंगी।

संथाल की डाब पर उसे नूरां मिल गई। नूरां और चन्द्रा में गहरी मित्रता थी और जब से नूरां ने चन्द्रा और मोहन की बात सुनी थी, वह चन्द्रा से और अधिक प्रेम करने लगी थी। संथाल को डाब के उस पार उसका रेवड़ चर रहा था और वह डाब पर नहाने आई थी।

"आज दिन कितना अच्छा है," नरां ने बांहें फैलाकर जैसे सारे वायुमंडल को अपने बाहुपाश में लेते हुए कहा, "कितनी प्यारी धूप है—बादलों के उन सफेद टुकड़ों की तरफ देखो, बे डाब में तैरते कितने प्यारे लगते हैं जैसे बतखों के सफेद-सफेद बच्चे हों ! चन्द्रा, आज तो मैं एक सांस में संथाल को पार कर जाऊंगी। आओ आज मुकाबला रहे। उस दिन तो जीत गई थीं तुम, लेकिन आज !" नूरां हंसी। उसने अपनी बांहें फैला दीं और नदी के रेत पर लट्टू की तरह घूम गई।

चन्द्रा पट्टियां धो रही थी, बोली, "मैं जरा इससे निपट लें, फिर दोनों इकट्ठे नहाएंगे। कुछ देर के लिए ठहर जा।"

नूरां कुछ देर तक चुप बैठी रही और रेत खोद-खोदकर अपने पांव पर जमाती रही। अच्छी तरह थपथपाने के बाद जब उसने देखा कि रेत की तह काफी मजबूत हो गई है तो उसने अपने दोनों पांव बाहर निकाल लिए। रेत की दो महराबें बन गई थीं जिनके बीच में रेत की एक पतली-सी दीवार खड़ी थी।

"अहा-हा,' नूरां ताली बजाकर बोली, "अहा-हा ! दोनों महराबें बन गई—चन्द्रा, इधर देखो।'

चन्द्रा मुस्कराते हुए बोली, "नूरां, तू बड़ी भाग्यवान है। तूने दोनों महराबें बना लीं। एक अपनी, एक अपने मियां की। बस, अब तो चैन ही चैन है।''

नूरां ने दिखावे के क्रोध से लात मारकर दोनों महाबें गिरा दीं और भागती हुई चन्द्रा की ओर आई। चन्द्रा ने शरीर से लिपटी हुई चादर उतारकर अलग रख दी और झट से पानी में कूद गई। थोड़ी देर बाद नरां भी कपड़े उतारकर डाब में घुस गई। दोनों तैरती हुई, हाथों से पानी को चीरती हुई और टांगों से पानी के सफेद झाग उड़ाती हुई एक-दूसरी का पीछा करने लगीं।

20

पट्टियों को अपनी चादर में डाले, दोनों बांहें हिलाती और गुनगुनाती हुई चन्द्रा धान के खेतों को पार कर घाटी पर चढ़ने लगी। उसे अपना शरीर बहुत हल्का मालूम हो रहा था, जैसे वह वायु में उड़ी जा रही हो, जैसे मान्दर की मन्द लहरों पर बही जा रही हो। उसने ऊपर अकिाश की ओर देखा। अब बादलों के टुकड़े भी गायब हो गए थे। नीचे पगडण्डी पर उसके पांव के आगे घास के टिड्डे उड़-उड़कर उसकी चादर पर आ बैठते और फिर फुदककर लम्बी घास की टहनियों पर झूलने लगते। वह दोनों ओर बढ़ी हुई घास पर हाथ फेरती गई। लम्बी और कोमल घास अब पीली पड़ गई थी। भुट्टों के सिरों से भूरी-भूरी तुरियां लटक रही थीं और उनमें से एक विचित्र प्रकार की सुगन्धि उठ रही थी। विचित्र, गरम-गरम-सी सुगन्धि घाटी के

वातावरण में फैली हुई थी। उसने सोचा, कुछ ही दिनों में यह घास काटने योग्य हो जाएगी। फिर यहां लतीरी (कटाई) होगी। ढोल बजेंगे और गांव के स्त्री-पुरुष हाथों में दरांतियां लिए इस घास को काटना शुरू कर देंगे। उसे लतीरी के दिन बहुत पसन्द थे। उसने सोचा, यह घाटी कचहरी की जमीन से मिली हुई है, जब तहसीलदार साहब घास को कटवाने के लिए लतीरी लगवाएं तो इसमें वह भी ज़रूर आएगी। इसमें हर्ज ही क्या है ? उसे सब अधिकारियों से घृणा थी। उसे तहसीलदार साहब से भी अत्यन्त घृणा थी—रिश्वतखोर, धोखेबाज़ ! मैं इन सब लोगों को अच्छी तरह जानती हूं। देखने में कितने कोमलचित्त, शरीफ और धर्मात्मा नज़र आते हैं, लेकिन जब कभी अवसर हाथ लगे, डंक मारने से नहीं चूकते। किसानों की दुर्दशा के लिए ये लोग क्या कम ज़िम्मेदार थे ! स्वयं अपनी निर्धनता और अपमान के लिए क्या वह उन लोगों को बिल्कुल निर्दोष मान सकती थी ? कदापि नहीं ! हां, श्याम उनसे भिन्न है, उसने सोचा। श्याम में अभी वह अकड़, वह चालाकी और दुष्टता नहीं आई जो इन दूसरे अफसरों की आंखों से झलकती है। उसका बात करने का ढंग भी ऐसा है जैसे वह किसी अपने जैसे मनुष्य से बात कर रहा हो। श्याम से बात करते समय उसने कभी अपने मन में यह बेचैनी, क्रोध, घृणा और प्रतिशोध का भाव नहीं पाया था जो अन्य अफसरों या गांव के बड़े लोगों से बात करते हुए उसके मन में उभर आता था और उसका मुख आप ही आप लाल हो उठता था, और वह चाहने लगती थी कि सम्मुख खड़े व्यक्ति का मुख नोच डाले और चिल्ला-चिल्लाकर कहे—शैतान ! शैतान !! शैतान !!!

एकाएक वह ठिठक गई। सामने से पंडित सरूपकिशन का छोटा भाई बसन्तकिशन सीटी बजाता हुआ चला आ रहा था। बसन्तकिशन बहुत आवारा और बदचलन था। दिन-भर सीटी बजाते फिरना, यहां-वहां नदी-नालों और रास्ते पर लड़कियों को ताकना-झांकना, यही काम है इसका। पंडिताई के गुणों से तो बिल्कुल कोरा है। बेचारा ! गांव में भले-भटके से खानाबदोशों का कोई कबीला आ निकले, बस बसन्तकिशन के पौबारह हैं—दिन-भर उनकी खपरैल में बैठा चरस पीता रहेगा।

बसन्तकिशन अपने भाई की तरह विशालकाय था और उसीकी तरह हर

समय हंसता रहता था। लेकिन उनकी समानता यहीं तक समाप्त हो जाती थी। न अपने बड़े भाई जैसी उसकी बुद्धि थी और न ही वह उतना सुन्दर था। उतना पढ़ा-लिखा भी न था और अपनी खेती-बाड़ी के काम पर भी विशेष ध्यान न देता था। उसे केवल लड़कियों को घूरने और उनके पीछे मारे-मारे फिरने का काम ही सबसे अधिक प्रिय था। उस समय उसने लट्ठे की सलवार पहन रखी थी। पांव में बूट था। लाल धारियोंवाला रेशमी कुरता था और सिर पर पगड़ी थी, जिसका एक शमला उसने गरदन के गिर्द लपेटकर बायें कन्धे पर झूलता हुआ छोड़ दिया था और दूसरा पगड़ी के ऊपर से निकलकर दूसरे कन्धे की ओर झूल रहा था। पगड़ी की नोक सीधी न थी बल्कि माथे के दायें कोने में, दाईं आंख के ऊपर तक चली गई थी। इसी नोक के बीच में उसने हरे रंग का 'ओं' खुदवा रखा था।

चन्द्रा एक ओर हट गई। बसन्तकिशन उसके समीप आकर रुक गया और हंसने लगा, "हो-हो-हो ! चन्द्रारानी, किधर से आई हो?"

चन्द्रा उस दुष्ट से बात भी न करना चाहती थी, परन्तु अब बात का उत्तर दिए बिना चारा भी न था, बोली, "मोहन की पट्टियां धोने गई थी।"

"हो-हो-हो," बसंतकिशन हंसा ; फिर उसने अपनी पगड़ी की नोक उंगली से संवारी और दो-दो लटों को पगड़ी से बाहर निकाल लिया, "अब और कितने दिन मोहन की पट्टियां धोओगी ?"

चन्द्रा ने त्योरी चढ़ाते हुए कहा, "ईश्वर की कृपा से अब मोहन जल्दी ही अच्छा हो जाएगा।"

"हा-हा-हा," बसंतकिशन कहकहा लगाते हुए बोला, "फिर चन्द्रारानी को कौन पूछेगा ? मोहन तो अपने घर चला जाएगा—हा-हा हो !"

चन्द्रा ने आगे कदम बढ़ाया। बसंतकिशन बोला, "एक बात सुनती जाओ, मेरी रानी !"

चन्द्रा ने क्रोध से लाल-पीली होकर कहा, "मैं तुम्हारी रानी नहीं हूं हरामज़ादे ! सूअर के बच्चे, तेरी मां..."

"वाह-वाह," बसंतकिशन ने चन्द्रा के ऊपर झूलते हुए और अपनी छाती पर हाथ रखकर कहा, "गालियां नहीं, गऊ माता की कसम, ये तो चमेली के

फूल हैं, चमेली के फूल, रानी !" फिर एकाएक अपनी मुद्रा को बदलकर और इधर-उधर देखकर धीमे स्वर में कहने लगा, "एक बात तुमसे कहता हूं, मज़ाक नहीं कर रहा। गांव के ब्राह्मणों ने तुम्हारे विरुद्ध षड्यंत्र रचा है। वे तुम्हें और मोहनसिंह को अलग कर देने पर तुले हुए हैं। मैं भी वहां मौजूद था। मैं सबकी बातें ध्यान से सुनता रहा। मैं तुम्हारी सहायता कर सकता हूं। मेरे हाथ में एक ऐसी कुञ्जी आ गई है कि उन सबका किया-कराया धरा रह जाएगा, मैं तुम्हारी सहायता कर सकता हूं। तुम जानती हो कि ये लोग मुझे अच्छा नहीं समझते, क्योंकि मैं ब्राह्मण, भंगी, चमार सबको एक-सा समझता हूं—हा-हा-हा !" वह फिर ज़ोर-ज़ोर से हंसने लगा।

चन्द्रा ने कहा, "तुम मेरी सहायता करोगे—बताओ न वह क्या बात है ?"

बसंतकिशन के तृषित नेत्रों में चमक आ गई, उसका हाथ पकड़कर बोला, "मेरी रानी ! मैं तुम्हारी सहायता न करूंगा तो किसकी करूंगा ? हाय कितनी गोरी मुलायम कलाई है—आह..."

एक ज़ोर का तमाचा उसके मुंह पर पड़ा—यह लो, यह लो—दो-चार तमाचे और घूंसे पड़े और उसकी पगड़ी नीचे आ रही।

इससे पूर्व कि वह अपने-आपको संभालता, चन्द्रा जा चुकी थी।

बसंतकिशन कुछ समय तक क्रोध से उसकी ओर देखता रहा, फिर उसकी स्वाभाविक आवारगी उभर आई और वह हंसने लगा, "हा-हा-हा, मेरी चन्द्रारानी ! ये तो फूल थे फूल !" और वह उसकी ओर देखकर ऊंचे स्वर में गाने लगा :

"दो पैसे तीर कीते...

"मर जान गोरियां रन्नां जिन्हां, मुंडे वी फकीर कीते !" (हे भगवान, ये सुन्दर स्त्रियां मर जाएं जिन्होंने कई युवकों को फकीर बना दिया है !)

उसकी भोंडी आवाज़ घाटी के कोने-कोने में गूंज पैदा करती गई। लेकिन जब चन्द्रा आंखों से ओझल हो गई तो वह भी अपनी गरदन झटकाकर नीचे नदी की ओर उतर गया।

बसंतकिशन की उस हरकत ने मानो चन्द्रा के अंग-प्रत्यंग में आग लगा दी

थी। उसके रक्त की हर बूंद उबल रही थी। वह सिर से पांव तक कांप रही थी। जब पह घाटी को पार कर चुकी तब भी वह सिर से पांव तक कांप रही थी। जब वह कचहरी के जंगले से गुज़री तब भी, जब वह अस्पताल के दरवाज़े के भीतर प्रविष्ट हुई तब भी और वह अपने वार्ड में प्रविष्ट हुई जहां मोहनसिंह चारपाई पर लेटा उसकी प्रतीक्षा कर रहा था, तब भी वह सिर से पांव तक कांप रही थी। मोहनसिंह को देखते ही उसकी आंखों से अश्रुधारा बह निकली और वह उसकी चारपाई से टेक लगाकर सिसकियां भरने लगी। वह इससे पूर्व कभी इस तरह न रोई थी—मानो उसके मन के अन्तस्तल, उसकी आत्मा की गहराइयों में बरसों से अश्रु जमते रहे थे, बरफ की एक सिल बनकर उसके व्यक्तित्व में समा गए थे और वह कभी न रोई थी, वह रो ही न सकती थी। वह हंस सकती थी, मुंह चिढ़ा सकती थी, छुरी की धार की तरह तेज़ घाव पैदा करनेवाली बातें कर सकती थी, परन्तु रो न सकती थी—परन्तु आज मानो वह वर्षों की बरफ, वह शताब्दियों के अश्रु किसी बिजली के स्पर्श से उसकी छाती, उसके मन, उसकी आत्मा के अन्तस्तल में पिघले जा रहे थे और वह अपने प्रेमी की चारपाई से लगी सिसक रही थी, और उसके अश्रुओं की आर्द्रता और उनका नमक उसकी चादर को भिगोता हुआ उन पट्टियों में रच रहा था जिन्हें वह अभी-अभी नदी से धोकर लाई थी। जैसे उसने अपने होंठों की व्यंग्यपूर्ण मुस्कान को व्यर्थ समझकर सदैव के लिए उतार फेंका था और अपने बेबस तथा घायल जीवन को अपने घायल प्रेमी के सम्मुख नंगा कर दिया था। मोहनसिंह ने आश्चर्य से पूछा, "क्या बात है ?" परन्तु चन्द्रा उसी तरह चारपाई से लगी रोती रही। मोहन सिंह ने अपना हाथ चन्द्रा के सिर पर रखा और देर तक अपनी उंगलियां उसके बालों में फेरता रहा। आखिर चन्द्रा के अश्रु थम गए और उसने धीरे-धीरे, रुक-रुककर और सिसकियां भरते हुए सारी बात कह सुनाई।

मोहनसिंह की आंखें कबूतर की आंखों की तरह लाल हो उठीं, मानो वे आंखें अभी लहू रो देंगी। उसका श्वास तेज़-तेज़ चलने लगा, फिर उसने धीरे से अपनी आंखें बन्द कर लीं और अपने दोनों हाथ अपनी छाती गर रख लिए।

कुछ दिनों की बात है चन्द्रा ! बस कुछ दिनों की बात है," उसने धीरे से रुककर कहा।

"वचन दो मोहन कि तुम मुझे छोड़कर कहीं नहीं जाओगे।" चन्द्रा ने रुंधे हुए कण्ठ से कहा।

मोहनसिंह ने अपना दायां हाथ उसके हाथ में दे दिया और धीरे से बोला, "जब तक ज़िन्दा हूं तुम्हारे साथ रहूंगा...चिन्ता न करो, कुछ दिनों के बाद—बस कुछ दिनों के बाद..."

इसके बाद वह मौन हो गया। उसकी आंखें बन्द थीं। चन्द्रा न जान सकी कि वह क्या सोच रहा है। वह धीरे-धीरे उसके पांव दबाने लगी।

21

अगस्त का महीना आधा बीत चुका था। एक दिन सुबह तहसीलदार साहब ने कचहरी की ज़मीन में लतीरी लगवाई। विस्तृत बाग में, खेतों की मेड़ों पर और सारी घाटी पर पीली-पीली सुनहरी घास सर - सरा रही थी। आज रवि और निम्मी प्रातःकाल ही जाग उठे थे और बाग में लतीरीवालों की तैयारियां देख रहे थे। रस्सियां और रस्से बटे जा रहे थे। दरांतियां तेज़ की जा रही थीं। श्याम की माता भी आज बहुत व्यस्त थी। पचास-साठ आदमियों के खाने का प्रबन्ध करना था। पीने के लिए गुड़ का शर्बत और लस्सी भी चाहिए थी। नौकर-चाकर बड़ी तन्मयता के साथ भिन्न-भिन्न कामों में जुटे हुए थे। रवि और निम्मी प्रसन्नतापूर्वक भागते और शोर मचाते यहां-वहां उछल-कूद रहे थे।

फिर ढोलची आ गए, काले लाचे (आधी धोतियां) बायें और दायें हाथ में चमड़े की काली पट्टियां पहने हुए। उन्होंने आकर तहसीलदार साहब को सलाम किया और नाशपाती के पेड़ के नीचे अपने ढोल रखकर बैठ गए।

तहसीलदार साहब ने भीतर जाकर कहा, "लो, ढोलवाले भी आ गए हैं, श्याम की मां ! क्या अब शहनाइयां भी मंगवाऊं ?"

श्याम की माता मुस्कराकर बोली, "शहनाइयां भी आ जाएंगी, जब मेरे

बेटे का शगुन होगा। हर घर में सवा सेर मिसरी भेजूंगी।''

हम तो ज़्यादा लेंगे," छाया ने हंसते हुए कहा, "मैं तो लड़के की मौसी हूं—क्यों तहसीलदार साहब, ठीक है न ?"

श्याम की मां बोली, "तुम्हारी बात और है, छाया।"

श्याम की मां ने आज छाया और वन्ती को भी बुला भेजा था।

शर्बत और लस्सी आदि पीकर सब लोग तैयार हो गए। उन्होंने घास काटने के लिए सबसे पहले घाटी को चुना जो एक ढलवान से होकर नीचे धान के खेतों से जा मिलती थी। यहां सारे लतीरीवालों को दो भागों में बांटा गया। एक भाग का सरदार गंगू मिशर बना और दूसरे का दुल्ला। दोनों के साथ चालीस-पचास के लगभग आदमी थे। गंगू मिशर के आदमियों को वहां बिठा दिया गया जहां से घाटी शुरू होती थी और दुल्ले सरदार ने अपने आदमियों को ढलवान के मध्य में फैला दिया। इस प्रकार घास काटनेवालों की दो टोलियां बन गईं। गंगू मिशर की टोली का काम यह था कि वह घास काटते हुए घाटी के मध्य में पहुंच जाए और दुल्ला और उसके साथी घाटी के मध्य से जो घास काटते हुए चलें तो नीचे धान के खेतों तक जा पहुंचें।

श्याम को लतीरी का यह दृश्य बहुत पसंद आया। इन लोगों में हिन्दू भी थे और मुसलमान भी, सिक्ख भी और अछूत भी, स्त्रियां भी और पुरुष भी। परन्तु उस समय सब किसान थे। सबके हाथ में दरांतियां थीं। सब घास काट रहे थे। इस एकता का कारण यह दरांती थी, यह घास थी और थी यह धरती। वास्तव में मनुष्य जितना धरती के निकट होता है, उतना ही वह अन्य मनुष्यों के निकट हो जाता है।

श्याम ने गंगू मिशर के लड़के से, जो गट्ठे बना रहा था, पूछा, "इन गट्ठों को बनाने के बाद इनका क्या करोगे ?"

"यह आप जानें," लड़के ने चंचलतापूर्वक कहा, "यदि आप चाहें तो हम इन गट्ठों को जोड़कर धाड़ा रच देंगे (धाड़ा यों समझिए, घास के खलिहान को कहते हैं), और यदि चाहें तो हम घास के इन गट्ठों को बाग के मन्नुओं पर या दो-तीन बड़े पेड़ों पर लगा देंगे।"

उसने लड़के से पूछा, "मन्नो के पेड़ों पर इस तरह घास जमा कर देने से

क्या फायदा होगा ?"

वह बोला, "इस तरह घास की रक्षा अच्छी तरह हो सकती है। यदि वर्षा आ जाए तो घास गीली ज़मीन से बची रहती है और इस तरह गलने-सड़ने से बच जाती है। इधर-उधर घूमते हुए ढोर-डंगर भी उसमें मुंह नहीं मार सकते। फिर किसी चोर के लिए भी यह ज़ुरा कठिन ही है कि वह रात के वक्त घास के गट्ठे चुराने के लिए पेड़ों की खतरनाक डालियों को फलांगता फिरे।"

ढोल ज़ोर-ज़ोर से बज रहे थे।

सैयदां, चन्द्रा और नूरां एक ही पंक्ति में बैठी तेज़ी से दरांती चला रही थीं—बातें कर रही थीं। कभी-कभी उनके हंसने की आवाज़ सारी पंक्ति पर छा जाती और उनके निकट काम करते हुए किसान उनसे मज़ाक करने लगते। लेकिन इस समय कोई बुरा न मानता था, और यों भी उस मज़ाक में ओछेपन की झलक तक न होती थी।

सैयदां, चन्द्रा और नूरां ने शर्त की थी कि देखें कौन आगे निकलता है। यद्यपि सब जानते थे कि चन्द्रा इस काम में सबसे चुस्त थी, लेकिन फिर भी शर्त करने में क्या हर्ज था।

नरां के साथ काम करनेवाले किसान ने दरांती ऊपर उठाकर एक, दो, तीन कहा और तीनों लड़कियां हंसती हुई तेज़ी से घास काटने लगीं।

थोड़ी देर तक तो तीनों एक पंक्ति में चलती रहीं, फिर धीरे-धीरे सैयदां का हाथ ढीला पड़ गया। उसकी गति धीमी होती गई और वह अपनी दोनों सहेलियों से बहुत पीछे रह गई।

काफी देर तक नूरां और चन्द्रा साथ-साथ चलती रहीं। उनकी दरांतियां एक ही ताल पर शुरू होती थीं और एक ही ताल पर खत्म हो जाती थीं—साथ-साथ, साथ-साथ !

फिर सब लोग हैरान रह गए जब चन्द्रा के भी हाथ धीमे पड़ने शुरू हो गए और नूरां और चन्द्रा में भी थोड़ा-थोड़ा अन्तर छूटने लगा—फिर चन्द्रा बहुत पीछे रह गई और नूरां ने सबसे पहले सीमा पार कर ली और वहां पहुंचकर अपनी दरांती रख दी और दोनों सहेलियों की प्रतीक्षा करने लगी।

जब चन्द्रा घास काटती हुई उसके पास पहुंची तो उसके कपोलों और माथे

पर पसीने की बूंदें चमक रही थीं और उसकी आंखें नीचे झुकी हुई थीं।

स्वयं नूरां बड़ी हैरान थी। उसने चन्द्रा के चेहरे की ओर देखा। उसके सारे शरीर पर एक तीखी दृष्टि डाली। मुंह पर हाथ रखकर रुक-रुकी-सी हंसी के साथ बोली, "क्या बात है चन्द्रा, कहीं कोई गड़बड़ तो नहीं..." और यह कहकर वह पुनः हंसने लगी।

चन्द्रा का मुख लज्जा और क्रोध से लाल हो उठा। "चल हट चुड़ैल !' उसने तेज़ी से कहा।

ढोल ज़ोर-ज़ोर से बज रहे थे और 'ढोल जानी' के मनोहर गीत को अपनी गत की तूफानी लहरों पर उठाकर सारी वादी के वातावरण में फैला रहे थे। श्याम का दिल बेचैन हो उठा। उसका जी चाहा कि वह भी उठकर उन किसानों के दल में जा शामिल हो। हाथ में दरांती लेकर घास काटना शुरू कर दे और धरती की छाती से लगाकर अपने जीवन की समस्त मध्यवर्गीय कृत्रिम लांछनाओं को धो डाले—यह सोचता हुआ वह घर के भीतर चला आया और जल्दी से अपने वस्त्र बदल डाले। खुले कालर का कुरता और नेकर पहनी और फिर भागता हुआ गंगू मिशर के पास चला गया और उससे कहने लगा, "मुझे भी घास काटना सिखाओ !"

गंगू मिशर ने उसे सिर से पांव तक देखा, मुस्कराया और बोला, "बाबू साहब, परमात्मा न करे आपको कभी घास काटनी पड़े। भला आपको क्या पड़ी है ? आराम से कुर्सी पर बैठकर हमारा तमाशा देखिए !"

"नहीं, श्याम ने मुस्कराते हुए कहा, "नहीं, गंगू मिशर, मेहरबानी करके मुझे ज़रूर घास काटना सिखा दो।'

गंगू मिशर ने फिर उसे सिर से पांव तक देखा, कहने लगा, आप बहुत जल्द थक जाएंगे और असल में यह काम इतना आसान भी नहीं है। मैंने जब पहली बार अपने बाप से घास काटना सीखा था तो आपकी ही तरह मुझे भी इसका बहुत शौक था। उस वक्त मेरी उम्र पांच-छः साल के लगभग होगी, और..."

और गंगू मिशर चुप हो गया और उसकी आंखों में अपने बाप का चित्र घूमने लगा। उसकी आंखों में आंसू भर आए। उसने अपनी नंगी बांहों से उन्हें

पोंछकर कहा, "ओह मैं तो बहुत पीछे रह गया हूं। और दुल्ले सरदार से शर्त की हुई है।" फिर श्याम को सिर पर खड़ा देखकर कहने लगा, "माफ करना बाबूजी, मैं ज़म्मां चौकीदार को आपके साथ किए देता हूं, वह आपको दरांती चलाना सिखा देगा," और यह कहकर उसने ज़म्मां चौकीदार को आवाज़ दी और श्याम को उसके साथ कर दिया।

ज़म्मां श्याम को घास के एक अलग टुकड़े में ले गया और दरांती चलाना सिखाने लगा ! जब तीन-चार बार बतलाने के बाद श्याम धीरे-धीरे घास काटने लगा और बिल्कुल ठीक ढंग से काटने लगा तो ज़म्मां बोला, "बाबू साहब, अब यहां बैठकर अभ्यास करते जाइए ! आपका हाथ, इन्शाअल्ला, बहुत अच्छी तरह चलेगा। मैं अपनी जगह पर जाकर बैठता हूं। दुल्ले सरदार से शर्त की हुई है—ऐसा न हो कि शाम को..." कहता हुआ वह चला गया।

दरांती चलाते-चलाते श्याम की प्यास चमक उठी। उसने इधर-उधर देखा। परे वंती खड़ी पानी पिला रही थी। वह उसकी ओर एकटक देखने लगा। और वंती ने जैसे अपने मुख पर गड़ी उसकी दृष्टि का अर्थ समझ लिया। यह शायद स्त्रियों की छठी ज्ञानेन्द्रिय होती है जो उन्हें इस प्रकार अनदेखी दृष्टि का अनुभव करा देती है। जो हो, वंती के मुख पर लाली आ रही थी—फिर उन दोनों की नज़रें मिलीं।

श्याम ने हाथ के संकेत से उसे अपनी ओर आने को कहा।

वती अगस्त के हल्के-फुल्के बादल की तरह अठखेलियां करती हुई आई। उसके कपोल बिल्कुल गुलाबी हो गए थे और होंठों के कोने कांप रहे थे—और श्याम का जी चाहा कि वह अपने होंठ उन कांपती हुई पंखड़ियों के कानों पर रख दे।

वंती ने आंखें झुकाते हुए कहा, "जी, क्या चाहते हैं आप ?"

वंती को देखकर उसे सदैव अपने कंठ में कोई चीज़ फंसती हुई सी अनुभव होती थी। वह रुककर कहने लगा, "प्यास लगी है, भई !"

वंती मुस्कराई, बोली, ''क्या पिएंगे आप ? शर्बत, लस्सी या ठण्डा पानी ?"

वह क्षण-भर के लिए मौन रहा, फिर बोला, "ठण्डा पानी ठीक रहेगा।"

"तो ठहरिए, मैं अभी लाती हूं।"

वह एक गिलास में पानी ले आई।

श्याम ने इन्कार में सिर हिलाया, "देखती नहीं, मेरे हाथ में दरांती है। आज मैं हाथों से पानी पीऊंगा और इस एक गिलास से मेरा क्या होगा भला ?"

वती फिर वापस गई और अब एक बड़ी बाल्टी में पानी भर लाई।

श्याम हाथों से पानी पीने लगा—'पिला दे ओक से साक़ी जो मुझसे नफ़रत है।' लेकिन साकी बेचारी तो गिलास में पिला रही थी, और वह स्वयं ही ओक में पीना चाहता था—इसमें साकी का क्या दोष ? इस समय गालिब का यह शेर कुछ योंही उसके मस्तिष्क में घुसा आ रहा था—पिला दे ओक से साक़ी...

वह पानी पीता रहा और जब उसकी प्यास बुझ गई तो उसने पानी पीना तो बन्द कर दिया परन्तु ओक को उसी तरह मुंह से लगाए रखा। ओक लबालब भरी हुई थी और पानी छलक-छलककर बाहर गिर रहा था।

वंती ने पूछा, "बस ?"

"नहीं तो," उसने हाथ हटाते हुए कहा, "जी चाहता है इसी तरह ओक में पानी गिरता रहे, छलकता रहे और मैं पीता रहूं।"

वंती ने चंचलता से कहा, "तो पीते रहिए न शौक से, हमारे यहां ठण्डे पानी की कमी नहीं। लेकिन देखना, यह घास ज़रा ढंग से काटना, नहीं तो शाम को खाना नहीं मिलेगा।"

और वे दोनों हंसने लगे।

फिर श्याम सिर झुकाकर घास काटने लगा। वंती को अब अधिक देर यहां रुकना अनुचित लग रहा था। वह धीरे से बोली, "मैं अब जाऊं ?"

श्याम ने उसी तरह सिर झुकाए, घास काटते हुए कहा, "वंती !"

"जी !"

"वंती !"

"जी !"

"वंती !"

"जी !"

और फिर एकाएक वह वहां से चली गई और श्याम का हृदय किसी अज्ञात प्रसन्नता से भरपूर हो उठा। सहसा उसके मुंह से 'सी' की आवाज़ निकली और उसका हाथ रुक गया।

दरांती ने उसे काट खाया था।

उसने दरांती की ओर देखा और फिर हाथ से बहते हुए रक्त की ओर। फिर उसने वंती की ओर देखा जो अब दूर खड़ी नूरां, सैयदां और चन्द्रा से बातें कर रही थी—जाने क्यों वह अपना घाव भूल गया और फिर सिर झुकाकर धीरे-धीरे घास काटने लगा।

22

सूर्यास्त से लगभग एक घंटा पूर्व जो ढोलिए पहले लतीरियों की पंक्तियों के मध्य में खड़े अपने ढोल पीट रहे थे, अब दो टोलियों में बंट गए। एक टोली गंगू मिशर की पंक्ति के पीछे और दूसरी दुल्ले की टोली के पीछे खड़ी होकर ढोल बजाने लगी। मुकाबला बड़ा सख्त था, क्योंकि अब तक दोनों टोलियां बराबर नज़र आती थीं और सूर्यास्त तक इस बात का फैसला हो जाना था कि किस टोली ने अपना काम पहले समाप्त किया है।

दरांतियां अब इतनी तेज़ी से चल रही थीं कि श्याम हैरान रह गया। पांच मिनट, दस मिनट निकल गए। अब भी दोनों टोलियां बराबर थीं। फिर धीरे-धीरे दुल्ले की टोली आगे बढ़ती हुई दिखाई दी। ढोलों की आवाज़ दोनों टोलियों को उकसाने लगी। दोनों टोलियां ऊंचे स्वरों में नारे लगा रही थीं, लेकिन दुल्ले की टोली धीरे-धीरे बढ़ती ही गई। सूर्य अस्त हो रहा था। सूर्य आधा अस्त हो गया। अब केवल सुनहरी रेखा-सी दिखाई दे रही थी। एक अंतिम सुनहरी-सी रेखा, और फिर सूर्य ने पहाड़ों के पीछे डुबकी लगाई और गुम हो गया और जैसे ढोल अपनी पूरी शक्ति से बज उठे। दुल्ला अपनी टोली-सहित घाटी के अंतिम छोर तक पहुंच गया था, जहां से धान के खेत

आरम्भ होते थे। फिर उसके साथियों ने दरांतियां गट्ठों पर रख दीं और एक दायरा-सा बनाकर, एड़ियां उछाल-उछालकर और नारे लगाकर नाचने लगे। दुल्ला सरदार घाटी पर दौड़ता हुआ ऊपर चढ़ आया जहां गंगू की टोली सिर झुकाए घास के अन्तिम टुकड़े में काम कर रही थी।

दुल्ला गंगू मिशर के सामने आकर खड़ा हो गया, फिर अपने दायें हाथ की मुट्ठी बन्द करके उसके मुख के सामने घुमाते हुए बोला, "तरा-रा-रा-रा चुग-चुग-चुग।"

सुनने में तो ये बिल्कुल अर्थहीन-से स्वर थे, परन्तु श्याम को इन्हें सुनकर और दुल्ले की हरकतों को देखकर जो उन अर्थहीन-से स्वरों की व्याख्या कर रहे थे, स्पष्ट रूप से मालूम हुआ कि दुल्ला कह रहा है, 'बस गंगू मिशर, देख लिया मुकाबला करके ! हार गए न ! अब बताओ !'

गंगू मिशर की टोली के लोग भी हसने लगे।

फिर दुल्ला की टोली के लोग भी आ गए और सबने मिलकर घास का अंतिम टुकड़ा साफ कर दिया। सूर्यास्त की लालिमा घास के गट्ठों पर इस प्रकार चमक रही थी मानो वे सोने के तिनकों के ढेर हों। लालिमा किसानों की आंखों में और उनके गालों पर जगमगा रही थी, उन गट्ठों पर से फिसलती जा रही थी जिन्हें घाड़ा रचने के लिए एक स्थान पर इकट्ठा किया जा रहा था।

एकाएक दुल्ला बोला, "बड़ी तेज़ भूख लग रही है भाई, अब जल्दी से खाने का प्रबन्ध करो।"

गुलाम हुसैन बोला, "अभी थोड़ी देर में सब तैयार हुआ जाता है। बारह आदमी केवल लतीरियों का खाना पकाने के लिए लगाए गए हैं।"

दुल्ला बोला, "खुदा तुझे जिन्दा रखे, अरे जवान, खुदा तुझे ज़िन्दा रखे !"

सब हंसने लगे।

खाना खा चुकने के बाद दुल्ले ने गंगू मिशर के कंधे पर चढ़कर घाटी का एक चक्कर लगाया और फिर पलटते समय उसने गंगू को अपने कंधे पर उठा लिया और भागता हुआ पुनः बाग में आ गया। जब कंधे पर गंगू मिशर को बिठाए वह वापस पहुंचा तो सब किसान हंसने लगे।

संतराज बोला, "क्या अब गंगू मिशर ने शर्त जीत ली है ?"

दुल्ला बोला, "नहीं चाचा, मेरा ख्याल है कि अगली लतीरी गंगू मिशर जीतेगा। मैंने सोचा, अभी से यह बोझ सिर से उतार दूं।"

फिर एक कहकहा पड़ा।

गंगू मिशर बोला, "दुल्ले सरदार! सच्ची बात तो यह है कि मेरी टोली में औरतें ज़्यादा थीं, वरना तुम कभी यह बाज़ी न ले जा सकते।"

चन्द्रा ने चमककर कहा, "हमने तुम्हारे मुकाबले में दरांती चलाई है। विश्वास न हो तो अब फिर मुकाबला कर देखो।"

सब हंसने लगे—यहां तक कि ढोलियों ने भी ढोलों से रगड़-रगड, दगड़-दगड़ की आवाज़ें निकालीं।

खाना खाकर कुछ लोग तो वहीं घास पर लोट गए क्योंकि सुबह लतीरी फिर शुरू होनी थी। अन्य ने घास के गट्ठों के निकट एक घेरासा बना लिया और गीत गाने लगे। दुल्ला कान पर हाथ रखकर 'चन्ना', 'माहिया', 'सिपाहिया' और 'सैफ-उलमलूक' गा रहा था।

इसी तरह रात के बारह बज गए, फिर लोग जम्हाइयां लेने लगे और घेरा टूटने लगा। कुछ तो वहीं घास का बिस्तर बनाकर सो गए और कुछ अपने घरों को चले गए।

श्याम ने बंगले की ओर जाते-जाते फिर एक नज़र उधर डाली जहां दूध जैसी सफेद चांदनी के बिस्तर पर घास के गट्ठे सोए पड़े थे और उनके काटनेवाले किसान भी। उनके चेहरों पर चांद चमक रहा था, ऊपर तारे मुस्करा रहे थे और बाग की सुगन्धित वायु उनके मन्द श्वास को सुवासित कर रही थी।

सारी धरती से सुगन्धि उठ रही थी, जैसे धरती ने उन्हें अपनी नरम और मुलायम गोद में ले लिया था और थपक-थपककर कह रही थी, 'सो जाओ! अपनी मां की गोद में सो जाओ! यहां तुम्हें कोई भय नहीं है!'

और श्याम ने सोचा, निस्सन्देह भय वहीं होता है जहां बंगले बने होते हैं और उनके बाहर चौकीदार पहरा देते हैं।"

23

पीर के मेले में एक दिन रह गया था और श्याम के पिता थानेदार के साथ मेले के प्रबन्ध का निरीक्षण करने गए थे। कई और कर्मचारी उनसे पहले जा चुके थे। बहुत-से दुकानदारों ने अपनी दुकानें वहां भेज दी थीं। इस मेले में तहसील के लगभग सभी गांवों से लोग इकट्ठे होते थे। दूसरे इलाकों से भी लोग इसमें सम्मिलित होने आते थे। रवि और निम्मी ने तो तीन-चार दिन पूर्व ही से मेले पर जाने की तैयारियां शुरू कर दी थीं। नये बूट, नये फ्राक, नई टोपियां, हर चीज़ नई होनी चाहिए।

तीसरे पहर की चाय पीकर श्याम और अलीजू नदी के किनारे सैर को निकल गए। अलीजू डाक्टर के सम्बन्ध में बहुत चिन्तित था, क्योंकि इस बार सचमुच ही बड़े हाकिमों ने डाक्टर से ब्राह्मणों की अर्ज़ी में लगाए गए आरोपों का प्रत्युत्तर मांगा था। उसने बताया कि पण्डित सरूपकिशन स्वयं हाकिमों से मिलने गया था, ताकि गांव के ब्राह्मणों और महाजनों की बातें ज़बानी सुना सके। मामला बढ़ा बेढब था और उसे भय था कि कहीं बेचारे डाक्टर के विरुद्ध सरकारी जांचकमीशन न बिठा दिया जाए। अलीजू पूर्णतया जानता था कि इस तरह की जांच का क्या परिणाम निकला करता है।

लेकिन श्याम ने कहा, "डाक्टर बिलकुल निर्दोष है। कोई उसका क्या बिगाड़ सकता है ? क्या उसने अर्ज़ी के जवाब में हाकिमों को ठीक परिस्थिति नहीं बताई ?"

अलीजू ने बताया कि डाक्टर ने अपनी स्थिति स्पष्ट कर दी है। कि उसने मोहनसिंह के कहने पर ही चन्द्रा को वार्ड में रखने की स्वीकृति दी थी। वह रोगी की इच्छा के विरुद्ध उसके सम्बन्धियों को उसकी देख-रेख के लिए कैसे आज्ञा दे सकता था ? बाकी रही चन्द्रा के नाबालिग होने की बात, तो इसके लिए वह कोई राय देने को तैयार न था, क्योंकि यह एक मैडिकल मामला था। जब तक वह या कोई और मैडिकल बोर्ड इस बात का फैसला न करे, वह इस बारे में कोई भी परामर्श न दे सकता था।

श्याम ने डाक्टर के उत्तर को सराहते हुए कहा, "ठीक ही तो है, कितना

ठोस और उचित जवाब है ! मेरे विचार में डाक्टर के बारे में आपको चिन्तित होने की ज़रूरत नहीं।"

अलीजू बोला, "बात असल में यह है श्याम साहब कि दुनिया में हरएक ठोस और उचित बात हमेशा ठीक नहीं मानी जाती, और जहां हिंदू-मुस्लिम सवाल पैदा हो जाए, बदकिस्मती से वहां लोग युक्तियों के स्थान पर साम्प्रदायिक भावना से ज़्यादा काम लेते हैं। यह एक कटु सत्य है। आप अभी नौजवान हैं, कालेज में पढ़ते हैं। आपको अभी इन बातों का अनुभव नहीं। अलीजू से पूछिए। पांच साल से मेरी तरक्की रुकी हुई है। सिर्फ मुसलमान होने के कारण मुझे तहसीलदार नहीं बनाया जाता। हालांकि कई नालायक हिन्दू..."

वह चुप हो गया, फिर थोड़ी देर बाद बोला, "मैं मानता हूं कि यह ज़हर दोनों तरफ पाया जाता है। हिन्दू मुसलमान का गला काटने से नहीं चूकता और अगर मुसलमान का बस चले तो वह भी उसे नुकसान पहुंचाए बिना नहीं छोड़ता।"

श्याम ने कहा, "आप भी युक्तियों की अपेक्षा भावावेश से काम ले रहे हैं। यह मामला धार्मिक नहीं, नैतिक और आर्थिक है। यदि ऐसा न होता तो मुसलमान कभी मुसलमान का गला न काटता और हिन्दू कभी हिन्दू के विरुद्ध न होता—नौकरियों की बात ही को लीजिए..."

अलीजू आज बहुत उदास था और इस मामले पर अधिक बहस न करना चाहता था। श्याम को ऐसा लगा कि उसे कोई ताज़ा घाव लगा है। शायद उसकी तरक्की की बात फिर खटाई में पड़ गई है। उसने पूछा, "आप कल मेले में चलेंगे ?"

"नहीं।"

"क्यों ? आप क्यों नहीं जाएंगे ? बाकी सब अफसर जा रहे हैं, बल्कि कई ऐसे कर्मचारी भी जिनका वहां कोई काम नहीं, सरकारी दौरे का बहाना करके मेला देखने जा रहे हैं। आप तो इलाके के मजिस्ट्रेट हैं, जहां और जब चाहें जा सकते हैं।"

"नहीं, मैं नहीं जाऊंगा," अलीजू ने निश्चित स्वर में कहा, "तहसीलदार साहब वहां चले गए हैं, मेरे जाने की अब क्या ज़रूरत है ! आप तो जा ही रहे हैं न ?"

"हां, हमारे यहां से तो सब लोग जा रहे हैं। हम लोग कल प्रातः यहां से चलेंगे—माताजी होंगी, रवि, निम्मी, छाया और उसकी लड़की वंती और दो-एक नौकर। आप भी चलिए न ! अपनी बेगम को भी साथ ले चलिए !"

"नहीं साहब," अलीजू ने निश्चित स्वर में कहा, "मुझे यहां कचहरी का काम संभालना है। तहसीलदार साहब के जाने के बाद कम से कम मुझे तो यहां रहना चाहिए। कम से कम एक मजिस्ट्रेट का तो हैडक्वार्टर पर होना ज़रूरी है।"

थोड़ी दूर तक वे दोनों चुपचाप चलते रहे, फिर अलीजू उसकी ओर झुककर बोला, "बात असल में यह है श्याम साहब, कि ज़िन्दगी में मुहब्बत और नफरत से बढ़कर भी एक चीज़ है और वह है रुपया। सच्चाई, ईमानदरी और योग्यता से बढ़कर भी एक चीज़ है और वह है रुपया। मेरे ख्याल में रुपया ही सबसे बड़ी शक्ति है। अब मैं आपको एक भेद की बात बताता हूं।" वह और भी श्याम के समीप हो गया और झुककर भेदपूर्ण स्वर में कहने लगा, "इन हिन्दू नायब तहसीलदारों ने बड़े अफसरों को रिश्वत दी है, रुपया खिलाया है। यहां अलीजू पांच वक्त नमाज़ें पढ़ता रहा है और उस ज़रूरी फर्ज़ से बिल्कुल बेखबर रहा है। यह मुझे अपनी बेखबरी ही की सज़ा मिल रही है।"

"इसीलिए तो मैंने कहा था कि यह मामला धार्मिक नहीं, आर्थिक है। धर्म की सूक्ष्मताओं को भी इस महाजनी युग ने अपने सुनहरे जाल में जकड़ लिया है। जीवन चाहे हिन्दू का हो चाहे मुसलमान का, आर्थिक दृष्टि से ही परखा जाता है। और एक तरह से यह ज़रूरी भी है। मशीन-युग में इससे अच्छा भला और कौन-सा माप होगा ! हिंदू-मुस्लिम प्रश्न जब भी हल होगा, इसी पैमाने से मापने के बाद होगा। केवल एक-दूसरे को भाई कह देने से यह प्रश्न हल नहीं हो सकता। भाइयों के अधिकार होते हैं। जायदाद, नकद रुपया-पैसा और बहत-सी ऐसी बातें होती हैं जिनका फैसला बहुत ज़रूरी होता है। फैसले के बिना तो दो भाई भी चैन से नहीं रह सकते।"

"यह ठीक है," अलीजू बोला, "लेकिन अगर कोई इस फैसले के बाद भी अलग रहना चाहे, जैसेकि भाइयों में प्रायः होता है, तो ?"

"तो उसे अलग रहने देना चाहिए, उसे अपना घर अलग बनाने दीजिए—इसीमें अक्लमंदी है।"

अलीजू बोला, "तो इसका मतलब यह हुआ कि आप हिन्दू-मुसलमानों को दो अलग-अलग जातियां मानते हैं और उन्हें अलग-अलग रखना चाहते हैं ?"

श्याम बोला, "नहीं, मैं तो उन्हें भाई-भाई समझता हूं। मैं तो हिन्दू और मुसलमानों ही को नहीं, दुनियाभर के इंसानों को भाई समझता हूं और उन्हें अलग-अलग देखने की बजाय एकसाथ मिलजुलकर एक नई सभ्यता, एक नई जीवन-व्यवस्था और एक श्रेष्ठ तत्त्वज्ञान को जन्म देते देखना चाहता हूं। आप कहेंगे कि फिर मैं हिन्दुओं और मुसलमानों को अलग-अलग रहने का अधिकार क्यों देना चाहता हूं। मेरे विचार में यह बहुत आवश्यक है। जब तक एक मनुष्य दूसरे मनुष्य को वही अधिकार नहीं देगा, जो अपने लिए सुरक्षित रखना चाहता है, संसार में कभी भी शान्ति नहीं हो सकती। इसलिए मेरी दृष्टि में अलग रहने के अधिकार को स्वीकर कर लेना चाहिए। अगर एक देश के दो या दस-बीस टुकड़े कर दिए जाएं तो इससे उस देश के लोगों की मूल समस्याएं हल नहीं होतीं। यूरोप में कई बार ऐसा हो चुका है। वहां कभी एक-एक देश के सात-आठ टुकड़े कर दिए और कभी सात-आठ छोटे-छोटे देशों को मिलाकर एक देश बना दिया गया। लेकिन केवल भौगोलिक सीमा-परिवर्तन से तो जनता के दुःख दूर नहीं हो सकते। इससे न तो बेकारी का अन्त होगा, न गुलामी का और न भूख का।"

"फिर?" अलीजू बोला। आज वह स्वयं बातें न करना चाहता था, केवल सुनना ही चाहता था।" फिर क्या होना चाहिए ? आप भी अजीब-सी बातें करते हैं; कभी कुछ और कभी कुछ। पहले कहते हैं कि अलग घर बनाकर रहो, अब कहते हैं कि इससे कुछ लाभ न होगा। अगर इसमें कोई लाभ नहीं है, तो आप ऐसी सलाह ही क्यों देते हैं ?"

श्याम ने कहा, "मैंने कहा था कि अलग रहना पहले एक मानसिक प्रगति है। उदाहरणतया एक भाई अलग रहना चाहता है, दूसरा भाई अलग रहने को बुरा समझता है। मैं यह चाहता हूं कि बजाय इसके कि दोनों भाई इस सिद्धान्त की बात

पर लड़ें और कट मरें, दोनों भाई अलग रहने के अधिकार को स्वीकार कर लें। इस मानसिक प्रगति के बाद क्रिया शुरू होती है। हो सकता है कि जब अलग रहने के अधिकार को स्वीकार कर लिया जाए, तो दूसरा भाई उसे क्रिया में न लाए या उस समय तक क्रिया में न लाए जब तक कि वह अपने जीवन को खतरे में नहीं समझता। अब इसे यों लीजिए कि यदि उसने अलग रहने का फैसला कर लिया है तो उसे अलग रहने दें। यहां पहुंचकर मैं केवल यही कहता हूं कि इतिहास और मनुष्य का तजुर्बा यही बताता है कि अलग रहने में मनुष्य की मूल समस्याएं कभी हल नहीं होंगी। जो आदमी इसमें विश्वास नहीं रखता उसे यह अधिकार दीजिए कि वह तजुर्बा करके देख ले।"

"लेकिन ये तजुर्बे कब तक होते रहेंगे ?"

"जब तक हर इन्सान दूसरे इन्सान को वही अधिकार नहीं देता जो वह अपने लिए सुरक्षित रखना चाहता है।"

बहस समाप्त हो गई, लेकिन श्याम के लिए तो अभी बहस का आरम्भ हुआ था। वह कई बार इस समस्या पर विचार कर चुका था। आज रह-रहकर अलीजू की चिन्तित मुद्रा उसकी आंखों के सामने घूम रही थी। उस चिन्तित मुद्रा ने उस प्रश्न को जैसे फिर उसके सामने ला खड़ा किया और वह सोचने लगा—शायद इस प्रश्न का हल केवल आर्थिक ही नहीं प्रत्युत भावनाओं पर भी आश्रित है। यह प्रश्न दोनों दृष्टिकोणों से महत्त्वपूर्ण है। जातीय और राष्ट्रीय भेद-भाव इस अन्ध-भावुकता ही की नींव पर खड़े होते हैं। एशिया की जातियां यूरोपियन जातियों को मूर्ख, विमूढ़, कमीना और धोखेबाज़ समझती हैं। पश्चिमी जातियां एशिया की जातियों को निष्कर्मण्य और मूर्ख समझती हैं। अनेकों हिन्दू और मुसलमान एक-दूसरे से केवल इन्हीं भावों के आधार पर घृणा करते हैं। बहुत-से ईसाई, चाहे वे किसी देश के रहनेवाले हों, इन्हीं भावों के वशीभूत यहूदियों से घृणा करते हैं। इसमें सन्देह नहीं कि इन देशीय और धार्मिक भेद-भावों की तह में इस कोरी भावुकता के अतिरिक्त आथिक खींचातानी भी होती है। लेकिन इस प्रश्न को हल करने में भावों को बिलकुल अलग कर देना एक बहुत बड़ी भूल है। इसी कारण से तो वे अलग रहने के

अधिकार को मानव-अधिकार मनवाना चाहते हैं।

लेकिन यदि केवल अलग रहने से जनता की मूल समस्याएं हल न हो सकती थीं तो चार-पांच देशों को इकट्ठा मिला देने से भी ये समस्याएं न सुलझ सकती थीं। यूरोप ने तजुर्बा करके देख लिया था, एशिया ने भी बहुत पहले यह तजुर्बा करके देख लिया था और अब भी ये तजुर्बे हो रहे थे। ये भौगोलिक तजुर्बे जो कोरी आत्मप्रवंचना सिद्ध होते हैं और उसके बाद फिर वही बेकारी, भूख, परतन्त्रता, जातीय भेद। और ये समस्याएं उस समय तक नहीं सुलझ सकती हैं जब तक मनुष्य समष्टि-जीवन और आर्थिक समानता के सिद्धान्तों को नहीं अपना लेता। वह उस समय तक आर्थिक समानता के सिद्धान्त को नहीं मानेगा जब तक वह उन जातीय, राष्ट्रीय, धार्मिक भेद-भावनाओं पर विश्वास रखेगा। तो क्या यह प्रश्न केवल भावना पर आधारित था ? क्या इस छोटे-से भूमण्डल के समस्त दुःखों का कारण मनुष्य की बुरी भावनाएं थीं ?

क्या एशिया के नीतिज्ञ सत्य-मार्ग पर थे ? क्या सचमुच पहले उस मानसिक क्रान्ति की आवश्यकता थी, ताकि आर्थिक क्रान्ति की नींव रखी जा सके ? परन्तु क्या यह सत्य नहीं था कि आर्थिक समानता स्वयं एक ऐसी मानसिक क्रान्ति का आधार-स्तम्भ है जिसके निर्माण का वह इच्छुक था ? तो क्या यह कहना ठीक होगा कि मानसिक और आर्थिक क्रान्ति दोनों साथ-साथ चलती हैं, एक-दूसरी पर प्रभाव डालती हुई, एक-दूसरी से शक्ति ग्रहण करती हुई ?

समस्या बड़ी जटिल है, उसने सोचा। बिलकुल सिरदर्द। मनुष्य क्यों इस प्रकार की दर्शन-सम्बन्धी बातों से विमुख हो जाए और ऐसी बातों के सम्बन्ध में सोचने की अपेक्षा सुन्दर आकृतियों के बारे में सोचे—सुन्दर, जैसे आकाश के तारे, जैसे तरनारी के महकते हुए फूल, जैसे पतले मुस्कराते हुए होंठ, जिनके किनारे हर समय किसी अज्ञात भाववश कांपते रहते हैं...

24

दूसरे दिन वे पीर के मेले को चल पड़े। अभी सूर्योदय न हुआ था और सारी वादी पर एक हलका-हलका पीला-सा प्रकाश छाया हुआ था। कोहरे से घास सफेद हुई पड़ी थी। कबूतरों के जोड़े हवा में उड़े जा रहे थे और वायुमण्डल में चील के झूमरों की भीनी-भीनी सुगन्धि रमी हुई थी। श्याम अपने शरीर को बहुत हलका अनुभव कर रहा था। उसे अपने शरीर के रोम-रोम में मीठी सर्दी का अनुभव हो रहा था। उसने सोचा, इसीलिए मुझे अगस्त के दिनों की प्रभात इतनी प्यारी लगती है, इसमें मानो किसी कुमारी की सी लावण्यता और माधुर्य हो और ऐसी सुन्दरी की सी पवित्रता जिसके होंठ अभी चुम्बन के बोझिल आनन्द से अपरिचित हों। वह धीरे-धीरे अपने होंठों से सीटी बजाने लगा फिर उसने घोड़े की चाल हलकी कर दी और बाग खींचकर, पीछे मुड़कर देखने लगा।

वह अपने काफिले से काफी आगे निकल आया था। घोड़ा रोककर वह उन लोगों की प्रतीक्षा करने लगा। सबसे आगे गुलाम हुसैन था। उसके पीछे रवि और निम्मी घोड़ों पर बैठे वादी के दृश्य देखते, एक-दूसरे को हाथों से संकेत करते चले आ रहे थे। श्याम की माता को सदैव यह भय लगा रहता था कि कहीं रवि और निम्मी घोड़ों से गिर न पड़ें, यद्यपि वे दोनों अपने-आपको घुड़सवार ही नहीं बल्कि सहसवार समझते थे। श्याम की माता उनके पीछे एक खच्चर पर आ रही थी, उसके साथ छाया का खच्चर था और आखिर में वंती का। उसके पीछे नौकर थे जो पैदल आ रहे थे और जिन्होंने खाना, फल और दूसरा सामान उठा रखा था।

वह अपना घोड़ा रोके एक ओर खड़ा था और काफिला उसके पास से निकल रहा था। गुलाम हुसैन मुस्कराया, रवि और निम्मी चिल्लाए, "आपाजी, देखो उस चोटी पर बरफ है। है न बरफ—सचमुच ?"

श्याम ने मुस्कराकर सिर हिलाया।

उसकी माता बोली, "भई, तुम हमारे साथ-साथ चलो न! घोड़ा दौड़ाकर आगे क्यों निकल जाते हो ?"

श्याम ने मुस्कराकर कहा, "इसीलिए तो घोड़ा रोके यहां खड़ा हूं।"

फिर वंती के साथ हो लिया और वे दोनों घोड़ों की लगामें ढीली किए धीरे-धीरे चलने लगे। वंती ने श्वेत रेशम का सूट पहन रखा था और कमर में श्वेत नॉन का चुना हुआ लहरिया पेटी की तरह बांधा हुआ था। जूड़े में तरनारी के श्वेत सितारे थे जिनकी तेज़ सुगन्धि हवा में फैल रही थी। हाथों में सोने की चूड़ियां थीं। गोल कलाई में गोल-सा झुकाव पड़ता था, मानो झील के स्तर पर एक छोटा-सा भंवर। लम्बी उंगलियों की पोरों में भी यही गोलाइयां थीं और श्याम को ऐसा आभास हुआ जैसे वह उन भंवरों में तैरकर डूब जाएगा...उसने वंती की ओर देखा और बंती ने उसकी ओर, परन्तु दोनों मौन रहे...किसी-किसी समय कुछ कहना व्यर्थ होता है।

अब वे काफिले से बहुत पीछे रह गए थे। खाना और सामान ले जानेवाले नौकर भी दूर निकल गए थे। घोड़े धीरे-धीरे चले जा रहे थे। सूरज अभी उदय न हुआ था, श्याम ने पीछे की ओर मुड़कर देखा—पूर्व में प्रकाश बढ़ रहा था।

श्याम बोला, "अब तो किसी भी क्षण सूर्य निकल आएगा और फिर यह सुन्दर प्रभात समाप्त हो जाएगा।"

वंती मौन थी और सिर उठाए काफिले की ओर देख रही थी या शायद किसी दूसरी ओर देख रही थी। उसकी लम्बी गरदन की श्वेत कोमलता, वह झुकाव मानो किसी प्रकाश-मण्डल का किनारा, मानो प्रतिपदा के चांद की रेखा। श्याम के कंठ में पुनः कोई चीज़ रुकने लगी।

घोड़े चुपचाप चलते रहे—साथ-साथ। फिर श्याम ने धीरे से अपना हाथ बढ़ाकर वंती का हाथ अपने हाथ में ले लिया—सूरज निकल आया। जैसे सूरज के निकलते समय पूर्वी आकाश का सुनहरा प्रकाश धीरे-धीरे सारे आकाश पर फैल जाता है, उसी तरह श्याम ने वंती के कपोलों की लालिमा को सारे मुख पर फैलते देखा। उसके होंठों के किनारे कांपने लगे और श्याम को लगा मानो कोई पक्षी देवदार की डाली के किनारे पर बैठा पर तोल रहा हो। उस समय सूरज ने जिस प्रकार अपने प्रकाश से वादी को परिपूर्ण कर दिया था, उसी प्रकार वंती के हाथ का कोमल स्पर्श एक सुनहले प्रकाश की

तरह श्याम की आत्मा में फैलता चला गया और श्याम कुछ कह न पाया, कुछ सोच न पाया, मानो उसके समस्त भाव उसी प्रकाश में धुल गए थे और चारों ओर प्रकाश ही प्रकाश था। प्रकाश और मूकता, मूकता और प्रकाश दोनों एक-दूसरे की प्रतिध्वनि मालूम देते थे।

घोड़े चुपचाप चलते रहे—साथ-साथ। दोनों हाथ कुछ इस प्रकार आपस में मिले हुए थे मानो अब संसार की कोई शक्ति उन्हें पृथक् न कर सकती थी। दोनों हाथों में एक ही लहर दौड़ रही थी जो उन दोनों के शरीर में एकसाथ समा रही थी। दोनों हाथों में एक ही नदी की गति थी, एक ही गीत की लय—और यह अनुमान ही न हो सकता था कि एक हाथ कहां से शुरू होता है और दूसरा कहां समाप्त। दोनों हाथ एक-दूसरे के साथ जुड़े हुए प्रतीत होते थे, जैसे दो सितारे दो भिन्न-भिन्न केन्द्रों पर घूमते-घामते एकाएक एक-दूसरे पर आ टिके हों और कोई यह न बता सकता था कि वह सितारा यह है और यह वह।

फिर दोनों ने घोड़ों को एड़ लगाई—दोनों ने आह्लादपूर्ण आंखों से एक-दूसरे की ओर देखा—जैसे दोनों के मन में एकसाथ ही यह विचार उत्पन्न हुआ था कि उन्हें घोड़ों को दौड़ाकर काफिले के साथ मिल जाना चाहिए।

उन्होंने घोड़ों को सरपट डाल दिया। घोड़े उड़े चले जा रहे थे—साथ-साथ, गरदन के साथ गरदन, काठी के साथ काठी और उनके साथ ही दोनों घुड़सवारों की निरंतर एक जैसी हलचल। एकाएक वंती का घोड़ा एक तने हुए धनुष की तरह अपनी टांगों पर खड़ा हो गया और श्याम ने उसी क्षण लपककर उसके मुंह की लगाम से उसे पकड़ लिया।

"छोड़ दो, छोड़ दो इसे—," वंती ने कहा, "मैं अभी इस कम्बख्त को ठीक किए देती हूं," इतना कह उसने घोड़े की बगलों में एड़ियां चुभोईं, दो-तीन चाबुक लगाए और घोड़ा तीर की तरह हवा को चीरने लगा।

कुछ क्षणों के लिए श्याम उस मिटते हुए चित्र को देखता रहा, फिर उसने भी घोड़े को चाबुक लगाया।

एक दूसरे के बाद सरपट घोड़े दौड़ाते हुए वे काफिले से जा मिले।

उसकी माता ज़रा चिन्तित स्वर में बोली, "तुम कभी घोड़ा दौड़ाने के लिए आगे चले जाते हो और कभी पीछे रह जाते हो, कहीं इस शौक में हाथ-पांव न तोड़ बैठना। पहाड़ी सड़क है—और इधर देखो, कितनी गहरी खाई है। मेरे तो देखते ही रोंगटे खड़े हो जाते हैं और भला इस वंती को क्या शौक कूदा है, मर्दों की तरह घोड़ा दौड़ाती फिर रही है। कहीं गिर पड़ी, चेहरे पर कोई ज़ख्म आ गया या नाक-वाक बैठ गई, तो अच्छा वर भी न मिलेगा, बेटी !"

सब लोग हंसने लगे। छाया बोली, "मेरी बेटी को शुरू ही से घोड़े की सवारी का शौक रहा है। इसके पिता ने इसके लिए सदा घोड़ा या खच्चर रखा और मैंने हमेशा इसका यह शौक पूरा किया है। अब तो खैर, जवान हो गई है और इसने स्वयं ही यह खेल छोड़ दिया है, लेकिन जब यह अभी बच्ची थी, तो दिन-रात घोड़े की पीठ से लगी रहती थी। एक तो यह शौक था इसे और एक था ऊंचे-ऊंचे पेड़ों पर चढ़ने का। कितना ही ऊंचा, टेढ़ा-मेढ़ा, खतरनाक पेड़ क्यों न हो, यह उसपर गिलहरी की तरह चढ़ जाती थी।"

छाया मातृ-गौरव से प्रफुल्लित अपनी बेटी की ओर देख रही थी, जिसका मुख सूर्य की तरह लाल हो रहा था और छाती ज़ोर से कांप रही थी।

श्याम, रवि और निम्मी के साथ हो गया और उनके कान में कहने लगा, "कहो, वंती, बहिन गिलहरी, वंती बहिन गिलहरी..."

और दोनों बच्चे प्रसन्नता से चिल्लाते हुए कहने लगे, "वंती बहिन गिलहरी, वंती बहिन गिलहरी !"

और वंती दिखावे के क्रोध में श्याम की माता से कहने लगी, "मांजी, देखो न, ये रवि और निम्मी को सिखाकर मुझे गालियां दिलवा रहे हैं।" और फिर रवि और निम्मी की ओर हाथ हिलाकर बोली, "पीटूंगी तुम्हें, ठहरो तो सही।"

रवि और निम्मी पहले से भी अधिक ज़ोर से चिल्लाने लगे, "वंती बहिन गिलहरी, वंती बहिन गिलहरी !"

"न बेटा," माता ने प्यार से कहा, "बड़ी बहिन को गिलहरी नहीं कहा करते।"

कुछ देर तक काफिले के साथ-साथ चलने के बाद घोड़े दौड़ाकर वे आगे

निकल आए थे। धूप खिल चुकी थी। यहां मार्ग बड़ा ऊबड़-खाबड़ था। कभी ढलानें आ जातीं और कभी ऊंची घाटियां। कभी मार्ग इतना तंग हो जाता कि एक समय में केवल एक घोड़ा ही चल सकता। मार्ग के दोनों ओर की घाटियों पर भीकड़ों की झाड़ियां उगी हुई थीं। निस्सन्देह यह मार्ग अच्छा न था।

वंती ने कहा, "मुझे प्यास लगी है।"

श्याम ने इधर-उधर देखा। चारों ओर भीकड़ों की झाड़ियां उगी हुई थीं। और जहां भीकड़ों की झाड़ियां हों वहां पानी का चश्मा मुश्किल से मिलता है। वह बोला, "इधर समीप तो मुझे कोई चश्मा नज़र नहीं आता।"

नीचे वादी में बहती हुई नदी चांदी के एक फीते की तरह चमक रही थी। सहसा वंती की दृष्टि उसपर पड़ी, बोली, "बहुत प्यास लगी है।"

श्याम बोला, "आओ ज़रा घोड़े तेज़ कर लें। आगे कहीं कोई नाला या चश्मा मिल ही जाएगा।"

मार्ग ऊपर ही ऊपर जा रहा था, वादी के नीचे मैदान में वृक्षों के झुंड, धान के खेत, बहती हुई नदी और खेतों में काम करते हुए किसान छोटे-छोटे खिलौने-से मालूम होते थे।

एक नाला मिला, परन्तु उसमें केवल नीले-नीले-से पत्थर चमक रहे थे, नीले पानी की चमक गायब थी। आगे बढ़े तो किसान मिला। श्याम ने उससे पूछा, "क्यों भाई, यहां समीप कोई चश्मा भी है ?"

किसान बोला, "यह रास्ता छोड़कर इस घाटी के ऊपर कोई दो सौ गज़ चले जाओ। वह जहां चीड़ का पेड़ खड़ा है...वह जहां झाड़ियों का झुण्ड-सा नज़र आता है...देखा तुमने ?"

"हां," श्याम ने सिर हिलाया।

फिर उसने वंती की ओर देखा, फिर श्याम की ओर, फिर ज्योंही उसने उनके कपड़ों पर नज़र डाली, उसका स्वर एकदम बदल गया, "आप कहां जा रहे हैं ?"

"पीर का मेला देखने," श्याम बोला।

किसान कहने लगा, "तो हुज़ूर रास्ता भूल गए हैं, यह रास्ता तो ऊपर के एक गांव को जाता है। असल रास्ता तो आप नीचे छोड़ आए हैं। खैर,

कोई बात नहीं, आप चश्मे पर जाकर पानी पी लें, फिर इसी रास्ते पर थोड़ी दूर और ऊपर जाइएगा। वहां आपको एक पगडण्डी उसी रास्ते की तरफ जाती हुई मिलेगी। उस पगडण्डी से आप ठीक रास्ते पर पहुंच जाएंगे, सलाम हुज़ूर !"

"सलाम !"

किसान चला गया। वे दोनों घोड़ों से उतर पड़े और उनकी बागें हाथों में लिए धीरे-धीरे घाटी पर चढ़ने लगे। वंती प्यास से व्याकुल मालूम होती थी।

चीड़ के वृक्ष के नीचे एक प्याले जैसी ढलवान में चश्मा बह रहा था। यहां संबलुओं की झाड़ियों पर नीलाधारी की बेलें लहरा रही थीं। घनी ठण्डी छाया थी। चश्मे के किनारे-किनारे नीले-नीले फूलों के सितारे खिले हुए थे। यहां पहुंचते ही आंखों में ठण्डक पहुंचने लगी।

उन दोनों ने पानी पिया, फिर चश्मे के किनारे मखमल जैसी घास पर बैठकर सुस्ताने लगे। वंती ने पांव फैला दिए। बांहें सिर के नीचे रखकर वह घास पर लेट गई और आंखों को बन्द कर लिया।

श्याम ने कहा, "इस तरह न लेटो, तुम्हारे जूड़े में सजी हुई तरनारी के फूलों की माला टूट जाएगी।" वह अपनी आवाज़ सुनकर बड़ा हैरान हुआ। उसे अनुभव हुआ मानो यह आवाज़ उसकी न थी वरन् किसी अन्य पुरुष की थी।

वह एक दीर्घ श्वास भरकर बोली, "कोई परवाह नहीं, और बन जाएगी।"

झाड़ियों में छिपी हुई कोई बुलबुल चहक उठी। उस समय वह बुलबुलें के संगीत को न सुनना चाहता था; परन्तु वह संगीत मानो आप ही आप उसके अचेतन मन में तैरने लगा, जैसे उसके अचेतन मन की झाड़ियों में लाखों बुलबुलें एकसाथ चहचहा उठी हों।

वंती पूर्ववत् घास पर लेटी हुई थी और उसकी आंखें बन्द थीं और उसके मद्धम श्वास के साथ-साथ उसकी छातियां हिल रही थीं।

श्याम ने अपना पूरा ध्यान चश्मे के किनारे खिले हुए नीचे फूलों की ओर केन्द्रित कर दिया। इन फूलों का क्या नाम है ? कितने सुन्दर फूल हैं ! इतने सुन्दर मानो...नहीं-नहीं, अब कोई मानो नहीं...वह कोई उपमा नहीं ढूंढ़ेगा। ये फूल सुन्दर

हैं और बस, कोई ऐसे, वैसे, जैसे नहीं। जैसे उसके मन में लाखों धड़कनें एकदम से उत्पन्न होने लगीं और वह अपने-आपसे कहने लगा—मुझे कुछ और सोचना है—इन फूलों का क्या नाम है ? इन फूलों का क्या नाम है कमबख्त ! इन फूलों का नाम वह सदैव भूल जाता था। उसने कहा, "इन फूलों का क्या नाम हैं ?"

उसे अपनी आवाज़ फिर बड़ी विचित्र लगी और उसके अचेतन मन में लाखों नीले-नीले फूल खिलने लगे...।

वंती ने उसी तरह लेटे-लेटे एक गहरे मद्धम, मधुमिश्रित स्वर में कहा, "अञ्जों, अञ्जों के फूल हैं।"

यह अञ्जों के फूल थे या लाखों सितारे थे या लाखों पायलों के सुरीले संगीत थे या लाखों ज्वालाओं के दहकते हुए मोती ?

सहसा उसने अपने-आपको वंती पर झुका हुआ अनुभव किया।

"वंती !" उसने धीरे से कहा।

वंती उसी तरह लेटी रही। उसने कोई उत्तर नहीं दिया। हां, उसके श्वास की लय तेज़ होने लगी। कपोलों पर घनी पलकों की पंक्ति कांपने लगी। होंठों की पंखड़ियों के कोने में कम्पन उत्पन्न होने लगा और वह वंती पर और भी झुक गया और अपने होंठ उसके होंठों पर रख दिए। उसके होंठों के कांपते हुए कोनों पर, उसकी ठोड़ी पर, उसकी बिलौर जैसी कोमल और स्वच्छ गरदन पर जहां श्वेत चमड़ी के अन्दर एक नस फड़फड़ा रही थी—जैसे किसी देवदार की डाली के सिरे पर कोई बुलबुल पर तोल रही हो—और उसने उस रग को बार-बार चूमा, चूमता गया। हर बार उसके भीतर अग्नि का एक तूफान-सा उठता गया और फिर उसने उस स्थान को अपने दांतों से एक बार हलका-सा कटकटाकर छोड़ दिया।

नस उसी तरह फड़क रही थी। बुलबुल उसी तरह पर तोल रही थी, परन्तु श्वेत चमड़ी के ऊपर एक गुलाबी बिन्दु-सा नज़र आ रहा था...गुलाबी बिन्दु... लाल सितारे...नीले फूल...पायलों के गीत...

दूर वादी के उस पार घाटी की हरियाली पर पगडंडी की कोमल उंगलियां नीलम के नगों की भांति चमक रही थीं और धुन्ध का गुबार वृक्षों की हरी

चोटियों पर फैलता चला जा रहा था—किसी नवयुवती की कोमल उंगलियों के कोमल स्पर्श की तरह !

25

श्याम की माता ने अपने बेटे पर सन्देह-भरी दृष्टि डालते हुए पूछा इतनी देर तुम कहां रहे ?"

छाया बोली, "और तुम तो हमसे आगे निकल आए थे, अब पीछे से चले आ रहे हो ?"

श्याम ने उत्तर दिया, "मौसी, बात यों हुई कि हम रास्ता भूल गए और एक दूसरी पगडंडी से दूर ऊपर घाटी पर चले गए। वहां अगर हमें एक किसान न मिलता तो न जाने हम कहां पहुंच जाते—भला हो उस किसान का।"

श्याम की माता को विश्वास आ गया, बोली, "हां, तभी तो मैं भी हैरान हो रही थी कि पीछे से क्यों चले आ रहे हैं।" फिर भय दिखाने के स्वर में बोली, "इन पहाड़ी रास्तों का कोई सिर-पैर तो होता नहीं, इसलिए अकेले आगे जाना अच्छा नहीं, साथ-साथ चलना चाहिए।"

श्याम ने भोलेपन से कहा, "ठीक है, माताजी।"

और अब वे सब लोग इधर-उधर की बातों में मग्न हो गए। श्याम कभी-कभी नज़र चुराकर वंती की ओर देख लेता जो इस सारे वार्तालाप के दौरान में मौन हो रही थी। जब कभी वह वंती पर अपनी चंचल दृष्टि डालता तो वंती का मुख लाल हो उठता और वह घबराकर अपने गले पर हाथ रख लेती जैसे वह उस गुलाबी बिन्दु को छिपाना चाहती हो, जो इतना छोटा था कि बिना गौर से देखे नज़र न आ सकता था। परन्तु वंती को बार-बार अनुभव होता जैसे सबकी दृष्टि उसी बिन्दु पर जमी हुई है। ज्योंही छाया, श्याम की माता या काफिले का कोई और व्यक्ति उससे कोई सी भी बात करता या एक उचटती-सी दृष्टि उसपर डालता, आप ही आप उसका हृदय गरदन की ओर उठ जाता। वंती को अपनी गरदन पर का वह गुलाबी बिन्दु चिनगारी की तरह जलता हुआ अनुभव हो रहा था।

अब रास्ते में उन्हें किसानों की टोलियां मिलने लगीं। वे टोलियां प्रातः ही अपने गांव से चली थीं। उनमें से प्रायः किसानों ने अपनी जूतियां बगलों में दबा रखी थीं। उनके हाथों में मज़बूत छड़ियां थीं, आंखों में काजल था और उन्होंने खद्दर के तहमद और खद्दर ही के कुरते पहन रखे थे। सिर पर खद्दर की गोल टोपियां या पगड़ियां थीं जिनके शमले ऊपर को उठे हुए थे। उन टोलियों में स्त्रियां भी थीं जो पुरुषों के पीछे-पीछे ज़रा हटकर चल रही थीं।

गुलाम हुसैन बोला, "साहब, जहां पीर का मेला लगता है, वहां से दो-अढ़ाई कोस परे एक और देखने लायक जगह है। उसे 'रामकुण्ड' कहते हैं। ब्राह्मण लोगों का कहना है कि जब रामचन्द्रजी अपने चौदह साल के वनवास में भारतवर्ष के भिन्न-भिन्न जंगलों में घूम रहे थे तो वे यहां भी आए थे। साहब, वह जगह भी देखने योग्य है। मेरे ख्याल में ठीक यही होगा कि आप लोग पहले वहां चलें, उसके बाद वापस आकर मेले की रौनक देखें।"

श्याम की माता बोलीं, "हां, यह ठीक है, अभी तो लोग मेले में इकट्ठे हो रहे हैं—चलो पहले हम लोग यही तीर्थ हो आएं।"

और श्याम सोचने लगा—क्या श्री रामचन्द्रजी पूर्वी भारत के जंगलों में भी घूमते रहे हैं ? उसने तो यही सुन रखा था कि अपने वनवास के दिनों में वे विन्ध्याचल पर्वत से ऊपर कहीं न गए थे, गोदावरी नदी से नीचे के इलाकों में ही घूमते रहे थे। फिर उसने सोचा, संभव है वे वनवास से पहले यहां आए हों या वनवास के बाद। जो हो, इस बारे में अधिक सोचना व्यर्थ है। प्रत्येक जाति के देवी-देवताओं के निर्माण में अन्धविश्वास और कल्पना का भी बहुत हाथ होता है। ठोस वास्तविकता भी होती है। और उस जीवन की पेचीदी गुत्थियों को सुलझाने में कभी एक, कभी दूसरी और कभी दोनों से काम लेना पड़ता है।

परन्तु इसमें कोई सन्देह नहीं था कि 'राम-कुण्ड' का छोटा-सा तीर्थ बहुत सुन्दर था। एक छोटी-सी वादी में, जो चारों ओर ऊंचे-ऊंचे पर्वतों से घिरी थी—एक ऊंची चट्टान पर पत्थरों की बड़ी-बड़ी शिलाओं से बना वह प्राचीन मन्दिर खड़ा था। उसकी प्राचीनता का यह कारण ही न था। कि पत्थरों का रंग नीला पड़ गया था और दीवारें यहां-वहां से भुरभुरी हो गई थीं, वरन् मन्दिर की बनावट में

भी एक विशेष बात थी और वह बात यह थी कि मन्दिर की दीवारों में कहीं भी चूने अथवा सुर्सी से काम न लिया गया था। पत्थर की सिलें इस सफाई से एक-दूसरी पर जमाई गई थीं कि कहीं सुई की नोक जितना भी छिद्र नहीं था। इसके अतिरिक्त मन्दिर का कलश भी पत्थर का था...उस मन्दिर की आयु एक हज़ार वर्ष से कम मालूम न होती थी।

मन्दिर के आंगन में चट्टान को काटकर दो कुण्ड बनाए गए थे। ये कुण्ड बहुत गहरे थे और इनमें दूर नीचे तक चारों ओर पत्थर की सीढ़ियां बनी थीं और ये सीढ़ियां और ये दोनों कुण्ड एक ही चट्टान, एक ही पत्थर, एक ही सिल को काटकर बनाए गए थे। इस स्थान के वक्षस्थल से निर्मल पानी का एक स्रोत उबल रहा था जिसने उन दोनों कुण्डों को पानी से भर दिया था। दायां कुण्ड बायें कुण्ड से बड़ा था। बड़े को राम-कुण्ड और छोटे को लक्ष्मण-कुण्ड कहते हैं। दोनों कुण्ड साथ-साथ थे, क्योंकि राम और लक्ष्मण दोनों भाई थे और सदैव एक-दूसरे के साथ रहते थे। राम-कुण्ड लक्ष्मण-कुण्ड से बड़ा था क्योंकि राम बड़े भाई थे। इन दोनों कुण्डों के एक ओर चट्टान को काटकर सीढ़ियां बनाइ गई थीं, अर्थात् चट्टान के बीच में।

यहां बहुत अन्धकार था और सब लोग धीरे-धीरे नीचे उतर रहे थे। अंधकार बढ़ता गया—बढ़ता गया। सबसे आगे छाया थी। उसने इससे पहले भी इस तीर्थ को देखा था इसलिए वही इस काफिले की पथप्रदर्शक थी। वह उन्हें वहां के भिन्न-भिन्न दृश्य दिखा रही थी। छाया के पीछे-पीछे श्याम की माता थीं, जिन्होंने अपने दोनों हाथों से रवि और निम्मी को पकड़ रखा था और बड़ी सावधानी से सीढ़ियों पर पांव रख रही थीं। उसके बाद वंती बड़ी लापरवाही और चंचलतापूर्वक उतर रही थी और उसके पीछे था श्याम। एकाएक घटाटोप अंधेरा छा गया और श्याम ने वंती का हाथ पकड़ लिया।

रवि और निम्मी चिल्ला उठे, "यहां तो कुछ भी दिखाई नहीं देता।"

छाया ने दियासलाई जलाई। श्याम ने जल्दी से वंती का हाथ छोड़ा। वह मुस्कराने लगी।

दियासलाई के प्रकाश में उन्होंने देखा कि चट्टान के अन्दर एक बहुत बड़ा

कमरा है जिसके बीचोबीच एक कुण्ड बना है—चारों ओर गहरा अंधकार था और विचित्र प्रकार की उदासी-सी। जहां राम और लक्ष्मण के कुण्ड थे वहां तो प्रकाश था, नीला आकाश था और थे यात्रियों और पुजारियों के कहकहे। परन्तु यहां पहुंचकर मन पर एक विचित्र प्रकार का भय छा जाता था और सब यात्री मौन हो जाते थे।

दियासलाई बुझ गई—अब फिर वही गहरा अन्धकार था। श्याम ने अपना हाथ वंती की कमर में डाल दिया।

छाया की आवाज़ उस चट्टान के अन्धकारमय वातावरण में गूंज उठी, "यह सीता-कुण्ड है।"

दियासलाई जलाने की आवाज़ आई और श्याम ने जल्दी से अपना हाथ खींच लिया।

वंती हंसने लगी।

छाया ने उसे घूरकर देखा। कहने लगी, "हाय मेरी तोबा, कैसी हैं आजकल की लड़कियां ! इस पवित्र स्थान पर आकर भी हंसने से नहीं टलतीं। यदि तुझे इसके सीता-कुण्ड होने में कोई सन्देह है, तो उस सन्देह को अपने पास रख, लेकिन तुझे यहां नहीं हंसना चाहिए।"

वंती अपनी हंसी रोकने लगी।

श्याम ने कहा, "मौसी ! यह आजकल की लड़कियां...भगवान इनसे बचाए। हम तो भई, कान पकड़ते हैं। धर्म का तो इन्हें कुछ ख्याल ही नहीं।"

और वंती पुनः ज़ोर से हंसने लगी। दियासलाई बुझ गई और कमरे में फिर अंधेरा छा गया और कोई न देख पाया कि छाया को इस असामयिक हंसी पर कितना क्रोध आया था। अब के श्याम ने कोई शरारत नहीं की।

दियासलाई फिर जली।

छाया ने कहा, "कहते हैं, इस कुण्ड की कोई थाह नहीं। कई डुबकी लगानेवालों ने इसकी थाह पानी चाही, लेकिन वे सदैव असफल रहे। इस कुण्ड का पानी चट्टान में से रिसता हुआ ऊपर के दोनों कुण्डों में जाता है जिन्हें राम और लक्ष्मण कुण्ड कहते हैं..."

श्याम की माता धीरे-धीरे कह रही थीं, "धन्य हो सीतादेवी, तुम धन्य हो।"

दियासलाई के मद्धम प्रकाश में सीता-कुण्ड का पानी और भी काला नज़र आने लगा। सारे वातावरण में वही विचित्र प्रकार की उदासी छाई हुई थी। जब दियासलाई बुझ गई तो यह उदासी और भी बढ़ गई और निस्तब्धता गहरी हो गई। केवल यात्रियों के श्वासों की आवाज़ सुनाई देती थी। श्याम के सारे शरीर में एक झुनझुनी-सी दौड़ गई—तो यह सीता-कुण्ड है ! राम और लक्ष्मण तो उजाले में हैं और इस सीता-कुण्ड पर रात का सा भयानक अंधकार छाया हुआ है...और उसे पृथ्वीमाता की पुत्री सीता के वे अन्तिम दिन स्मरण हो उठे...वह चौदह वर्षों तक अपने पति के साथ वनों में घूमती रही थी...वह एक दुष्ट पापी के चंगुल में फंसकर लंका की एक वाटिका में अपने सतीत्व की रक्षा करते हुए वियोग के दिन काट रही थी...और जब वियोग के दिन समाप्त हुए और वनवास भी समाप्त हो गया, तो प्रसन्नता के कुछ दिनों के बाद एक मूर्ख धोबी के कहने पर सीता के जीवन में एक बार फिर वनवास आरम्भ हुआ—नया, अन्तिम, सनातन वनवास, जो एक बार आरम्भ होकर फिर कभी समाप्त नहीं हुआ। सम्भवतः इसीलिए सीता-कुण्ड अन्धकारमय है, मौन है, उदास है, अथाह है। श्याम को लगा जैसे सीता-कुण्ड में केवल सीता के ही नहीं वरन् समस्त भारतीय नारियों के आंसू छलक रहे हैं—जिनके जीवन शताब्दियों से अन्धकारमय, मौन और उदासीन हैं...और श्याम को अपने अनुभव की कटुता में यह बात बिल्कुल उपयुक्त मालूम हुई कि सीता-कुण्ड सबसे नीचे बनाया गया है। नीचे आकाश के उज्ज्वल आकाश से दूर, एक चट्टान की पथरीली छाती में—पत्थरों की दीवारों के अन्तस्तल में, जहां प्रकाश की सूक्ष्म रेखा भी नहीं पहुंच सकती—यही भारतीय नारी का उचित स्थान है, सबसे नीचे, पांव में। फिर वहीं खड़े-खड़े न जाने कल्पना-लोक में उड़ते या सचमुच ही उसे ऐसा अनुभव हुआ जैसे वह पृथ्वी-पुत्री की आहें सुन रहा हो—उसकी मद्धम सिसकियां जो धरती की छाती चीरकर, उस पापी चट्टान की छाती चीरकर चारों ओर फैल रही हों। जो वह आहें भरती हुई कह रही। हो, 'मेरे राम, मेरे राम !'

एकाएक श्याम को अपनी मां की आवाज़ सुनाई दी। वे पूर्ववत् कहे जा

रही थीं, "सीतादेवी तू धन्य है ! सीतादेवी तू धन्य है !!"

निस्सन्देह सीतादेवी तू धन्य है ! उसके जीवन को, उसकी आत्मा को हज़ार बार, लाखों बार प्रणाम। क्योंकि सीता पृथ्वी-माता की पुत्री ही नहीं, स्वयं वसुन्धरा है। स्त्री धरती है। वह जीवन का स्रोत है, जीवन का लक्ष्य-स्थान है। उसकी कोई थाह नहीं। वह स्वयं अन्धकार में रहती है, परन्तु उस अन्धकार से वह चमकते हुए मोतियों को जन्म देती है, जिन्हें लोग राम और लक्ष्मण कहते हैं। वह स्वयं विरक्त है, उदासीन है, उसकी पलकों पर सदैव अश्रु कांपते रहते हैं—वह अपने उदास अश्रुओं की गहराइयों से उस दिव्य ज्योति के उबलते हुए ऐसे कुण्ड निकाल लाती है, जिनका निर्मल जल नीले आकाश को भी लज्जित करता है। वह स्वयं मौन है, परन्तु अपनी गहन मूकता के वक्षस्थल से उस अमर संगीत का उत्पादन करती है जिसकी हर लय में मानव-जीवन की हर धड़कन अपने समस्त कष्टों और प्रसन्नताओं सहित सुनाई देती है। इस जीवन के निर्माता को हज़ार बार, लाखों बार प्रणाम !

और फिर एकाएक श्याम को अनुभव हुआ कि वह इस कल्पना के प्रवाह में बहते-बहते जीवन के कटु सत्य और वास्तविकताओं को भूलता जा रहा है। उसने छाया से कहा, "मौसी, ज़रा दियासलाई दिखाना, वापस चलें, यहां खड़े-खड़े तो लहू भी जम जाएगा।"

26

जिस समय वे पीर के स्थान पर पहुंचे, मेला अपने पूरे यौवन पर था। यह मेला पीर और मदान के गांव की निचली धाटी पर जुटा था। यहां एक चौड़ा मैदान था जिसके एक ओर खुर्मानियों और हाड़ियों का एक बहुत बड़ा झुण्ड थी। मैदान के पश्चिम में मान्दर की नदी बहती थी और यहां पहुंचकर उसका पाट बहुत चौड़ा हो गया था। उत्तर-पूरब में पीर का नाला था—और मेले का मैदान मानो पीर के नाले और मान्दर की नदी के संगम पर स्थित था। इस तल्ले के चारों ओर एक बहुत पुरानी भग्न दीवार थी, जो कहीं से एक फुट, कहीं से दो फुट और कहीं से तीन-चार फुट ऊंची थी। इस दीवार का ढांचा राम-कुण्ड के ढांचे जैसा ही था। शायद ये दोनों इमारतें,

जो एक-दूसरे से पांच मील के फासले पर थीं, एक ही युग में, एक ही निर्माता की कलाकौशलता का परिणाम थीं। दीवारों की मिटती हुई चित्रकारी, पत्थर के चौखटे और टूटे हुए हाथियों को देखने से अनुमान होता था कि किसी समय इस स्थान पर कोई विशाल भवन खड़ा होगा। अब केवल बाहर की एक दीवार ही रह गई थी, टूटी-फूटी, कहीं से एक फुट ऊंची, कहीं से दो फुट ऊंची और कहीं से बिल्कुल गायब। शायद धरती में उसकी नींव हो। परन्तु कई एक स्थान पर तो केवल झाड़ियां ही नज़र आती थीं। यह दीवार एक बहुत बड़े अहाते को घेरे में लिए हुए थी जिसके अन्दर मेला जुटा था और हज़ारों आदमी एकत्र थे। अहाते में एक विस्तृत मैदान था जिसमें कहीं-कहीं भवन के विशाल कमरों की दीवारों के चिह्न मिलते थे।

श्याम, गुलाम हुसैन तथा अन्य लोगों को साथ लेकर मैदान के उत्तर-पूर्वी भाग की ओर चला, जहां भवन की दीवारें अब भी चार-पांच फुट ऊंची खड़ी थीं। इस स्थान पर भवन सबसे अच्छी हालत में था। यहां दीवारें चौड़ाई में अढ़ाई-तीन सौ गज़ और लम्बाई में चार-पांच सौ गज़ के लगभग थीं, और उनके कोनों में धतूरे की बड़ी-बड़ी झाड़ियां फैली हुई थीं। उस अहाते में, जिसे इन दीवारों ने घेर रखा था, लम्बी-लम्बी घास उगी हुई थी। यहां एक और इमारत भी खड़ी थी, जिसपर पत्थर की सीढ़ियां बनी हुई थीं। ये सीढ़ियां सत्तर-अस्सी फुट ऊंची थीं। न जाने यह इमारत क्या थी ? लेकिन अब तो केवल यही पत्थर की सीढ़ियां रह गई थीं। इन सीढ़ियों पर कोई न चढ़ता था, क्योंकि ये बहुत बुरी हालत में थीं और ऐसा लगता था कि इसपर किसी मनुष्य का पांव पड़ते ही सारी की सारी इमारत धड़ाम से नीचे आ रहेगी, और यदि इन भारी-भरकम पत्थरों की लपेट में कोई आ गया तो उसकी हड्डी-पसली एक हो जाएगी।

इस जगह एक ओर एक और दिलचस्प चीज़ देखने में आई। दूर से देखने पर ऐसा लगता था कि स्टीम-रोलर का एक पहिया पड़ा है और इस पहिये के एक सिरे पर पत्थर की एक मोटी-सी हत्थी लगी हुई है। निकट जाने पर पता चला कि वह पत्थर का एक पुराना गुर्ज था। इतना बड़ा गुर्ज उसने अपने जीवन में कभी न देखा था। पांच-दस आदमी मिलकर उसे मुश्किल से उठा सकते थे।

एक पंडित बोला, "यह भीमसेन का गुर्ज है। वह इससे व्यायाम किया करता था।"

श्याम ने कहा, "यह किसी मनुष्य का गुर्ज तो मालूम नहीं होता।"

और वास्तव में यह गुर्ज था भी बहुत भारी। मेले में जितने पहलवान आते थे, वे सदैव इस गुर्ज को उठाने का असफल प्रयत्न किया करते थे। कभी कोई पहलवान इसे उठाकर खड़ा कर देता था और कोई इसे धकेल-भर ही सकता था। कहते हैं, एक बार एक पहलवान ने इसे ज़मीन से दो इंच ऊपर उठा लिया था। लेकिन ठीक से नहीं कहा जा सकता कि इस बात में कहां तक सचाई है।

गुलाम हुसैन बोला, "यह आदमियों का गुर्ज नहीं है, यह देवताओं का गुर्ज है। जब आप यह जगह देख चुकेंगे तो मैं आपको पीर साहब की कबर पर ले चलूंगा। यह कबर इतनी लम्बी है कि आप उसे देखकर हैरान रह जाएंगे और सोचेंगे कि क्या कोई आदमी इतना लम्बा भी हो सकता है। लेकिन साहब, यह देवता और औलिया लोग आम लोगों जैसे नहीं होते...ये बड़े करामाती बुज़ुर्ग थे।"

श्याम ने पंडित से पूछा, "पंडितजी, यह तो बताइए कि पांडवों की राजधानी तो दिल्ली थी, लेकिन यहां महल बनवाने की ज़रूरत क्यों पड़ी ? क्या वे भी निर्वासन के दिनों यहां आए थे ?"

"नहीं साहब ! पांडव यहां महाभारत के युद्ध के बाद आए थे। जब महाराज युधिष्ठिर का मन इस संसार से उकता गया और वे और उनके चारों भाई अर्जुन, भीम, नकुल, सहदेव और उनकी माता कुन्ती कैलास पर्वत को जा रहे थे, तो इसी रास्ते से गुज़रे थे।"

और श्याम को याद आया कि इस इलाके में उसने स्थान-स्थान पर बावलियां देखी थीं, बावलियां और खंडहर। उन सब बावलियों और खंडहरों को लोग पांडवों द्वारा बने हुए बताते थे। और उसने सोचा, शायद पांडव इसी रास्ते से गुज़रे हों। और फिर उसे ख्याल आया कि केवल इस इलाके ही में नहीं, बल्कि कश्मीर, कांगड़ा और मंडी की रियासतों में भी, जहां इस तरह की पुरानी बावलियां और खंडहर थे, लोग उन्हें झट से पांडवों द्वारा बने हुए कह देते थे। ऐसा मालूम होता था कि पांडवों ने पहाड़ों में कोई ऐसा चश्मा ने छोड़ा था जहां

उन्होंने बावली न बनाई हो। और शायद वे कैलास पर्वत पर पहुंचने के लिए इतने बेकरार न थे जितने गांव-गांव में बावलियां बनाने के लिए।

और कोई उसके मन में कहने लगा—तुम अपनी धार्मिक प्रतिमाओं का अपमान करते हो ! क्रूर वास्तविकता को क्यों अपनी छाती से लगाए रखना चाहते हो ? शायद यह सच है कि ये बावलियां पांडवों ने नहीं बनाई थीं, बल्कि अपरिचित लोगों ने इन बावलियों को अपने पूर्वजों के स्मारक के रूप में बनाया था—उन लोगों की तरह नहीं जो किसी अनाथालय को पचास रुपये दान में देकर उसकी इमारत के किसी पत्थर पर अपना नाम खुदवा लेते हैं।

श्याम ने पण्डित जी से पूछा, "पण्डितजी, ये इतनी ऊंची सीढ़ियां किसलिए बनाई गई थीं ?"

"बेटा ! कहते हैं कि जब पाण्डव हस्तिनापुर से पैदल चलते-चलते यहां पहुंचे, तो उनकी माता कुन्ती के मन में अपना देश देखने की इच्छा उत्पन्न हुई और उसने उस समय तक आगे चलने से इन्कार कर दिया जब तक कि उसके बेटे उसे उसका मैका न दिखा दें। पहले तो पांडवों ने अपनी माता को बहुत समझाया, लेकिन जब वे किसी प्रकार न मानीं तो उन्होंने इस स्थान पर यह महल बनवाया जिसके खंडहर तुम अब देख रहे हो। ये सीढ़ियां महल की सबसे ऊपरवाली मंज़िल पर जाती थीं। कहते हैं कि इस आखिरी मंज़िल की छत पर से पांडवों ने अपनी माता को उसका मैका दिखाया, तब कहीं वे आगे चलने के लिए तैयार हुई थीं।"

श्याम ने सोचा—हां, हम पुरुष कभी यह महसूस नहीं कर सकते कि स्त्री को अपना मैका कितना प्रिय होता है। चाहे वह बूढ़ी होकर संसार को त्याग दे, फिर भी अपने मैके की याद उसके मन में सदैव बनी रहती है। शायद इसी कारण ग्राम्य गीतों में मैके के गीत सबसे सुन्दर होते हैं। शायद मरते समय भी स्त्री के मन में अपने मैके को एक बार देखने की आकांक्षा तड़प उठती है और कुन्ती की तरह वह चाहती है कि रास्ते की वादियों, जंगलों और पहाड़ों को चीरकर दृष्टि अपने बाबुल के देश पर जा पहुंचे।

श्याम अपनी काल्पनिक उड़ान पर मुस्कराने लगा और उसने सोचा कि उसने अपने देश की देवमाला को समझने और उसे नये रूप से परखने का एक नया ढंग

निकाल लिया है। उन प्राचीन कथाओं में भी कथाकारों ने जीवन की मौलिक सचाइयों को सुन्दर परिधानों में उपस्थित किया था। गांव-गांव के किसानों के मस्तिष्क में ये कथाएं सदैव ताज़ा रहती हैं, परन्तु खेद है कि इन मूर्ख किसानों में उन्हें नये रूप से परखनेवाला कोई नहीं। वे उन कथाओं की अतिशयोक्ति पर विश्वास करके भटक जाते हैं और जीवन के वास्तविक स्वरूप से अनभिज्ञ रहते हैं। और श्याम ने सोचा कि वह अपने देश की देवमाला का, जिसे उसने कूड़ा-करकट समझकर परे फेंक दिया था, फिर से अध्ययन करेगा, नये ढंग से उसमें से नई-नई बातें ढूंढ़ेगा। आखिर किसी देश का अतीत भी तो उसका अपना ही होता है। अतीत, वर्तमान और भविष्य जीवन के एक ही क्रम की कड़ियां हैं। अतीत को ठीक रूप से जाने-समझे बिना वर्तमान और भविष्य के सम्बन्ध में कोई उचित कार्यक्रम तैयार नहीं किया जा सकता।

उजाड़ खंडहरों में थोड़ी देर घूमने के बाद वे मेले में चले गए। सुनारों की दुकानों पर स्त्रियों की बड़ी भीड़ थी, जो बड़ी उत्सुकता से आभूषणों को देख-जांच रही थीं। खोट की अंगूठियां, कड़े और बालियां खूब बिक रही थीं। आभूषणों की नुमायश के साथ-साथ सुनार लोग मज़ाक भी करते जाते थे और कड़ों, अंगूठियों, बालियों आदि की प्रशंसा करते-करते अपने ग्राहकों की सुन्दरता की प्रशंसा भी कर डालते या कोई ऐसी गहरी चोट कर जाते थे कि स्त्रियों के जमघटों में कहकहे गूंज उठते। श्याम ने देखा कि इस अवसर पर गांव की औरतें भी जवाबी हमला करने से न चूकती थीं। कोई भी इस खुले मज़ाक को बुरे अर्थों में न लेता था।

गुलाम अली ने इस मेले के लिए विशेष रूप से गिलट के आभूषण मंगवाए थे जो सोने की तरह चमकते थे और जो मूल्य में भी काफी सस्ते थे। उसकी दुकान पर सबसे अधिक जमघट था और अंगूठियां, नाक की कीलें और कानों के गजरे और बालियां धड़ाधड़ बिक रही थीं।

गुलाम अली चिल्ला-चिल्लाकर कह रहा था, "सोने का माल कौड़ियों में जाता है, सोने का माल, सोने का माल..."

और खोट बेचनेवाले कह रहे थे, "चांदी देकर चांदी लो, कूड़ा-करकट न खरीदो; चांदी लो, कूड़ा-करकट न खरीदो..."

हलवाइयों की दुकानों पर बड़ी रौनक थी। श्याम यह देखकर बहुत हैरान हुआ कि नौजवान किसान और लड़के, जो घर में शुद्ध घी और मक्खन खाते थे, यहां बड़े शौक से तेल और वनस्पति घी की मिठाइयां खरीद-खरीदकर खा रहे थे। शक्करपारे, जलेबियां, मैदे की खजूरे, पकौड़ियां, और सेवियां...

बसंतराम की दुकान पर केवल तीन चीज़ें थीं—किशमिश, नारियल और मखाने। ये तीनों चीज़ें इधर की नौजवान लड़कियों का मनभाता खाजा था। यहां बहुत-से नौजवान किसान अपनी नौजवान बीवियों को यह 'खाजा' खरीदकर दे रहे थे। कभी-कभी नौजवान किसान के साथ उसकी बीवी के बजाय उसकी प्रेमिका होती थी। बसंतराम इस मामले में इतना निपुण हो चुका था कि एक ही नज़र में सब कुछ भांप लेता था। बीवियोंवाले तो बहुत मोल-जोल करते थे, परन्तु दूसरे जोड़ों की तो बात ही और थी। वह इन जोड़ों की बड़ी आवभगत करता। उन्हें मज़ेदार चुटकुले सुनाता और दो-चार इश्किया शेर भी, जो शायद किसी ज़माने में उर्दू के शेर होंगे, लेकिन यहां तक पहुंचते-पहुंचते वे इतने विचित्र हो गए थे कि अब उन्हें पहचाना भी न जा सकता था।

बसन्तराम एक आह भरकर कहता, "ऐ नौजवान, इश्क बुरी बला है। लेकिन अगर नढी (युवती) भी तुझसे मुहब्बत करे, तो समझ कि तू सातवें आसमान पर जा पहुंचा है।"

और फिर एक आह भरकर :

"मज़ा इश्क का तब है, यारो !
हो उधर भी और इधर भी आग बराबर लगी हुई।

भगवान इस जोड़ी को रंग लाए—कितने सेर मखाने दूं ? किशमिश खालिस कंधारी किशमिश हैं। मज़े करो जवान ! तुझे ऐसी अकलदार नढी मिली है। इसकी आंखें कहे देती हैं कि बावफा होगी। दिन-रात तेरी खिदमत करेगी। कभी तुझसे जुदा न होगी। आह जवान, जुदाई का डंक बहुत बुरा होता है :

हंडलियां बज़ार ने सरसाम मुझे रुला दिया।
सोया हुआ था चैन से किसने मुझे जगा दिया..."

और श्याम सोचने लगा कि दूसरे मिसरे का अर्थ तो खैर वह समझ सकता

है, 'सोया हुआ था चैन से किसने मुझे जगा दिया'...परन्तु पहला मिसरा 'हंडलियां बज़ार ने सरसाम मुझे रुला दिया' उसकी समझ में न आता था। सहसा उसे ख्याल आया कि 'सरसाम' से कवि का अभिप्राय कोई मानसिक रोग नहीं था, वरन् यह शब्द 'सरेशाम' था। लेकिन बहुत सोचने और सिर पटकने पर भी वह 'हंडलियां बजार' का अर्थ न समझ पाया। जब वह बाज़ार में इधर-उधर भिन्न-भिन्न दृश्य देखता हुआ घूम रहा था, तो एकाएक उसके मस्तिष्क में यह शब्द चमक उठा—'अंदली-बेज़ार'! 'हंडलियां बज़ार' से कवि का अभिप्राय 'अंदली बेज़ार' था। वाह!

बसन्तराम एक नये जोड़े के सामने अपनी साहित्यिकता और कवित्व का प्रदर्शन कर रहा था—"जनाब, मिरज़ा गालिब जैसा आसकमजाज शायर इस देश में और कोई नहीं। वह दिल्ली में रहता है जो हिन्दोस्तान की राजधानी है। तुम कभी दिल्ली गए हो? चच-चच! जवान, दिल्ली देखने की चीज़ है। घंटाघर, चांदनीचौक और मिरज़ा गालिब। मैंने एक बार मिरज़ा गालिब से हाथ जोड़कर कहा—हुज़ूर, पहाड़ी हूं, इतनी दूर से दर्शन करने आया हूं। एक शेर मिल जाए। तब मिरज़ा गालिब ने यह शेर दिया...सुनना चाहते हो?"

नौजवान जोड़ा मुंह खोले उसकी ओर देख रहा था। उन दोनों ने सिर हिला दिया।

वह बोला—वह शेर है:

"न तड़फन की इजाज़त है न फरियाद से है।
दम घुटे से मर जाऊं यूं मरज़ी मेरे जल्लाद की है।"

बसन्तराम फिर मज़ा ले-लेकर इस शेर को दोहराने लगा और किसान बच्चा बोला, "यह नढी भी मुझे इसी तरह तंग करे है।"

लड़की शरमाने लगी, बसंतराम खुश होकर बोला, "इसे मखाने खिलाओ मखाने! किशमिश और नारियल! असली विलायती नारियल मंगवाया है, माशूकों का माल है..."

यहां भीड़ बहुत थी। बहुत-से ढोलिए जमा थे। मिरासी नकलें उतार रहे थे।

"तू मेरा शागिर्द बनना चाहता है?" अशरफ मिरासी बोला।

"जी बादशाह," लड़का बोला।

"अच्छा, तो कहो—या अली !"

"या अली !"

"या पीर !"

"या पीर !"

"या अशरफ मिरासी !"

लड़के ने अशरफ मिरासी की पीठ पर ज़ोर से धौल जमाई, "मुझे कुफर सिखाते हो !"

सब हंसने लगे।

अशरफ मिरासी बोला, "मैं सबका अफसर !"

लड़का बोला, "मैं सबका अफसर !"

"अपने बाप का अफसर !"

"अपने बाप का अफसर !"

"अपनी मां का अफसर !"

"अपनी मां का अफसर !"

"तहसीलदार का अफसर !"

"तहसीलदार का अफसर !"

"थानेदार का अफसर !"

"थानेदार का अफसर !"

"डाक्टर का अफसर !"

"डाक्टर का अफसर !"

"मास्टर का अफसर !"

"मास्टर का अफसर !"

"चुंगीवाले का अफसर !"

"चुंगीवाले का अफसर !"

"पटवारी का अफसर !"

लड़के ने फिर ज़ोर से धौल जमाई, "मेरी ज़मीन ज़ब्त कराता है, हरामी !"

और सब लोग हंसी से लोट-पोट हो गए।

ढोलिए ज़ोर-ज़ोर से ढोल पीट रहे थे और दंगल हो रहा था। किसान खुशी से चिल्लाते हुए एक-दूसरे पर कटाक्ष कर रहे थे और साथ ही साथ किशमिश, छुआरे या मखाने चबा रहे थे। शरीरों से पसीने की दुर्गन्ध उठ रही थी।

अब वे अपनी बांहें हिला-हिलाकर नाचने लगे, क्योंकि बड़े पहलवान ने बाहर से आए हुए पहलवान को गिरा लिया था। जहां थोड़ी देर पूर्व दंगल हो रहा था वहां अब नाच होने लगा। बच्चे-बूढ़े सब मिलकर नाच रहे थे। नाच रहे थे, चिल्ला रहे थे और गा रहे थे और ढोलिए ज़ोर-ज़ोर से ढोल पीट रहे थे। सारी धरती थरथराती हुई सी मालूम हो रही थी। और श्याम को कुछ ऐसा अनुभव हुग्रा जैसे उसकी आत्मा पर से शताब्दियों की पुरानी केचुली आप ही आप उतरती जा रही हो और उसके मन में एक उत्कट इच्छा जाग उठी कि वह उस वहशी नाच में शामिल हो जाए, परन्तु फिर उन लोगों की टांगों और बांहों की अजीब-अजीब हरकतों को देखकर उसके शरीर में झुरझुरी-सी दौड़ गई और वह रुक गया। उसे लगा मानो वह एक ऊंची चट्टान पर बैठा नीचे समुद्र की उभरती हुई लहरों को देख रहा था और जैसे वे लहरें प्रतिक्षण उसके निकटतर होती जा रही थीं और ज्योंही वह उनमें कूदने को हुआ, समुद्र की लहरें पीछे की ओर हटती चली गईं—दूर, बहुत दूर। अब वहां केवल तट की रेत चमक रही थी। निराश, निःशब्द, निश्चेष्ट...

27

मेले से लौटकर श्याम की माता ने अपने पति से परामर्श किया, "मेरे विचार में तिलक के अवसर पर अपने कुछ सम्बन्धियों को भी बुला भेजना चाहिए। मैं अपनी बहिन और उसके लड़के को पत्र लिखे देती हूं, आप श्याम के चाचा, फूफी और फूफा को पत्र लिख दीजिए।"

"ऐसा भी क्या है," तहसीलदार साहब ने टालने की कोशिश की। वे अपने सम्बन्धियों से मिलने से बहुत घबराते थे।

"जी नहीं, हमारे घर में यह पहला शगुन है। इस अवसर पर अपनी बिरादरी का होना बहुत ज़रूरी है। यहां हमारी बिरादरी का है ही कौन?"

पत्नी के आग्रह को आखिर उन्हें मानना पड़ा।

श्याम की माता बोलीं, "एक बात और भी है," और इतना कहकर वे चुप हो गईं।

"हूं!" तहसीलदार साहब ने अपने होंठ सिकोड़ लिए। यह उनकी पुरानी आदत थी।

श्याम की माता हिचकिचाते हुए बोलीं, "मैं छाया और उसकी लड़की का यहां अधिक आना-जाना पसन्द नहीं करती।"

तहसीलदार साहब हैरान होकर बोले, "क्यों, क्या बात है?"

"कुछ नहीं...बस...मैं उनका आना-जाना पसन्द नहीं करती।"

तहसीलदार साहब ने फिर हैरानी से सिर हिलाया। इन स्त्रियों का भी क्या विचित्र स्वभाव होता है! अब तक तो दोनों सहेलियों में ऐसी गाढ़ी छनती थी और आज एकदम ये क्या से क्या हो गईं। बोले, "भई, तुम जानो तुम्हारा काम।" और इतना कहकर वे कमरे से बाहर चले गए।

इस बात के पांच-छः दिन बाद श्याम की माता ने अपने बेटे से कहा, "बेटा, तुम्हारे शगुन पर तुम्हारे फूफा-फूफी, चाचा-चाची, मौसी और उसका लड़का आएंगे। हमने इन सबको पत्र लिख दिए हैं। मैंने सोचा, घर में पहला शगुन है, इस अवसर पर भी अगर अपनी बिरादरी न हो तो जी में कसक-सी रहती है।"

जी में कसक...श्याम के जी में इधर कई दिनों से एक मद्धम, मीठी, चुभती-सी कसक मौजूद थी। इतने दिनों से वन्ती इनके यहां न आई थी...न वन्ती, ने छाया...न जाने ऐसी क्या बात हो गई थी!

श्याम ने उदास स्वर में कहा, "मां, तुम तो हठ करती हो। मुझे यह मंगनी बिल्कुल पसन्द नहीं।"

"तुम तो पागल हो।"

"मैं पागल ही सही, लेकिन मैं यह ब्याह नहीं करूंगा," श्याम ने ज़रा साहस से उत्तर दिया।

"क्यों, क्या छाया की लड़की से ब्याह करने का इरादा है?" माता ने कटु स्वर में कहा और एक भेदती दृष्टि अपने पुत्र पर डाली। वह उस चुभती हुई दृष्टि को सहन न कर सका, सिर झुकाकर चुप हो गया।

माता ने उसी कटु स्वर में कहा, "मुझे क्या मालूम था कि उनका आना-जाना यह रंग लाएगा ! मैं तो तुम्हें बड़ा शरीफ समझती थी। सोचती थी, दूसरी माताओं के बेटे बुरे हों तो हों, मेरे लाल में कोई ऐब नहीं।"

"मां !"

"चुप रहो, मैं सब समझती हूं। तम बिल्कुल भोले हो। उन दोनों मां-बेटियों ने तुमपर जादू कर दिया है...ज़रा सोचो तो, न जात-बिरादरी, न गोत्र-खानदान ! रुपया-पैसा, इज़्ज़त कोई चीज़ भी तो नहीं। हमारा-उनका निर्वाह कैसे होगा ? गांव की बिरादरी उनसे नाराज़ है। सारे ज़माने में बदनाम हैं वे।"

"मां...!"

"अपने माता-पिता को कलंक का टीका लगवाना चाहते हो ? लोग क्या कहेंगे कि तहसील का हाकिम और अपने बेटे का नाता किया तो कहां ! क्या उन्हें कोई अच्छा घर न मिलता था जो इन चिचोड़ी हुई हड्डीयों पर जा गिरे !"

"मां !" श्याम ने गरजकर कहा, उसका सारा शरीर कांपने लगा।

"चिचोड़ी हुई हड्डी, कमीनी, कमजात, कुतिया !" माता ने चिल्लाकर कहा और फिर दुपट्टे में मुंह छिपाकर रोने लगी, "मेरे बेटे, लाल को छीने लिए जाती है !"

और वह उन आंसुओं, उन सिसकियों को सहन न कर सका, जैसे उसका दृढ़ संकल्प उन आंसुओं की गर्मी से पिघल गया हो, जैसे वह एक ऊंची काई से ढकी हुई चट्टान पर से फिसल रहा हो और उसके हाथ-पांव कोई आश्रय न पाकर गिरते चले जा रहे हों। उसके सारे शरीर में एक झुरझुरी-सी उत्पन्न हो रही थी, एक विचित्र-सा अनुभव, मानो वह अपने वर्षों को छलांगता हुआ पीछे की ओर लौट रहा हो और अपनी जवानी तथा लड़कपन की मंज़िलों से निकलता हुआ पुनः बालक बन गया हो, जैसे वह बालक मां की छाती में दूध टटोलना चाहता हो, जैसे उसके नन्हे-नन्हे हाथ-पांव फिर अपनी मां की गोदी में मचलने के लिए बेकरार हो उठे हों...उसका सारा शरीर एक विचित्र प्रकार के अनुभव से कांप रहा था। वह अपने-आपको रोकना चाहता था, परन्तु रोक न पाया। वह अपनी माता के पास चला गया और उसके गले में बांहें डाल

दीं। उसके आंसू पोंछ दिए और उसकी छाती से लगकर बोला, "मां ! मुझे क्षमा कर दो, मुझे क्षमा कर दो मां..."

और उसकी आंखों में आंसू छलकने लगे।

मां उसके सिर पर हाथ फेरने लगी, "मेरे लाल, मेरे लाल..."

और अब उसकी आंखों में प्रसन्नता के आंसू उमड़ आए जिन्हें उसने पोंछने की कोशिश न की। आंसू उसके शुष्क, भूरे गालों पर बहते गए। वह कहने लगी, "बेटा, कल गंगू मिशर के लड़के का ब्याह है, तुम्हें भी बुलावा आया है। आज गंगू मिशर की बीवी हमारे यहां न्योता देने आई थी। कितनी खुश थी वह ! कल उसके यहां ब्याह है...ढोल बजेंगे, शहनाइयां बजेंगी...मेरा कितना जी चाहता है कि मेरे घर भी खशी हो...तुम मेरे अपने लाल हो न...!"

श्याम की वह अनुभूति अब कहीं गायब हो चुकी थी और उसका स्थान एक हृदय-विदारक निराशा ने ले लिया था और वह बिस्तर पर लेटे-लेटे अपनी असमर्थता पर अपने-आपको कोसने लगा—निरे पाजी हो तुम। गधे ! कायर ! तुम्हारी इस कायरता ने कई बार तुम्हारे जीवन में बाधा डाली है। इसी कारण तुम उस प्रसन्नता, उस असीमित, शाश्वत प्रसन्नता को प्राप्त करने से सदैव वंचित रहे हो, जो इस कंटीले मार्ग पर चलने से प्राप्त होती है। तुम सदैव हलवाई के पिल्ले की तरह अपनी अन्धी भावुकता के पीछे 'ट्याओं-ट्याओं' करते भागते रहोगे और तुम्हारा जीवन खारिशज़दा कुत्ते की खाल का सा हो जाएगा। उसमें न चमक होगी, न सुन्दरता, वरन् उससे रक्त और पीप बहती होगी; चिचड़ियां और मक्खियां कुलबुलाएंगी और उस समय तुम पीड़ा से चिल्ला उठोगे और अपनी गन्दी खाल को सहला-सहलाकर और भी ज़ख्मी कर लोगे।

गधे, उल्लू, पाजी, कायर ! सुन रहे हो तुम ! अब भी समय है, बचा लो अपने-आपको। एक बार साहस से काम लो, केवल एक बार। आखिर इससे क्या हो जाएगा, तुम्हारे माता-पिता इस दुःख से मर तो न जाएंगे। केवल एक बार, मैं कहता हूं केवल एक बार साहस से काम लो। तुम्हारा टेढ़ा-मेढ़ा, उदास जीवन संगीतमय हो उठेगा। साहस से काम लो, कायर, निकम्मे, भावुक,

कल्पना-संसार में उड़नेवाले !

और वह अपने शब्दकोष में से अपने प्रति नई-नई गालियां तलाश करने लगा, परन्तु उसका दिल बैठा जा रहा था। उसे नींद न आती थी, उसकी आंखें जल रही थीं मानो आकाश में बिखरे हुए सितारे छोटी-छोटी चिनगारियों के रूप में उसकी आंखों में खुबे जा रहे थे और वह उस कष्टदायक जलन के अनुभव से व्याकुल होकर बिस्तर पर लेटने लगा...।

गंगू मिशर के लड़के का ब्याह था पंडित पेड़ाराम की लड़की से। दोनों के घर पास-पास थे। दोनों कुटुम्ब मौज़ा धड़ा के थे। धड़ा गांव खालिस ब्राह्मणों का गांव था—मान्दर के पश्चिम में एक ऊंची घाटी पर। दोनों गांवों में कुछ ज़्यादा फासला न था। दोनों गांवों के खेतों की सीमाएं मिलती थीं, बल्कि व्यावहारिक रूप से तो दोनों गावों के निवासी अपने-आपको एक ही गांव का समझते थे। अन्तर केवल इतना था कि मान्दर के गांव की आबादी मिली-जुली थी। हिन्दू, सिक्ख, मुसलमान और अछूत सभी थे, परन्तु धड़ा में केवल ब्राह्मण ही बसते थे और इसलिए मान्दर के ब्राह्मण को मौज़ा धड़ा के ब्राह्मणों पर उसी तरह का गर्व था जिस तरह हिन्दोस्तान के हिन्दुओं को नेपाल की रियासत पर और मुसलमानों को हैदराबाद की रियासत पर। उनका ख्याल था कि यदि किसी समय मान्दर के ब्राह्मणों पर कोई आपत्ति आई तो मौज़ा धड़ा उनके लिए शरण लेने का अन्तिम स्थान सिद्ध होगा।

गंगू मिशर और पंडित पेड़ाराम के घर एक ऊंचे तल्ले पर स्थित थे। दोनों घरों के बीच अखरोटों के वृक्षों की एक पंक्ति बनी हुई थी। इस पंक्ति के नीचे दोनों घरों के खेत थे जिनमें मक्की लहलहा रही थी। तल्ले के ऊपर एक सुन्दर घाटी थी और दोनों घरों से ऊपर कुछ फासले के बाद चीड़ के वृक्षों का जंगल शुरू हो जाता था। दोनों घरों के इर्द-गिर्द सुन्दर बगीचे थे जिनमें फलदार वृक्ष, फूलों के पौधे और सब्ज़ी की क्यारियां थीं। गंगू मिशर और पंडित पेड़ाराम के लड़के और लड़कियां बचपन से एकसाथ खेलते आए थे, इसलिए गंगू मिशर के लड़के और पेड़ाराम की लड़की के मन में एक-दूसरे के प्रति कोई सन्देह नहीं था, जिस प्रकार के सन्देह इन दिनों श्याम को खाए जाते थे।

चांदनी छिटकी हुई थी। अगस्त के अन्तिम दिनों की शीतल रात में शहनाइयों की आवाज़ चारों ओर गूंज रही थी। गंगू मिशर और पंडित पेड़ाराम दोनों ने सभी सरकारी अधिकारियों को निमन्त्रित किया था। वास्तव में इन्हीं सरकारी अधिकारियों ही से तो बारात की शान होती थी। और शादी से वर्षों बाद गंगू मिशर और पंडित पेड़ाराम गर्वपूर्ण स्वर में कहने के योग्य हो सकते थे, "और जब यह ब्याह हुआ था तो मान्दर के सभी अफसर लोग उसमें शरीक हुए थे। यहां तक कि तहसीलदार साहब भी, जो कभी किसी शादी में शरीक न होते थे, पधारे थे। जब उन्हें न्योता देने गया तो उन्होंने कहा—पंडित पेड़ारामजी ! आपकी लड़की मेरी लड़की है। मैं इस शादी में अवश्य शामिल हूंगा...' अब वे हाकिम कहां ? वह समय ही और था। आजकल के हाकिमों में वह दया-धर्म कहां ? बस प्रजा का खून चूसना जानते हैं, और क्या ? वह और ही ज़माने के लोग थे जो अपनी प्रजा के सुख-दुःख में शरीक होते थे। आजकल तो...ऊंह ! बस टेढ़ा हैट जमाकर मुंह से पाइप का इंजन चलाना जानते हैं...राम-राम, कैसा बुरा ज़माना आ गया है !

बराती दोनों घरों में बधाई देने के लिए आ-जा रहे थे। इस खुशी के अवसर पर इन लोगों ने शहर से गैस के लैम्प मंगवाए थे जो दोनों घरों के खुले आंगनों में जल रहे थे। गांव के बच्चे उन लैम्पों के गिर्द जमा होकर बड़ी उत्सुकता से उनके तेज़ प्रकाश का निरीक्षण कर रहे थे। कागज़ की उस श्वेत बत्ती को ध्यान से देख रहे थे जो शीशे के अन्दर बन्द थी और जिसमें से तेज़ प्रकाश फूट रहा था, लेकिन जो कागज़ होकर भी जलती न थी।

"कमाल है भई, इन अंग्रेज़ों ने कमाल कर दिया है," एक ब्राह्मण कह उठा।

"क्या कमाल है ?" दूसरा ब्राह्मण बोला, जो लकड़ी की खड़ाऊं पहने हुए था और जिसने अपना सारा सिर मुंडवा रखा था और जिसके सिर के बीच में एक घनी चोटी किसी घास के तल्ले में देवदार के छतनारे की तरह उठी हुई थी—"क्या कमाल है ?" उसने अत्यन्त कटु स्वर में पहले ब्राह्मण से सम्बोधित होकर कहा, "प्राचीन समय में हमारे ऋषि यह सब विद्या जानते थे। संजय महाराज ने दूरबीन और रेडियो से सारे महाभारत को देख लिया था। महाराज रामचन्द्रजी

पुष्पक नामक हवाई जहाज़ पर बैठकर बारह घण्टे में लंका से अयोध्या पहुंचे थे और जब वे अयोध्या पहुंचे थे तो सारी अयोध्या नगरी में दीपमाला की गई थी और महलों में गैस के लैम्प जलाए गए थे," इतना कहकर पंडितजी ने एक श्लोक पढ़ा।

दो-चार और लोग आ गए और पहले ब्राह्मण को, जिसने अंग्रेज़ों की प्रशंसा की थी, कोसते हुए कहने लगे, "अजी हमारे प्राचीन शास्त्रों में क्या कुछ नहीं है ? बिजली से लेकर हवाई जहाज़ तक, रेलगाड़ी से लेकर मशीनगन तक हरेक चीज़ की विद्या है। हमारे ऋषियों-मुनियों को इन सब बातों का ज्ञान था। अब न तो उन प्राचीन शास्त्रों को पढ़नेवाला कोई रहा है, न कोई ऋषि-मुनि।"

श्याम ने हज़ारों बार इन लोगों को यही बात दोहराते सुना था। यह बात सुनकर जैसे उनके तन-बदन में आग लग जाती थी। कमाल है कि बड़े-बड़े विद्वान भी बड़े गर्व से इसी बात को दोहराते हैं। और उसे आश्चर्य होता था कि ये लोग अपनी रूढ़िवादिता पर परदा डालने के लिए किस प्रकार थोथी श्रेष्ठता के भाव का सहारा लेते हैं और इस तरह वास्तविकता से मुंह मोड़कर ये लोग स्वयं को धोखा देने में सफल हो जाते हैं ! आज से कुछ वर्ष पूर्व यही लोग हवाई जहाज़ की सत्यता पर विश्वास न करते थे और कहा करते थे कि यह सब झूठ है, ढकोसला है। फिरंगियों के पास ऐसी कोई वस्तु नहीं। लेकिन जब उन्हें वायु में उड़ते देखा, तो यही लोग धर्मशास्त्रों का हवाला देकर कहने लगे, "वाह ! यह तो हमारी पोथियों में पहले से ही मौजूद है।" और श्याम इस बात पर बहुत हैरान था कि लोग पहले तो विज्ञान के आविष्कार को झूठा समझते हैं—बिल्कुल ढकोसला, परन्तु फिर उसी ढकोसले को सत्य होता देखकर झट अपनी धार्मिक पोथियों में से उसका वर्णन ढूंढ़ निकालते हैं। यह बात केवल ब्राह्मणों तक ही सीमित न थी बल्कि अन्य धर्मों के लोग भी ऐसा ही करते थे और वह हैरान था कि आविष्कार से पूर्व तो किसीकी बुद्धि में यह बात न आती थी, न ही किसीको यह सूझता था कि उनकी पोथियों में ये चमत्कार पहले से ही मौजूद हैं, परन्तु यह क्या कि इधर किसी पश्चिमी वैज्ञानिक ने वर्षों

के परिश्रम के बाद अपना आविष्कार संसार के सामने प्रकट किया और इधर इन लोगों ने अपनी धार्मिक पोथियों में से तुरन्त उसका वर्णन निकालकर संसार के सामने रख दिया और कहा, 'वाह ! इसका वर्णन तो हमारी पोथियों में पहले ही से मौजूद है।' और श्याम हैरान था कि ऐसा ओछा व्यवहार करके उन्हें अपने कृत्य पर पश्चात्ताप क्यों न होता था और वे यह न समझ सकते थे कि किस प्रकार वे एक आविष्कारक के वर्षों के परिश्रम से अन्याय कर रहे थे और न वे इस बात पर अधिक विचार कर सकते थे कि यदि उनकी धार्मिक पोथियों में सचमुच ही समस्त आविष्कारों का वर्णन था तो पश्चिमी आविष्कारों से पूर्व ही क्यों न उन्हें प्रकाशित किया। वे प्रतिदिन अपनी धार्मिक पोथियां पढ़ते थे, परन्तु इस अध्ययन के बावजूद वे क्यों सदैव किसी पश्चिमी आविष्कारक की प्रतीक्षा में रहते थे। वे स्वयं क्यों न उन्हें आविष्कृत करके संसार के सामने रखते थे, ताकि गर्व से कह सकें, 'देखिए, ये चमत्कार हमारी पोथियों में भरे पड़े हैं।' वे तो इसके विपरीत मानसिक हीनता तथा विचारों की डकैती के दोषी थे और एक पिटी हुई जाति की तरह अपनी प्राचीन महिमा, अपनी मृत सभ्यता और अपने निर्जीव साहित्य—जिसमें जीवन की कोई हल्की-सी किरण भी बाकी न रही थी—की ओर संकेत करके कहते थे, 'हमारे पास यह सब कुछ था !' और इस 'सब कुछ' में रेलगाड़ी, रेडियो, मशीनगन, बिजली का प्रकाश, हवाई जहाज़, रोटरी प्रेस आदि संसार-भर के आविष्कार शामिल होते थे, जिन्हें पश्चिमी वैज्ञानिकों ने शताब्दियों के परिश्रम द्वारा आविष्कृत किया था। किसी जाति की हीन विचारशक्ति का इससे घटिया उदाहरण और क्या हो सकता था...श्याम का खून खौलने लगा और उसका जी चाहा कि उस ब्राह्मण को, जिसने लकड़ी की खड़ाऊं पहन रखी थी, जिसने उस्तरे से अपना सिर मुंडा रखा था और जो संस्कृत का श्लोक बघारकर गैस-लैम्प को हज़ारों वर्ष पूर्व का आविष्कार प्रमाणित कर रहा था, गले से पकड़कर इस ज़ोर से उसका गला घोंटे कि उसकी आंखें उबलकर बाहर निकल आएं, उसकी झूठी ज़बान मुंह से बाहर आ जाए और उसका श्वास उखड़ने लगे और वह चिल्ला-चिल्लाकर कहे, 'मुझे छोड़ दो, मुझे छोड़ दो। हम स्वीकार करते हैं कि हम

झूठे हैं—शताब्दियों से झूठे, पतित और कमीने ! हमारा सारा जीवन झूठा है, हमारी मृत्यु झूठी है—हम मृत हैं, हमारी सभ्यता, हमारा धर्म, हमारा समाज, हमारी हरएक चीज़ झूठी है। झूठी और तुच्छ और इतिहास द्वारा ठुकराई हुई, परन्तु भगवान के लिए हमें छोड़ दो। हमें जीवित रहने दो, हमें झूठ और आत्मप्रवंचना के अंधेरे पिंजरे में जीवित रहने दो; हमारे पंख काट दो, हमारे पांव में दासता की फौलादी बेड़ियां डाल दो, हमसे जीवन का प्रकाश, उसकी स्वतन्त्र उड़ान, उसकी समस्त प्रसन्नता छीन लो, परन्तु भगवान के लिए हमें जीवित रहने दो, भगवान के लिए...'

और श्याम सोचने लगा कि इस जीवन और मृत्यु में क्या अन्तर है ? एकाएक उसकी नज़र आंगन में से निकलती हुई वन्ती पर जा पड़ी और एक क्षण के लिए उसका श्वास रुक गया। वन्ती के जीवित और ज्वलंत सौंदर्य ने उसके अन्धकारमय मस्तिष्क को प्रकाशमान कर दिया, जैसे काले बादलों से घिरे हुए आकाश में बिजली कौंधती है और धरती और आकाश, जंगल और घाटी, वादी और नदी को अपने प्रकाश से आलोकित करती चली जाती है। उसका सारा क्रोध मिट गया और वह मन्त्रमुग्ध-सा वन्ती की ओर देखने लगा जो इठलाती हुई आंगन में से गुज़र रही थी। उसके दायें हाथ में एक थाल था जिसमें मिसरी, इलायची और बादाम रखे थे। उसने हरे रंग का सूट पहन रखा था और रेशम का दुपट्टा, जिसमें चांदी का लहरिया झिलमिला रहा था...और फिर वह नज़रों से ओझल हो गई। दरवाज़े से निकलकर रात के अन्धकार में गायब हो गई।

आंगन में बहस अभी तक जारी थी और एक पण्डित कह रहा था, "द्रोणाचार्य ने अर्जुन और कर्ण को शस्त्र-विद्या दी थी। कई अग्नि-अस्त्र भी दिए थे। महाभारत में जिन अग्नि-अस्त्रों का वर्णन है उससे पता चलता है कि गुरु द्रोणाचार्य ने अपने शिष्यों को मशीनगन का प्रयोग भी सिखाया था और कमाल तो यह है कि द्रोणाचार्य की मशीनगन आजकल की मशीनगन से..."

लेकिन अब श्याम के लिए द्रोणाचार्य की मशीनगन में कोई दिलचस्पी न रही थी। आगन में खड़े-खड़े उस बहस को सुनते हुए भी वह दूर, बहुत दूर पहुंच गया था।

गंगू मिशर के बगीचे में आड़ू, का एक छोटा-सा वृक्ष था, जिसकी पतली-

पतली डालियों में चांद ने अपना घोंसला बना लिया था। तीन-चार लड़के-लड़कियां उस वृक्ष के तने पर और दो-तीन नीचे घास पर बैठे थे। इतने में नन्ही गोरी अपनी सहेली खनीतरी को बाज़ू से पकड़कर वृक्ष के तने के निकट लाई। खनीतरी के कुरते के अन्दर उसने एक लड़के की पगड़ी ठूंस रखी थी।

"डागदर साहब, डागदर साहब !" गोरी बोली।

एक लड़का जो तने पर डाक्टर बना बैठा था, कहने लगा, "क्या कहती हो, गोरी ?"

गोरी अपनी हंसी रोककर बोली, "हुज़ूर, इस लड़की का पेट देखिए, क्या हो गया है इसे ?"

डाक्टर बोला, "वैल ! इसके पेट का आपरेशन होगा गोरी ! सब लोग आंखें बन्द करो।"

और सब बच्चे हंसी से लोट-पोट हो गए और खनीतरी रोने लगी। उसे इस मज़ाक का पता न था और चंचल गोरी उसे योंही फुसलाकर उसके कुरते के अन्दर पगड़ी ठूंस लाई थी।

गोपाल रानी से प्यार करता था, यानी जिस हद तक एक सात-आठ वर्ष का लड़का छः-सात वर्ष की लड़की से प्यार कर सकता है। रानी गांव की नन्ही लड़कियों में सबसे सुन्दर मानी जाती थी और उसकी एक प्यार-भरी नज़र की खातिर सब लड़के उसके अनुचित नाज़-नखरे उठाते थे। परन्तु गोपाल उन सबसे बढ़ा-चढ़ा हुआ था। इन दिनों रानी गोपाल से रूठी हुई थी, यहां तक कि उससे बात तक न करती थी।

एक सिपाही रानी को गिरफ्तार करके लाया।

तहसीलदार साहब, जिन्होंने एक बड़ी-सी पगड़ी बांध रखी थी और मक्की के भुट्टों के स्याह बालों की मूंछें लगा रही थीं, बोले, "क्या बात है ?"

गोरी बोल उठी, "यों नहीं, यों नहीं। सबसे पहले कचहरी में प्यादा बोले।"

चुनांचे प्यादे ने आवाज़ दी, "कोई है, रानी वल्द सन्तराम ब्राह्मण, साकिन मौज़ा धड़ा—हाज़िर है ?"

रानी बोली, "मैं हाज़िर हूं। सलाम, हुज़ूर।"

"सलाम ! क्या बात है ?" तहसीलदार साहब तने पर उकड़ं होकर बोले।

सिपाही ने कहा, "हुज़ूर, इसने चोरी की है। इसने आपके बाग के फ्रांसीसी सेब तोड़कर खा लिए हैं।"

"हमारे बाग से, तहसीलदार साहब ने बड़े क्रोध से कहा और यह कहते हुए उनकी नकली मूंछें नीचे जा गिरीं और सब लड़के हंसने लगे।

तहसीलदार साहब उचककर नीचे आ रहे और अपनी नकली मूंछों को ऊपर के होंठ पर जमाते हुए बोले, "इस लड़की ने हमारे बाग से फ्रांसीसी सेब चुराए हैं। ऊंह ! अच्छा इसकी पीठ पर दस मुक्के लगाए जाएं।"

"नहीं, नहीं," रानी चिल्लाई, "हम यह सज़ा नहीं मानते—हम यह सज़ा नहीं मानते।"

"अच्छा," तहसीलदार साहब ने उसकी जानबख्शी करते हुए कहा, "अगर तुम्हारी जगह कोई और दस मुक्के खा ले तो तुम्हें छोड़ दिया जाएगा।"

गोपाल ने सामने आकर कहा, "रानी की सज़ा मैं भुगतने को तैयार हूं।' और यह कहकर वह उकड़ूं हो गया और अपनी हथेलियां ज़मीन पर टेक दीं।

सिपाही ने मुक्के लगाने शुरू किए—"एक, दो, तीन।"

"बस, बस," तहसीलदार साहब ने कहा, "इतनी सज़ा काफी है।" और सब बच्चे हंसने लगे।

खाना खाने से पहले पं० पेड़ाराम के बगीचे के एक कोने में कुछ कर्मचारी और गांव के भद्र लोग ताश खेल रहे थे और बातें कर रहे थे और शराब पी रहे थे।

बसन्तकृष्ण बोला, "बाज़ी हमारे हाथ रहेगी।"

बामदेव बोला, "हम कम्बख्त यहां किसलिए बैठे हुए हैं ? अभी तो कम्बख्त चिड़िया का गुलाम हमारे पास मौजूद है। जिसको शक हो वह देख ले। वह कम्बख्त अच्छी तरह देख ले। चिड़िया का गुलाम, हत् तेरे की ! (श्याम को आते हुए देखकर) आओ बाबूजी, बैठो, यह तहसीलदार साहब के लड़के—कम्बख्त साहबज़ादे हैं।"

थानेदार यारमुहम्मद बोला, "श्याम साब, आपसे मिलकर मुझको—मुझको—मुझको बड़ी ई-ई-ख-ख-खुशी हुई।"

यह कहकर वह श्याम से हाथ मिलाने लगा और श्याम ने देखा उसकी गरदन का घाव। और उसके मस्तिष्क में नदी के किनारे की वह बाढ़ उभर आई।

बाढ़ और रेवड़ और नूरां।

गोसाई नौरंग बोला, "थानेदार साहब, अब चलिए न—पत्ता फेंकिए—अब आपकी बारी है।"

थानेदार यारमुहम्मद अब भी श्याम से हाथ मिला रहा था, "श्याम साब, वाल्ला, बड़ी खुशी हुई मुझको। वाल्ला, मुझको (हिचकी) बेहद खुशी हुई है, श्याम साब !"

बामदेव बोला, "चल, पत्ता चल ! कम्बख्त तेरी खुशी की मां के दूध में पान का इक्का। पता चल, पत्ता !"

थानेदार यारमुहम्मद ने ताश के पत्ते चारपाई पर फेंक दिए और दोनों हाथों से श्याम का हाथ पकड़ लिया और—और भी ज़ोर से सिर हिलाते हुए बोला, "श्याम साब वाल्ला—बड़ी-इ-ई—मुझको—वाल्ला बड़ी खुशी—मुझको-मुझको, श्याम साब..."

बसन्तकृष्ण ने बोतल उसके मुंह से लगा दी और उसने श्याम का हाथ छोड़ दिया। बामदेव ताश के पत्तों पर पत्ते मारते हुए शोक प्रकट करने लगा, "हम कम्बख्तों को कोई शराब नहीं देता। हम कम्पाउंडर जो हुए। जो हम कभी कम्बख्त थानेदार होते...कम्बख्त थानेदार..."

और वह चारपाई से नीचे गिर गया।

वेदी तैयार की जा रही थी। निकट ही ढोलक बज रही थी और छत पर लड़के, नौजवान और बूढ़े लड़कियों के गीत सुन रहे थे।

लड़कियां गीत गा रही थीं। ढोलक बज रही थी और ठीकरी की टिक-टिक ताल का काम दे रही थी।

"मज्झी मोड़ीं, मज्झी देया साइंयां
सोहने रांझे ने मुन्द्रां पाइंयां
मज्झी मोड़ीं, मज्झी देयो साइंयां
सोहने रांझे ने मुन्द्रां पाइंयां
रांझा—रांझा ने रांझा फकीर वे

हीर लंग गई दरयावां नू चीर वे
जिन्हां लांईयां नी तोड़ निभाईयां
जिन्हां लांईयां नी तोड़ निभाईयां
सोहने रांझे ने मुन्द्रां पाईयां"[1]

गीत गाते-गाते लड़कियां आप ही आप अपने विचारों की उस उड़ान पर हंसने लगीं और सारा वातावरण कहकहों से परिपूर्ण हो उठा। 'जिन्हां लांईयां नी तोड़ निभाईयां' का बोल वे बार-बार दोहरा रही थीं। जैसे ऊपर छत पर बैठे हुए या आंगन में बैठे हुए या केवल अपने मन ही में बैठे हुए किसी कल्पित प्रेमी को तसल्ली देते हुए कह रही हों, 'जिन्हां लांईयां नी तोड़ निभाईयां'—घबराओ नहीं, हमारा प्रेम अमर है, रांझे और हीर के प्रेम की तरह। तुम मेरे रांझे हो और मैं तुम्हारी हीर हूं—यदि रांझे और हीर का प्रेम सच्चा था, तो मेरा और तुम्हारा प्रेम कब झूठा हो सकता है !

और वह अखरोट के वृक्षों की कतारों के नीचे से गुज़रता गया। गीत के बोल उसका पीछा करने लगे और अखरोटों की चोटियों पर से चांद भी एक बच्चे की तरह भागता हुआ उसका पीछा करने लगा। एकाएक वह ठिठक गया और उसके सामने की ओर से आनेवाला भी उसे ठिठकता देखकर ठिठक गया और वक्षों की चोटियों पर भागता हुआ चांद भी उन्हें ठिठकता देखकर ठिठक गया...और उसने कहा 'वन्ती' और फिर जैसे उसने सुना किसीने कहा है 'श्याम' और फिर चांद कहने लगा 'वन्ती-श्याम, श्याम-वन्ती' और चांद मुस्कराने लगा...वृक्षों की डालियों पर झींगुर बोल रहे थे और श्यामल पत्तों पर चांद की किरणें नृत्य कर रही थीं और उन वृक्षों के नीचे उस सुन्दर अन्धकार और सुन्दर प्रकाश के झिलमिलाते हुए संगम में श्याम ने वन्ती को अपने हृदय से लगा लिया। वन्ती का शरीर कांप उठा, जैसे संगम की गहरी धारा में पहुंचकर नाव हिलोरें खाती है—और वह उसके होंठों को चूमने लगा। होंठों

१. ऐ भैंसे' चरानेवाले, अपनी भैंसो को मोड़ो। सुन्दर रांझे ने कानों में कुण्डल पहने हैं—ऐ भैंसे चरानेवाले...। रांझा फकीर बन गया। हीर नदियों को चीरती हुई उसके साथ गई। मेरी सखी, जिन्होंने प्रेम किया था उन्होंने खूब निभाया...सुन्दर रांझे ने कानों में कुण्डल पहने हैं।

के उस उष्ण स्पर्श से वन्ती के केवल होंठ की नहीं, सारा शरीर कांपने लगा, और वह उससे चिपट गई जैसे अपनी विकल आत्मा की समस्त कंपकंपी उसके उष्ण स्पर्श में खो देना चाहती हो। और श्याम उसके शरीर और होंठों के स्पर्श द्वारा ऐसा विलीन हुआ कि उसे यह भेद ही न रहा कि वे दो हैं। अथवा एक-एक हैं अथवा दो। जैसे उनकी आत्माओं का अणु-अणु गुनगुनाने लगा हो—यह संगम है—यह संगम है। यही वह अनन्त संगम है जहां दो विपरीत दिशाओं से आई हुई लहरें इस प्रकार एक-दूसरे में समा जाती हैं कि कोई कह नहीं सकता कि वह यह है या यह वह...

और वे देर तक एक वृक्ष के तने से लगकर बातें करते रहे, धीरे-धीरे चुपके-चुपके स्वरों में—और बीच-बीच में चुप्पी—दीर्घ चुम्बनों की मधुमय चुप्पी—जब समय मिट जाता है, मृत्यु मिट जाती है, जीवन और धरती अपने केन्द्र पर घूमते-घूमते रुक जाते हैं और सारा विश्व एक दीर्घ, अनन्त चुम्बन मालूम होता है।

श्याम ने पूछा, "तुम्हें कभी बलभद्र से प्रेम था ?'

" नहीं—यह अब मैं कह सकती हूं, लेकिन उस समय, जब अभी तुम न आए थे, कोई मुझसे पूछता तो शायद मैं यही कहती कि मुझे उससे प्रेम था...

"उस समय मैं प्रेम को पहचानती न थी।"

"सच ?"

"सच।"

"ओ माई डार्लिंग !"

"मैं अंग्रेज़ी नहीं जानती, लेकिन मैं इसका कुछ-कुछ मतलब समझ लेती हूं। मैं केवल हिन्दी, उर्दू और गुरमुखी जानती हूं। हां, अगर तुम मुझे अंग्रेज़ी सिखाओगे, तो मैं जल्दी ही सीख जाऊंगी।"

"अच्छा तो कहो, ओ माई डार्लिंग !"

"ओ माई डार्लिंग !"

"लो अब तुम चौथी भाषा भी सीख गईं।"

हां, तुम सिखाओगे तो क्यों न सीखूंगी !" कुछ रुककर वह पुनः बोली, "लेकिन मैंने बलभद्र से कभी इस तरह..."

"हां, मैं जानता हूं।"

"तुम कैसे जानते हो, श्याम ?"

"ओ माई डार्लिंग !"

"ओ माई डार्लिंग !" वंती ने कहा, पहले से स्पष्ट स्वर में। दोनों हंसने लगे।

दो जुगनू उनके निकट उड़ने लगे। श्याम ने झट से उन्हें अपने रूमाल की लपेट में ले लिया। रूमाल की पतली तह के अन्दर दोनों जुगनुओं की रोशनियां कांप रही थीं।

"देखो, ये सुन्दर जुगनू," वह उन्हें वन्ती के होंठों के निकट ले गया।

''हां, ये दो जुगनू हैं—एक मैं, एक तुम !"

उसने उसके होंठ चूमते हुए कहा, "फिर कहो !"

वन्ती ने लजाकर कहा, "एक मैं, एक तु...।" 'तुम अपूर्ण रहा, परन्तु नहीं, उसे चुम्बन ने पूर्ण कर दिया, उसमें प्रकाश फैला दिया, उसे जुगनू बना दिया, उसमें आत्मा जगा दी, उसे अमर कर दिया और वह 'तुम' सब कुछ बन गया—एक चुम्बन, एक आत्मा, एक जुगनू !

वन्ती ने एक गहरा श्वास लेते हुए कहा, "अब मैं मर जाऊं तो अच्छा है।''

"इतनी खुशी बर्दाश्त नहीं कर सकतीं—डरती हो क्या ?''

"हां !''

"किससे?''

"अपने-आपसे, तुमसे, भाग्य से, पण्डित सरूपकिशन से।"

"पण्डित सरूपकिशन से क्यों ?"

"वह अपने लड़के दुर्गादास से मेरा ब्याह करना चाहता है, और..."

"और ?"

"और रोशन मामा इस बात पर राज़ी हैं, क्योंकि..."

"क्योंकि ?''

"क्योंकि रोशन मामा ने पण्डित से दो हज़ार रुपये इसी वायदे पर ले रखे हैं।''

जैसे दो हज़ार रुपये एक खनखनाहट के साथ उसके सामने बिखर गए और वह कौतुहलपूर्ण दृष्टि से उन्हें देखने लगा।

"फिर ?" उसने पूछा और उसे ज़ोर के साथ अपनी छाती से सटा लिया।

वह उसकी गोद में कांपी, "दुर्गादास मनुष्य नहीं है—वह पशु...न जाने वह क्या है—मुझे उससे बड़ा भय आता है। सरूपकिशन हर रोज़ रोशन मामा को तंग करता है। कहता है, बिरादरी के चार आदमियों को बुलाकर शादी कर दो, अधिक झंझट की ज़रूरत नहीं। अभी तक तो रोशन मामा टाल रहा है। मैं सोचती हूं कहीं वह..."

"और तुम ! क्या तुम मान जाओगी ?"

"मैं मर जाऊंगी," और एक बार फिर वह कांप उठी। फिर वह उसकी ठोड़ी से खेलने लगी, "श्याम !" उसने बड़ी गम्भीरतापूर्वक कहा, "वायदा करो कि मुझसे कभी जुदा न होगे।"

"जब तक ज़िन्दा हूं, तुम्हारा साथ नहीं छोड़ूंगा।

"श्याम, मैं अधिक पढ़ी-लिखी नहीं हूं, लेकिन मैं अपनी जान तुमपर न्योछावर कर सकती हूं। श्याम, मैं बिलकुल सच कहती हूं... मेरा शरीर, तुम मेरे चाम की यदि जूती बनाकर भी पहनोगे तो मुझे कोई इन्कार न होगा। लेकिन मेरे दिल को ठेस न पहुंचाना, मैं मर जाऊंगी।"

"मैं तुमसे प्यार करता हूं वन्ती !" उसने पुनः वन्ती को छाती से लगाते हुए कहा, "मेरी नन्ही वन्ती, मेरी नन्ही-नन्ही, मुन्नी-मुन्नी, प्यारी-प्यारी वन्ती !"

वन्ती ने संतोष से सांस लेते हुए कहा, "ओ माई डालिग !"

"ओ माई डार्लिंग !"

और फिर दोनों हंसने लगे।

वन्ती ने गम्भीर होते हुए कहा, "कितनी अजीब बात है ! आज से कुछ समय पहले मैं तुम्हें जानती तक न थी, और अब..."

"और अब ?" श्याम ने पूछा।

"हां, और अब," वह इतना ही कह पाई, 'हां, और अब !' परन्तु इन तीन शब्दों में उसने अपनी आत्मा की सारी बेचैनी, सारी उष्णता उंडेल दी थी...

वह फिर बोली, "श्याम, तुम्हें मालूम है बलभद्र मुझसे कितना प्रेम करता है। अब मुझे उसपर दया आती है...हां, अगर तुम न आए होते तो...और सच तो यह है कि दुर्गादास भी मुझे बहुत प्रेम करता है—लेकिन मुझे उससे भय आता है। वह मनुष्य नहीं है..." वह पुनः कांपने लगी।

"डरो नहीं, दुर्गादास इस समय यहां नहीं है," श्याम ने हंसते हुए कहा।

वह कुछ देखकर ठिठक गई, फिर उसके मुंह से एक हलकी-सी चीख निकली और वह उसकी छाती से चिपट गई।

दूर, अखरोट के वृक्षों की कतार से परे श्याम ने दुर्गादास को सरकते हुए देखा। उसके साथ उसका बाप पण्डित सरूपकिशन और वन्ती का मामा रोशन भी थे और वे तीनों किसी गहरी बात में तल्लीन चले जा रहे थे...

श्याम का मन किसी अज्ञात भय से कांप उठा।

एकाएक वृक्ष की डालियों में से एक बड़बागड़ चीख मारकर उड़ा और अपने काले पंख फैलाए नीचे घाटी में गायब हो गया।

28

दूसरे दिन श्याम को पता चला कि चन्द्रा और मोहनसिंह के मामले में डाक्टर के व्यवहार की पड़ताल के सम्बन्ध में उच्च अधिकारियों ने एक सरकारी कमीशन नियुक्त किया था जिसमें अधिक हिन्दू थे। यह कमीशन केवल नियुक्त ही नहीं हुआ था, बल्कि मान्दर की वादी को भेजा भी जा चुका था। केवल भेजा ही नहीं जा चुका था, बल्कि वहां पहुंच भी चुका था। कई अफसर तो डाक-बंगले में ठहरे थे और जिन अफसरों के ठहरने का प्रबन्ध डाक बंगले में न हो सका था उनके लिए तहसीलदार साहब ने कचहरी के बाग के एक कोने में खेमे लगवा दिए थे। चारों ओर भाग-दौड़-सी मची हुई थी। तहसील के स्थानीय कर्मचारी बहुत भयभीत थे। मुसलमान डाक्टर को पदच्युत कर दिया गया था। ब्राह्मणों में एक जोश-सा पाया जाता था; वे कुछ इस तरह अकड़कर चलते नज़र आते थे मानो उन्हें अपनी विजय पर अत्यन्त हर्ष हो रहा हो।

नायब तहसीलदार ने श्याम से इस मामले पर बहस करते हुए कहा, "हुज़ूर, ग़रीबपरवर, मैंने आपसे कहा न था कि गरीब मुसलमान डाक्टर को उसके उस नेक काम की वजह से मुअत्तल कर दिया जाएगा और ब्राह्मण अपनी मरज़ी का कमीशन बनवा लेंगे। पण्डित सरूपकिशन शहर गया था, आखिर उसने कोई तो गुल खिलाना ही था। अब देखिए, इश्क करें चन्द्रा और मोहन—लड़ाई उनकी हो ब्राह्मणों के साथ और बीच में पिस जाए एक गरीब मुसलमान डाक्टर ! कहां का न्याय है यह ? बेचारे डाक्टर का तो यही कसूर है कि उसने चन्द्रा को मोहनसिंह की देख-रेख की इजाज़त देकर मोहनसिंह की जान बचा ली। और अगर वह रोगी की देखभाल उसके उन सम्बन्धियों पर छोड़ देता जो उसकी मौत के बाद उसकी ज़मीन और जायदाद के मालिक होते, तो रोगी की जो गत बनती उसे हर कोई अच्छी तरह समझ सकता है। और फिर आप कहते हैं कि उस सारे फसाद का मुख्य कारण आर्थिक है। अजी श्याम साहब, बात असल में यह है कि यह मामला बिल्कुल जज़बाती है। हिन्दू बड़ा इंसाफ-पसन्द है, मैं इसे मानता हूं, लेकिन जहां बीच में किसी मुसलमान की बात आ पड़े, वहां उससे इंसाफ हो ही नहीं सकता। वहां उसका दिल बेकाबू हो जाता है। इसमें उसका कसूर नहीं, उसके दिल का कसूर है।"

अमजद हुसैन, कचहरी का बूढ़ा प्यादा, जो बड़ी दिलचस्पी से उनकी बातें सुन रहा था, एकाएक कहने लगा, "हुजूर, गुस्ताखी माफ, आप ज़रा तलखी और ज्यादती से काम ले रहे हैं। यह मज़हबी और जज़बाती तरफदारी हिन्दुओं और मुसलमानों में एक-सी है। हुजूर, मैं आपको अपने लड़कपन की बात सुनाता हूं। मेरे ताया थे सेशन जज, बड़े परहेज़गार, पांचों वक्त की नमाज़ अदा करते थे। उन्हें मुझसे खास लगाव था, क्योंकि मैं इम्तहान में सबसे अच्छे नम्बरों में पास हुआ करता था। एक दिन वे मुझे अपने करीब बुलाकर पूछने लगे :

" 'अजमद, अजमद इधर आ !'

" 'क्या बात है तायाजी ?'

" 'शाबाश बेटा, तू बड़ा अच्छा लड़का है, बरखुरदार, तू बड़ा होकर तहसीलदार, मुन्सिफ, जज बनेगा।'

" मैं चुप रहा।

" वे मुझे थपकी देते हुए बोले, 'अच्छा यह बता कि अगर तू जज बन गया तो ठीक से इन्साफ किया करेगा न ?'

" 'जी हां, तायाजी !'

" 'अगर तेरे पास एक हिन्दू कातिल आए, जिसने एक मुसलमान को कत्ल कर दिया हो, तो तू उसे क्या सज़ा देगा ?'

" 'फांसी !'

" 'और अगर एक मुसलमान कातिल, जिसने एक हिन्दू को कत्ल किया हो, तो फिर ?'

" 'फांसी,' मैंने उसी तेज़ी से जवाब दिया।

"सेशन जज एकदम चुप हो गए। फिर मेरे बाप से, जो करीब ही बैठे हुए थे, कहने लगे, 'यह तेरा बेटा बड़ा नालायक है, तूने इसे सही तालीम नहीं दी, फिर वे मेरा कान खींचकर कहने लगे, 'कह, कह कि मैं मुसलमान से रहम का सलूक करूंगा।' मेरी आंखों से आंसू निकल आए। लेकिन जब तक उन्होंने दस बार मुझसे न कहलवा लिया मेरा कान ऐंठना बन्द न किया। लेकिन ईमान की बात यह है कि चाहे उस वक्त मैंने कह दिया था, लेकिन मेरा दिल उस बात को न मानता था और मैं आज तक उस उसूल का कायल नहीं हुआ।"

श्याम ने व्यंग्यपूर्वक कहा, "इसीलिए तो हुज़ूर प्यादे के प्यादे रहे हैं। मैं अच्छी तरह जानता हूं कि हिन्दू घरानों में भी हर रोज़ कुछ इसी तरह के सबक सिखाए जाते हैं, 'बेटा, सांप का एतबार करना, सपोलिये का एतबार करना, लेकिन मुसलमान का एतबार न करना।' यह शिक्षा है जो बचपन में हमें दी जाती है, इसीलिए हिन्दू और मुसलमान लड़के जब बड़े होकर एक-दूसरे से मिलते हैं, तो ऊपर से तो अच्छे-खासे मित्र होते हैं लेकिन उनके दिलों में नफरत की गहरी खाई खुदी होती है जो जीवन-भर वैसी की वैसी बनी रहती है। यह मामला आर्थिक भी है और जज़बाती भी। पहले हमारे बीच जो आर्थिक या राजनीतिक भेद-भाव हैं उनकी रोकथाम करनी चाहिए। ये हिन्दुओं और मुसलमानों के अलग-अलग स्कूल कभी इस काम को पूरा नहीं कर सकते। लेकिन मेरा ख्याल है कि इसके बाद भी नफरत की यह

गहरी खाई बहुत समय तक हमारे बीच बनी रहेगी। यह ज़हर जो बचपन में हमारे अन्दर भर दिया गया है—इसका असर कई वंशों तक बाकी रहेगा...।"

अमजद हुसैन ने मुस्कराकर कहा, "हुज़ूर, आज आप बड़े नाउम्मीद नज़र आते हैं। अगर आप लोग ही हिम्मत हार बैठे तो... ।"

अलीजू बोला, "बात असल में यह है श्याम साहब, कि आप बड़ी कदर की बात करते हैं। मैं भविष्य का ज़िक्र नहीं कर रहा, मैं सिर्फ यह जानना चाहता हूं कि अब हमें इस डाक्टर के मामले में क्या करना चाहिए ?"

श्याम ने कहा, "साहब, मैं क्या कह सकता हूं ? हां, मेरा ख्याल यह है कि यह कमीशन केवल ब्राह्मणों की तसल्ली के लिए नियुक्त किया गया है, वरना डाक्टर के खिलाफ जो इलज़ाम घड़ा गया है, उसमें कोई जान नहीं। मुझे पूरा विश्वास है कि डाक्टर साफ बरी हो जाएगा।"

अलीजू मुस्कराकर बोला, "काश, आप उस कमीशन में होते !"

"और फिर आपको शिकायत का एक और मौका मिलता कि देखिए साहब एक और हिन्दू को..."

और श्याम की बात पूर्ण होने से पूर्व ही तीनों हंस पड़े।

श्याम डाक्टर से मिलने के लिए हस्पताल गया। वह बेचारा बड़ी चिंतित मुद्रा में युक्लिप्टस के एक वृक्ष के नीचे कुर्सी बिछाए बैठा था। आज से उसने काम करना छोड़ दिया था और बड़ी कटु बातें कर रहा था। वास्तव में श्याम भी इस मामले में अपने-आपको दोषी समझ रहा था, क्योंकि उसीने डाक्टर से सिफारिश की थी कि वह चन्द्रा को मोहनसिंह की देख-भाल की आज्ञा दे दे। वह बहुत देर तक डाक्टर के पास बैठा उससे बातें करता रहा और उसे तसल्ली देता रहा। हस्पताल में बामदेव बड़ी तन्मयता से काम कर रहा था और सरकारी कमीशन को, मान्दर के ब्राह्मणों को, राज्य को, धर्म को, ईश्वर को, हर चीज़ को गालियां दे रहा था। बहुत-से ब्राह्मण बीमार न होने पर भी आज हस्पताल में दवा लेने आए थे। वास्तव में वे डाक्टर को चितिंत देखकर अपने मन की संकीर्णता को और चमकाने आए थे। यह संकीर्णता इसी प्रकार की कमीनी बातों से फूलती-फलती है और यदि मनुष्य इस प्रकार की

हरकतें न करे, जान-बूझकर या अनजाने ही में, तो यह संकीर्णता मुझई-मुझई-सी रहती है और कभी-कभी मर भी जाती है...लेकिन इसकी मृत्यु पर विश्वास कभी न करना चाहिए, जब तक कि मनुष्य स्वयं न मर जाए।

वह वार्ड में चन्द्रा और मोहनसिंह से भी मिलने गया। चन्द्रा और मोहनसिंह दोनों गुम-सुम, भयभीत-से बैठे थे। चन्द्रा का चेहरा आज असाधारण रूप से उतरा हुआ था और आज उसके स्वर में वह चंचलता भी नहीं थी। लेकिन उसकी आंखों में अब भी एक दृढ़ संकल्प चमक रहा था, जैसे वह आंखें अपनी बात पूरी कर गुज़रना जानती हों और यह न जानती हों कि निराशा किसे कहते हैं।

मोहनसिंह के घाव अब अच्छे हो चुके थे और वह चारपाई पर अपने बाज़ू अपने घुटनों के गिर्द लपेटे उकड़ूं बैठा था। आंखें एकटक देखती हुई खोई हुई सी थीं; होंठ भिंचे हुए थे। उसके चेहरे और सारे शरीर से असाधारण थकावट टपकती थी।

चन्द्रा बोली, "डाक्टर ने इसे उठने-बैठने को मना किया है। वह कहता है कि घाव तो भर चुके हैं, लेकिन अभी पन्द्रह-बीस दिन और चारपाई पर आराम से लेटे रहना चाहिए, कहीं हरकत से घाव फिर न खुल जाए। मैं इसे सौ बार मना करती हूं, लेकिन यह फिर चारपाई पर उठकर बैठ जाता है।"

मोहनसिंह बोला, "क्या करूं, चैन नहीं पड़ता।"

चन्द्रा बोली, "हर वक्त बेचैन और उदास रहने से तबीयत और भी बुरी हो जाती है। यही चिन्ता करने से क्या लाभ ? अभी तुम कमज़ोर हो, आराम से चारपाई पर पड़े रहो। घबराने की कोई बात नहीं। संसार हमारे साथ हो न हो, हम जो एक-दूसरे के साथ हैं।"

चन्द्रा की बातों से, उसकी दृष्टि से, उसके व्यक्तित्व से एक ऐसा दृढ़ आत्मविश्वास झलक रहा था कि श्याम को उससे ईर्ष्या होने लगी। ऐसे व्यक्ति उसने अपने जीवन में बहुत कम देखे थे जो इस प्रकार अपनी छाती तानकर तूफानों के सामने खड़े हो जाते हैं और एक ठोस चट्टान की तरह सुदृढ़ खड़े रहते हैं।

और उसने मुस्कराते हुए मोहनसिंह से कहा, "तुम्हें चिन्ता की क्या ज़रूरत है? जिस पुरुष को चन्द्रा जैसी निडर, बहादुर और बेखौफ बीवी मिल जाए, उसे जीवन की उलझनों से क्या डर ?"

मोहनसिंह के भिंचे हुए होंठों पर हलकी-सी मुस्कराहट दौड़ गई, लेकिन वह कुछ बोला नहीं...।

पण्डित सरूपकिशन के मकान पर ब्राह्मणों, महाजनों और सिक्खों की सभा जुटी हुई थी। सारे गांव में एक जोश फैला हुआ था। हर-एक बढ़-चढ़कर बातें कर रहा था।

"मैं कहता हूं," केजीमल सुनार बोला, "इस कमीशन को मजबूर कर दिया जाए कि वह इस डाक्टर को सज़ा दे, ऐसी कड़ी सज़ा कि आगे के लिए सबके कान हो जाएं।"

बचत्तरसिंह ने अपने साथी के कान में कहा, "तुमने सुना भाई गड़गंजाजी, यही लाला पिछली बार डाक्टर की हिमायत करता था।"

भाई गड़गंजा ने अपनी सारी बत्तीसी दिखलाते हुए कहा, "सरदारजी, यह दुनिया! बस कुछ न पूछिए, सिर्फ चलित्रबाज़ों की दुनिया है।"

औसरमान बोला, "मेरी राय तो यह है कि मामला केवल डाक्टर तक ही सीमित न रखा जाए, बल्कि नायब तहसीलदार और तहसीलदार के बारे में भी पड़ताल होनी चाहिए।"

पण्डित बसन्तकृष्ण ने कहा, "यह तहसीलदार भी मुसलमानों से मिला हुआ है। इस हरामज़ादी चन्द्रा का यार है वह। मैं गंगामाई की सौगंध खाकर कहता हूं—मुझे गऊ-माता की सौगंध है। मैंने खुद अपनी आंखों से..."

लाला बांशीराम अपनी सोने की घड़ी से खेलते हुए बोले, "पण्डित बसन्तकृष्णजी, यह मामला अब हिन्दुओं और मुसलमानों को नहीं रहा। अब यह प्रजा और राज्य का प्रश्न बन गया है। हम चाहते हैं कि कमीशन इन सब अफसरों के सम्बन्ध में पूछ-पड़ताल करे। थानेदार के बारे में भी, चुंगीवालों के बारे में भी और जंगलवालों के बारे में भी। ये अफसर जो अनुचित बाते और ज़्यादतियां करते हैं, एक-एक करके कमीशन के सामने लाए जाएं ताकि दूध का दूध हो जाए और पानी का पानी।"

सारी सभा एकदम कह उठी, "ठीक है, यह बिल्कुल ठीक है—लाला बांशीरामजी वाह-वाह, आपने क्या पते की बात कही है!"

"क्यों न हो, बाज़ार के चौधरी ठहरे," पण्डित गन्दलराम ने लाला भड़भूंजादास की बगल में ठोका देते हुए कहा।

लाला बांशीराम की बांछें खिल गई।

पण्डित सरूपकिशनजी बोले, "भाइयो ! मैंने आपकी बात सुन ली हैं। मैं पूर्ण रूप से आपके साथ हूं और आपकी राय की प्रशंसा करता हूं, लेकिन थोड़े-से मतभेद के लिए मुझे क्षमा किया जाए। जहां तक इन अफसरों के अत्याचारों का सम्बन्ध है, मैं भी इनकी अकड़, इनके अभिमान को कुचलने के पक्ष में हूं, लेकिन अभी नहीं, धीरे-धीरे। पहले एक को लो, फिर दूसरे को, धीरे-धीरे। भगवान ने गीता में कहा है..."

पण्डित जी श्लोक पढ़ने लगे और सारी सभा एकदम मौन हो गई।

जब सभा समाप्त हो गई तो पण्डितजी ने हाथ के संकेत से रोशन को रोक लिया। बैठक में अब केवल पण्डित सरूपकिशन, उनका लड़का दुर्गादास और रोशन रह गए। पण्डितजी रोशन से कहने लगे, "भाई, ये लोग अभी ठीक तरह से इन अफसरों की खतरनाक चाल को समझते नहीं हैं। मैं इनकी रग-रग से वाकिफ हूं। आप ही बताइए, अगर इस समय मैं इन मूर्खों की बात मान लेता और सारे अफसरों के विरुद्ध षड्यन्त्र रचने की कोशिश करता, तो चारों ओर से हमपर फटकार पड़ती। आप लोगों को अभी मामले की नज़ाकत का पता नहीं है। आसपास के सब गांव मुसलमानों के हैं। वे हमारे विरुद्ध उठ खड़े होते। इसके इलावा ये सब अफसर एक हो जाते और कमीशन के सदस्यों को अपने पक्ष में करने के लिए एड़ी-चोटी का ज़ोर लगा देते। वे सारे इलाके में आग लगा देते और गांव की ब्राह्मण बिरादरी के विरुद्ध एक ऐसा षड्यन्त्र खड़ा कर देते कि मेरा, तुम्हारा या किसीका भी उसमें से बच निकलना कठिन हो जाता।"

"सत्य है महाराज !" रोशन ने हाथ जोड़कर कहा, "आप तो साक्षात् चाणक्य महाराज के अवतार हैं।"

"बेटा, मैं जो भी बात सोचता हूं—तुम्हारे, अपने, सारी बिरादरी के भले के लिए सोचता हूं। अच्छा, अब यह बताओ कि उस दिन गंगू मिशर के लड़के

के ब्याह पर जो बात मैंने तुमसे कही थी, उसके सम्बन्ध में तुमने क्या सोचा ?"

रोशन चुप रहा।

"देखो बेटा, दिन निकलते जा रहे हैं। अगले महीने के पहले सप्ताह में बड़ा अच्छा लगन निकलता है। लड़के और लड़की दोनों के लिए यह घर बहुत अच्छा रहेगा। बड़े सुन्दर नक्षत्र हैं। चन्द्रमा चौथे घर में है और सूर्य दूसरे में। सब कार्य सिद्ध होगा। मेरे ख्याल में इसी लगन में विवाह हो जाए।"

"हो—हो—हो," दुर्गादास अपनी भयानक हंसी हंसने लगा। हंसते समय उसका मुख झरियों से भर जाता था। रोशन ने एक बार उसकी ओर देखा और फिर चुप हो रहा।

पण्डित सरूपकिशन ने दुर्गादास को झिड़क दिया और उसे बाहर निकल जाने को कहा। दुर्गादास लकड़ी का सहारा लेकर उठा और अपनी कानी आंख से रिसते हुए पानी को पोंछता, घिसटता हुआ बाहर चला गया।

पण्डित सरूपकिशन फिर बोले, "बेटा, तुम किसी बात की चिन्ता न करो ! मैं जानता हूं कि मेरा बेटा बदसूरत है, लेकिन वह दिल का बुरा नहीं। और फिर वन्ती तो इस घर की रानी होगी। मैं उसे किसी प्रकार का कष्ट न होने दूंगा। यहां उसे कोई कष्ट हो ही कैसे सकता है ? वह एक उच्च कुल के ब्राह्मण जागीरदार की बहू होगी। सारे इलाके में उसकी इज़्ज़त होगी। तुम्हारी इज़्ज़त, उसकी मां की इज़्ज़त ! इसके अलावा यदि तुम्हें और रुपये-पैसे की ज़रूरत हुई तो भी मैं मुंह न मोड़ूंगा। तुम एक बार लगन नियत कर लो।"

रोशन के मुख पर लोभ की घिनौनी रेखाएं उभर आईं, बोला, "बहुत अच्छा, पंडितजी। मैं वन्ती और उसकी मां से निबट लूंगा। आप तिथि नियत कर लीजिए। मुझे लगन स्वीकार है...और...हां, इस विवाह के लिए मुझे दो हजार रुपये की ज़रूरत होगी।"

पण्डित सरूपकिशन गद्गद हो गए। उसे अपनी छाती से लगाकर बोले, "बेटा, तुम बहुत भले पुरुष हो। आज तुमने अपने बुज़ुर्ग का। कहा मानकर उसका मान रख लिया। परमात्मा इसी तरह तुम्हारी इज़्ज़त बनाए रखे। इस समय मेरे पास कोई बारह सौ रुपये होंगे। इन्हें लेते जाओ, बाकी परसों तक ले लेना। बिल्कुल चिन्ता

न करो, किसी बात की चिन्ता न करो—बिल्कुल चिन्ता न करो।"

रोशन ने आंखें झुकाते हुए कहा, "नहीं जी, आपके होते मुझे किस बात की चिन्ता है।"

पण्डितजी रुपये लाने के लिए उठने लगे थे कि कुछ सोचकर फिर बैठ गए। बोले, "एक बात तुमसे कहूं?"

"जी।"

"मुझे अब भी छाया से डर लगता है।"

रोशन बोला, "इसकी आप चिन्ता न करें। इन दोनों मां-बेटियों का मैं गार्डियन हूं, जो चाहूं कर सकता हूं। और फिर आखिर तो वह मेरी बहिन है, समझा लूंगा उसे। आखिर उसे संसार की ऊंच-नीच तो समझानी ही होगी। है तो अड़ियल, इसमें क्या सन्देह है, लेकिन शायद रुपये से सीधी हो जाए। सम्भव है मेरी धमकी ही से काम बन जाए।"

"लेकिन यदि वह फिर भी न मानी?"

"तो उसे बहला-फुसलाकर किसी काम के बहाने शहर भेज दूंगा।" लेकिन वह ऐसी बच्ची तो नहीं।"

"तो शायद सख्ती से काम लेना पड़े। दो तमाचे खाकर ठीक हो जाएगी। विवाह के समय उसे कोठरी में बन्द कर दूंगा। औरत जात का क्या है!"

"और वन्ती?"

"वन्ती बच्ची है, बेचारी लड़की में इतना साहस कहां कि वह मेरे सामने चूं भी कर सके। वह तो मेरी परछाईं से डरती है," रोशन ने गर्वपूर्वक कहा।

फिर एकाएक उसकी आवाज़ भर उठी और अब उसके स्वर में उदासी छा रही थी, लेकिन मैं कहता हूं पण्डितजी, मैं वन्ती को बहुत चाहता हूं, मैं उसे अपनी बेटी की तरह समझता हूं। मेरी लाज अब आपके हाथ में है, देखिए कहीं उसका मन मैला न हो।"

पण्डितजी ने उसके कंधे पर हाथ रखकर कहा, "कोई चिन्ता न करो बेटा! मुझे भी अपनी बहू तुमसे कुछ कम प्रिय न होगी। यहां उसे हर प्रकार का सुख प्राप्त होगा। वह इस इलाके की रानी होगी।"

और पण्डितजी के मुख पर उस समय एक ऐसी भयानक मुस्कान उत्पन्न हो आई थी जिसे यदि रोशन भी देख पाता तो भय से कांप उठता। परन्तु रोशन की आंखें ज़मीन में गड़ी थीं। कुछ क्षण बाद पण्डितजी पुनः बोले, "तो अब इस मुहूर्त की घोषणा कर देनी चाहिए।"

"जी हां...हां...नहीं, अभी नहीं...दो-चार दिन और ठहर जाइए।"

"बहुत अच्छा...अब तुम रुपये लेते जाओ, तुम यहां बैठो, मैं अभी आता हूं।" उनके उठते ही दरवाज़े के बाहर आहट हुई और कोई घिसटते हुए कदमों से जल्दी-जल्दी भाग गया। दुर्गादास कान लगाए बातें सुन रहा था।

29

दुर्गादास हुकमचन्द पंसारी के पास गया और उससे पूछने लगा, "तुम्हारे पास कोई ताकत की दवा है ?"

हुकमचन्द ने दुर्गादास को सिर से पांव तक देखा, "पण्डितजी, तुम्हें ताकत की कैसी दवा चाहिए ?"

दुर्गादास खांसने लगा। उसकी ठोढ़ी पर राल बहने लगी। उस राल में उसकी कानी आंख से रिसता हुआ पानी भी शामिल हो गया। उसने अंगोछे से अपने मुंह को पोंछा, क्योंकि उसका माथा भी पसीने से तर हो गया था। कहने लगा, "बस, ताकत की कोई अच्छी-सी दवा दे दो, जैसी तुम और लोगों को देते हो—वह दवा जो तुमने पण्डित हंसराज के बेटे को दी थी, जब उसकी शादी हुई थी।"

"अच्छा, अच्छा," और हुकमचन्द ज़ोर-ज़ोर से हंसने लगा। उसे हंसते देखकर दुर्गादास का निचला जबड़ा लटक गया और वह अपनी कानी आंख को ज़ोर-ज़ोर से झपकाने लगा।

हुकमचन्द ने अपनी हंसी को दबा लिया और एक शीशी में दवा भरकर उसे दे दी।

"यह सात दिन की दवा है, उसके बाद फिर ले जाना, लाल मिर्च, खट्टी और तेल की चीज़ों से परहेज़ करना, दूध खूब पीना, सुना ? तीन रुपये !"

दुर्गादास ने तीन रुपये दे दिए। कुछ देर तक चुप रहने के बाद बोला, "क्या

मेरी इस कानी आंख का इलाज नहीं हो सकता ?"

हुकमचन्द ने कहा, "भगवान के अलावा कोई इसका इलाज नहीं कर सकता। हां, एक बात ज़रूर हो सकती है, और वह यह कि तुम अपनी इस कानी आंख में शीशे की नकली आंख लगवा लो। बस बिल्कुल असली आंख दिखेगी।"

दुर्गादास ने पूछा, "कितने रुपये में आएगी ?"

"इसका तो मुझे अन्दाज़ नहीं, इसके लिए तुम्हें शहर जाना होगा और वहां बड़े डाक्टर से नकली आंख लगवानी होगी।"

"अच्छा, तो मैं शहर जाऊंगा।"

"हां, ज़रूर शहर जाओ !"

"बहुत अच्छा, मैं शहर जाऊंगा।" दुर्गादास ने धीरे से अपनी बात को दोहराया जैसे कोई साधारण बात याद कर रहा हो। फिर दुकान से नीचे उतरने लगा। एकाएक रुककर वह पुनः बोला, "बहुत अच्छा, तो मैं अगले महीने शहर जाऊंगा। लेकिन अगर उस वक्त तक मैं अपनी आंखों पर सब्ज़ शीशेवाली ऐनक पहन लूं, तो कोई हर्ज तो नहीं ?"

"बिल्कुल नहीं," हुकमचन्द ने मुस्कराते हुए कहा, "बिल्कुल वकील या बैरिस्टर लगोगे। दुर्गादास बैरिस्टर ! दुर्गादास बैरिस्टर !"

फिर दो-चार और दुकानदार इकट्ठे हो गए और सब मिलकर उसे तंग करने लगे, "दुर्गादास बैरिस्टर, दुर्गादास बैरिस्टर !"

दुर्गादास का सारा शरीर कांप रहा था। उसने जल्दी से दवा की शीशी को अपने कोट की जेब में डाला और लकड़ी के सहारे तेज़ी से भागने लगा। दुकानदार और ज़ोर-ज़ोर से शोर मचाने लगे और कुछ उसका रास्ता रोककर खड़े हो गए।

दुर्गादास ने भरे हुए स्वर में कहा, "मैं बदसूरत हूं, बहुत बदसूरत हूं। लेकिन यह बताओ कि अगर मैं बदसूरत हूं तो इसमें मेरा क्यो दोष है ?"

कहकहे एकदम बन्द हो गए, हंसते हुए चेहरे गम्भीर हो गए और उन गम्भीर चेहरों पर एक अज्ञात-सा भय छा गया—जैसे दुर्गादास की बदसूरती एक प्रश्न बनकर उनके सामने खड़ी हो गई हो, उस बदसूरती के लिए वे दुर्गादास को क्यों कसूरवार समझते थे।

उनमें से हर व्यक्ति दुर्गादास हो सकता था।

दुर्गादास का निचला, मोटा होंठ और नीचे लटक गया और उसके सामने के दोनों दांत और अधिक बाहर निकल आए और उसके बीच में से उसका श्वास एक सांप की हुंकार बनकर निकला और वह उन लोगों को वहीं मौन छोड़कर चला गया।

मान्दर की नदी के किनारे बाबा अहरमननाथ के स्थान पर जाकर दुर्गादास ने अपना माथा टेका।

बाबा अहरमननाथ ने अपनी लाल-लाल आंखें खोलीं और बोले, "बेटा, क्या चाहता है ?"

"बाबाजी, परशाद लाया हूं," यह कहकर दुर्गादास ने मिसरी और पांच रुपये उनके सामने रख दिए।

"बेटा, बोल क्या चाहता है ?"

"बाबाजी, आपकी दया चाहता हूं, वशीकरण मन्त्र मिल जाए।"

"वशीकरण मन्त्र क्यों चाहता है ? तू जिसपर मुग्ध है वह ब्याही हुई है"

"नहीं महाराज, उसका ब्याह मुझसे होनेवाला है और मुझे इस सारी धरती पर उससे ज़्यादा कोई चीज़ प्यारी नहीं।"

"फिर ?"

"महाराज, मैं... मैं बहुत बदसूरत हूं। मनुष्य भी मालूम नहीं होता। महाराज, आपकी कृपा चाहता हूं। ऐसी शक्ति दीजिए महाराज कि वह मेरी सूरत न देखे, मेरा दिल देखे।"

बाबाजी कुछ क्षणों के लिए चुप रहे फिर बोले, "आज रात मान्दर के किनारे जो चिता जलती हुई नज़र आए—या यदि तुझे कोई चिता नज़र न आए, तो पुराने कब्रिस्तान में चले जाना और वहां आधी रात के समय एक घण्टे तक सबसे पुरानी कब्र के गिर्द चक्कर लगाना और ऊंची आवाज़ में इस मन्त्र का जाप करना, इधर ला अपना कान।"

दुर्गादास अपना कान उनके मुंह के निकट ले गया। बाबाजी ने दो-तीन बार एक मन्त्र उसके कान में फूंका।

"याद हो गया तुझे ?"

"जी महाराज !"

"बस, अब चला जा यहां से।"

"बहुत अच्छा महाराज !"

"बस, अब चला जा यहां से हरामी, लंगड़े, कुत्ते, बदज़ात..."

"बहुत अच्छा महाराज, अभी चला जाता हूं—प्रणाम महाराज !"

लेकिन बाबाजी ने उसके प्रणाम का उत्तर गालियों में दिया और जब तक वह आंखों से ओझल न हो गया, वह उसे गालियां देते रहे। जब वह नज़रों से गायब हो गया तो उन्होंने दूसरे साधु को आवाज़ दी जो उनके निकट ही समाधि लगाए बैठा था, "अबे भोलानाथ, भोलानाथ...अबे सूअर के बच्चे !"

भोलानाथ ने धीरे से आंखें खोलीं। इधर-उधर देखा—फिर बोला, "क्या आज्ञा है मेरे गुरु की ?"

"यह ले पांच रुपये और सरकारी ठेके पर चला जा। एक रुपये की चरस लाइयो, दो रुपये की अफीम और बाकी की शराब।"

"सत्य वचन, शिव शम्भू, शिव शम्भू—लगे सूटा, गांजा चरस और भंगू।"

और यदि उस रात कोई मान्दर के पुराने कब्रिस्तान के निकट से गुज़रता तो वह एक ऐसा दृश्य देखता जो उसके सारे शरीर में कंपकेपी दौड़ा देता और फिर जीवन में जब कभी वह उस रात की कल्पना करता उसके शरीर के रोंगटे खड़े हो जाते।

...और वह देखता कि आधे चांद की उदास चांदनी पुराने कब्रिस्तान के वृक्षों और झाड़ियों के भयानक अन्धकार को दूर करने का निष्फल प्रयत्न कर रही है। वह झाड़ियों और वृक्षों पर कपड़े की अनगिनत धज्जियां बंधी हुई देखता, जैसे हर झाड़ी और वृक्ष की डालियों के पीछे नंगे मुरदे अपनी सफेद हड्डियों की नुमायश कर रहे हों, और वह देखता कि एक टूटी-फूटी कब्र के गिर्द एक भूत चक्कर लगा रहा है। यह एक लंगड़ा भूत था, जिसका निचला जबड़ा नीचे की ओर लटका हुआ था, जिसकी एक आंख भयानक रूप से चमक रही थी और जिसके दो बड़े-बड़े दांत होंठों से बाहर निकले हुए थे, और भूत लंगड़ाता तथा अपने हाथ हिलाता हुआ बार-बार एक कब्र के गिर्द नाच रहा था और कह रहा था :

"झड़ बेरी, बल बेरी, मसान की ढेरी
न आगे जाए, न ऊपर आए, न पीछे जाए
ओ३म् हर गंगे, सर गंगे काले भुजंगे
महादेव आए, महावीर गाए, काली माता खाए
ओ३म् संगनग, मात्रंग, हर गंगे, काली माता की रंगे
न आगे जाए, न ऊपर आए, न पीछे जाए
झड़ बेरी, बल बेरी, मसान की ढेरी
दुर्गादास का कार्य सिद्ध।"

वह ऊंची आवाज़ में, भारी और भयानक आवाज़ में ये शब्द दोहराता हुआ कब्र के इर्द-गिर्द चक्कर लगा रहा था। उसकी शक्ल इतनी भयानक, उसका नृत्य इतना बीभत्स और वह गान इतना भयंकर था कि शायद कब्रिस्तान के मुरदे भी अपनी-अपनी कब्रों में दुबक गए थे। केवल चांद हैरानी से इस दृश्य को देख रहा था।

भूत बहुत देर तक कब्र के गिर्द नाचता रहा। यहां तक कि उसके पांव से उड़ती हुई धूल ने उसके चारों ओर एक धुन्ध-सी फैला दी और अब तक उस धुन्ध के अन्दर एक बहुत बड़ा देव, एक फैलती हुई काली छाया नज़र आती थी। उसके चक्कर तेज़ होते गए, मंत्र के स्वर ऊंचे होते गए और उसके मुंह से प्रसन्नता के कहकहे उड़ने लगे और फिर वह चकराकर कब्र की टूटी-फूटी दीवाल पर जा गिरा। वह बहुत देर तक उसी तरह बीज़ू और टांगें फैलाए वहां पड़ा रहा। यहां तक कि चांद पहाड़ों की ओट में चला गया, तारे फीके पड़ने लगे, रात का अन्धकार छटने लगा और पूरब की ओर से आनेवाली हवा कब्रिस्तान के वृक्षों और झाड़ियों में बैठकर कराहने लगी...।

30

दुर्गादास की नई रामकहानी सारे गांव में मशहूर हो गई। उसके प्रेम की चर्चा घर-घर होने लगी। दुर्गादास की कुरूपता और उसकी हास्यास्पद हरकतों ने और रंग चढ़ाया और लोग उसकी उस नई कोशिश को मज़े ले-लेकर कहने-सुनने लगे। श्याम सुन्दरता और कुरूपता की बहस में न पड़ना चाहता था—सुन्दरता और कुरूपता में धरती और आकाश का अन्तर है, परन्तु प्रेम के आधार पर इनमें मेल

भी हो सकता है—हां जहां यह प्रेम ही गायब हो, वहां कैसा मेल ! वह ज़बरदस्ती के खिलाफ था। दुर्गादास को वन्ती से प्रेम करने का पूर्ण अधिकार था, परन्तु क्या उसे वन्ती से बलपूर्वक विवाह करने का भी अधिकार था—वन्ती जो उसे पसन्द न करती थी, जो उससे घृणा करती थी। नहीं, शायद उसका विश्लेषण गलत था, यहां घृणा और पसन्द का सवाल नहीं था। वन्ती का व्यक्तित्व भिन्न था, उसका आत्मगौरव, उसकी आत्मा दुर्गादास से इतनी भिन्न थी कि उन दोनों का मिलाप सर्वथा असम्भव था।

लेकिन श्याम इस बहस में उलझना न चाहता था, क्योंकि यहां उसके अपने व्यक्तित्व, अपने जीवन का प्रश्न था, वह स्वयं किस रास्ते को अपनाए ? यद्यपि पंडित सरूपकिशन और रोशन ने गांव के किसी व्यक्ति को इस बात की सूचना न दी थी, परन्तु दुर्गादास की अजीब-अजीब हरकतों ने सारे गांव में यह खबर आग की तरह फैला दी थी कि वन्ती दुर्गादास से ब्याही जानेवाली है और यह कि अगले मास के प्रथम सप्ताह के किसी दिन का मुहूर्त भी नियत हो चुका है। अब किसी प्रकार के संदेह की गुंजायश न थी और अब श्याम भी मजबूर हो गया कि वह एक बार, शायद अंतिम बार, अपने हृदय की पूरी तरह टटोल करे। एक बात तो उसके मस्तिष्क में पूरी तरह स्पष्ट थी कि यह मामला कोई साधारण न था। उसके जीवन में प्रेम ने कभी इतना नाज़ुक और गम्भीर रूप धारण न किया था। उसने कई युवतियों से प्रेम किया था, सफल या असफल। परन्तु तब उसका प्रेम सदैव छिछला, ऊपरी और पानी के बुलबुले की तरह टूट-फूट जानेवाला होता था। वह उस तुच्छ-सी वस्तु को प्रेम का नाम देना भी पसन्द न करता था और अपने मित्रों के आग्रह पर प्रेम की व्याख्या करते समय अक्सर उसका स्वर व्यंग्यपूर्ण हो उठता था और वह कहा करता था—सच ! विश्वास कीजिए, मैंने कभी किसीसे प्रेम नहीं किया। मैं प्रेम करना चाहता हूं, लेकिन न जाने क्यों, मेरे भाव उस अधम, पतित तथा निचले स्तर से ऊपर नहीं उठते जिसे लोग लिंग।कर्षण या यौवन का नाम देते हैं ! मैं हमेशा इस भाव की निचली तहों तक रहता हूं और मैंने कभी अपने को इस भाव के उस ऊंचे स्तार या पराकाष्ठा तक नहीं पाया जिसे आप लोग प्रेम कहते हैं। वास्तव में प्रेम को मैं एक विचित्र-सी

वस्तु मानता हूं। कोई बड़ी नरम और नाज़ुक और मुलायम वस्तु, जैसे अंगूर-ऊन—और कभी-कभी तो मैं बड़ी गम्भीरता से सोचता हूं कि किसी औरत से प्रेम करने की बजाय किसी खरगोश से क्यों न प्रेम करना शुरू कर दूं। आपने उसकी खाल देखी होगी, कितनी नरम और नाज़ुक और मुलायम होती है! हाथ लगाओ तो लगता है जैसे उसकी सारी नरमी और कोमलता आत्मा में उतरती जा रही हो। और मेरे ख्याल में यही सच्चे प्रेम की विशेषता है...

परन्तु अब उसके विचारों में व्यंग्य लेश-मात्र भी न था। और अब इस विषय में उसे कोई उलझन भी न रही थी। यह प्रेम उस बुलबुले के सदृश न था जो नदी के स्तर पर एक छिछली प्रसन्नता से नाचता है। इस प्रेम में नदी की सी गहराई थी और उस गहराई से उसे भय आता था। यहां व्यंग्य का कोई काम न था। और अब यदि वह चाहता तो भी इस भाव को अपनी अत्मिा में से न निकाल सकता था। इसकी वास्तविकता ने उसके कल्पित क्षितिज को आवरण डालकर ढंक दिया था और उसे अपने जीवन के प्रत्येक क्षण, श्वास की प्रत्येक धड़कन, प्रकृति की प्रत्येक हरकत में उसी वास्तविकता का अनुभव होता। हर समय उसकी आत्मा पर एक गहरी उदासी छाई रहती, शायद इसलिए कि उसकी आत्मा अपने अहं, अपने व्यक्तित्व को खोकर किसी अन्य व्यक्ति में समा रही थी; और यह अनुभव चाहे कितना ही प्रिय क्यों न हो, दुःखप्रद अवश्य होता है। उस उदासी में मधुरता भी थी और कटुता भी। लेकिन उसकी कटुता उसे उसकी मधुरता से भी अधिक मधुर मालूम होती। उस उदासी में भी एक अनोखी लज़्ज़त थी। उस नये अनुभव ने उसके जीवन में जीवन के नये अर्थ उत्पन्न कर दिए थे, उसके मस्तिष्क पर नये क्षितिज बना दिए थे और उसकी आत्मा को एक नई सुन्दरता, एक नई चमक, एक नये माधुर्य से परिपूर्ण कर दिया था—इससे पूर्व कभी ऐसा न हुआ था।

तो फिर वह क्या करे? चुपचाप बैठा रहे और समाज के फौलादी हाथ को उस सुन्दरता, उस चमक का गला घोंटने दे? चुपचाप बैठा रहे और कुरूपता की अंधी आंख को अपने नये जीवन के उज्ज्वल चित्र को घोर अन्धकार की लपेट में ले जाता देखे? चुपचाप बैठा रहे और प्राचीन परम्परा

और विडम्बना के लंगड़े भूत को अपनी खुशियों और आकांक्षाओं की कब्र पर नाचता देखे...

हां, वह ऐसा कह सकता था। उसके माता-पिता उसके प्रणय के विरुद्ध थे। उसका समाज और वन्ती का समाज इस सम्बन्ध के विरुद्ध था। वन्ती का विवाह किसी अन्य जगह हो रहा था। स्वयं उसकी सगाई कहीं और हो रही थी। दोनों की दुनिया अलग-अलग थी। बीच में जात-पांत, ऊंच-नीच की दीवारें खड़ी थीं। और वह अकेला भला क्या कर सकता था ? क्यों न वह स्वयं को जीवन के अंधेरे कुएं में ढकेल दे...आखिर वह कर भी क्या सकता है...वह नौजवान है ; अभी कालिज में पढ़ता है, आर्थिक रूप से माता-पिता पर निर्भर है...वह वन्ती को लेकर भाग सकता है, लेकिन वह उसे लेकर जाएगा कहां ? इस आर्थिक संसार की गुलामी में उसकी अनुभवहीनता उसे पग-पग पर ठोकरें खिलाएगी और वन्ती का फूल-सा सौन्दर्य, भूख, फाके और बेकारी के थपेड़ों में कैसे पनप सकेगा? हां, हां, यह बिल्कुल ठीक है। बुद्धिमत्ता और दूरदर्शिता का यही तकाज़ा है...

और फिर एकाएक उसके मन में, उसकी आत्मा में अदम्य क्रोध का तूफान लहरें लेने लगा और उस तूफान के थपेड़ों में उसका शरीर एक कमज़ोर नाव की तरह कांपने लगा...कायर...काय...कायर...कमीने ! तुम इसी तरह प्रेम के पवित्र और महान भाव का अपमान करते हो ! उसकी स्वच्छता को अपनी कायरता की गन्दगी से भ्रष्ट करके उसे बुद्धिमत्ता और दूरदर्शिता कहते हो ! उसके सौन्दर्य और कोमलता को अपने अन्धे और अस्वाभाविक तर्क की नोक से घायल करके उसे अपनी आर्थिक असमर्थता का नाम देते हो ! कायर, बुज़दिल, कमीने ! यदि तुम प्रेम के पवित्र भाव की गहराइयों में उतरने से डरते हो, यदि तुम इसके शिखरों पर उड़ानें भरने से संकोच करते हो, यदि तुम उसके कष्ट और खतरों का सामना करने से घबराते हो, तो जाओ, अपने गन्दगी-भरे कीचड़ में घृणित कीड़े की तरह रेंगते रहो, परन्तु भगवान के लिए, अपनी कायरता छिपाने के लिए प्रेम के शब्द को इस प्रकार सस्ता न करो, इसकी महानता का उपहास न उड़ाओ, अपनी दीनता को छिपाने के लिए अपने समाज को मत कोसो ! अपने

भरा का कारण बाहर क्यों तलाश करते हो ? समाज का वह फौलादी हाथ, जो इस सुन्दरता, स्निग्धता और माधुर्य का गला घोंट रहा है, स्वयं तुम्हारी पतित और नीच आत्मा का हाथ है। वह बदसूरती की अन्धी आंख, जो नये जीवन को एक भयानक अन्धकार की लपेट में ले रही है, तुम्हारी अपनी आंख है। वह प्राचीन परम्परा और विडम्बना का लंगड़ा भूत, जो तुम्हारी खुशियों और आकांक्षाओं की कब्र पर नाचता है, स्वयं तुम्हारे भीतर छिपा हुआ है।

और श्याम की नस-नस में यह लावा लहरें लेने लगा और उसने निश्चय कर लिया कि चाहे कुछ हो जाए, वह वन्ती और दुर्गादास का विवाह कभी न होने देगा। अपनी आत्मा की सम्पूर्ण शक्ति से उस होनेवाली दुर्घटना का सामना करेगा।

31

श्याम ने सैयदां द्वारा छाया को कहलवा भेजा कि वह उससे मिलना चाहता है। छाया अब उनके यहां बहुत कम आती थी और वन्ती का आना-जाना तो बिल्कुल ही बन्द हो चुका था। यों भी जब से वन्ती के बारे में गांव में चर्चा होने लगी थी, रोशन उसे घर से बहुत कम निकलने देता था। मां-बेटी पर उसने कड़ी पाबन्दियां लगा दी थीं। लेकिन छाया घायल शेरनी की तरह क्रोध से उन्मत्त बैठी थी। हर रोज़ घर में झगड़ा होता था। वन्ती ने कई दिनों से कुछ न खाया था और हर समय रोती रहती थी—छाया ने ये सारी बातें श्याम को बताईं।

"लेकिन अब तुम क्या करोगी, मौसी ?"

"मेरी तो कुछ समझ में नहीं आता, बेटा ! अब तो मैंने यह सोचा है कि अगर वह मेरी इच्छा के विरुद्ध विवाह करेंगे, तो मैं भरी सभा में खड़ी हो जाऊंगी और धर्म के नाम पर..."

"मौसी, तुम धर्म के नाम की दुहाई देती रहोगी और पण्डित सरूपकिशन उसी धर्म की आड़ लेकर तुम्हारी लड़की का विवाह कर देगा।"

"नहीं, नहीं, मैं ऐसा न करने दूंगी। मैं चिल्लाऊंगी, भरी सभा में अपनी नंगी छाती पीटूंगी—क्या बिरादरी इतनी निर्लज्ज है कि..."

श्याम ने शिथिलता से सिर हिलाया, "इससे कुछ न होगा, मौसी ! मेरी मानो, तुम वन्ती को लेकर शहर चली जाओ या किसी ऐसी जगह जहां तुम्हारे परिचित या सम्बन्धी तुम्हें शरण दे सकें। जब यह मुहूर्त टल जाएगा फिर वापस आ जाना।"

"हाय भगवान ! मैं उस ज़ालिम भाई से क्या कहूं ? न जाने उसको लहू क्यों सफेद हो गया है ? वन्ती पर तो ऐसी कड़ी नज़र रखता है कि मैं तुमसे क्या कहूं ? जी चाहता है कि उसका मुंह नोच लूं। वह तो मुझे भी घर से नहीं निकलने देता, लेकिन मुझपर उसका इतना बस नहीं चलता। अब करूं तो क्या करूं? तुम नहीं जानते बेटा, जब से मैंने सुना है कि उसने पण्डित रारूपकिशन से रुपया लिया है, मेरे तन-बदन में प्राग-सी लगी हुई है। आठों पहर मैं इस आग में जलती रहती हूं। परमेश्वर करे मेरा भाई मर जाए। उसकी अर्थी मेरे सामने निकले..."

"गालियां देने से कुछ न होगा मौसी, कोई उपाय सोचना चाहिए।"

"तुम समझते हो कि छाया चुप बैठी रहती है ? हर रोज़ झगड़ा होता है। एक दिन तो उसने मुझे इतना पीटा, इतना पीटा (आंसू पोंछकर)—मेरी पीठ पर अभी तक उसके घूंसों के निशान हैं। उसने सिर्फ मुझे ही पीटा होता तो मुझे इतना दुःख न होता, उसने मेरी मासूम कुंआरी लड़की पर भी हाथ उठाया। क्या दुनिया में ऐसे ज़ालिम भी होते हैं जो मासूम बच्चियों पर हाथ उठाते हैं ? हाय, उसका वह हाथ जल जाए जिससे उसने मेरी वन्ती के तमाचे लगाए ! कोढ़ हो जाए उस पापी को..."

श्याम किंचित् अवकाश के बाद बोला, "मौसी, तुम जानती हो...'' वह रुक गया।

छाया के उदास मुख पर मुस्कराहट आ गई, "मुझे कुछ संदेह-सा था, लेकिन अब मैं सब जानती हूं।"

श्याम ने कहा, "यह मेरे अपने जीवन की मांग है कि..."

छाया ने बात काटते हुए कहा, "लेकिन तुम्हारे पिताजी, तुम्हारी माताजी..."

"यह सब कुछ तय हो सकता है, लेकिन सबसे ज़रूरी बात गह है कि यह शादी न होने पाए। मेरे माता-पिता आज न मानेंगे, कल न मानेंगे, एक साल बाद

मान जाएंगे। कभी तो मानेंगे ही। और यदि न मानेंगे तो भी क्या है ?"

छाया बहुत देर तक चुप रही। फिर सिर झुकाकर ज़मीन कुरेदते हुए बोली, "इस निगोड़े प्रेम ने मुझे जीवन में क्या-क्या दु:ख नहीं दिए !" उसके स्वर में अत्यन्त कटुता आ गई थी। "लेकिन मैंने सोचा था कि बस अब एक कदम भी पीछे नहीं हटूंगी चाहे मेरा सब कुछ तबाह हो जाए। यदि प्रेम किया है तो मरते दम तक..."

वह चुप हो गई। उसकी आंखों में आंसू उमड़ आए, "मेरी वन्ती, मेरी वन्ती !" उसने रुंधे कण्ठ से कहा और उसकी आंखों से आंसू बह निकले।

बहुत देर तक वे दोनों चुप रहे, फिर श्याम ने कहा, "मुझे एक उपाय सूझा है। मेरे विचार में तुम अपने भाई रोशन के विरुद्ध एक दावा दायर कर दो कि उसने सरूपकिशन से इस मतलब के लिए रुपया लिया है कि वह वन्ती का विवाह..."।

"लेकिन इस तरह तो मेरा भाई जेल में चला जाएगा," छाया ने बात काटी, "तुम जानते हो, इस तरह रुपया वसूल करना अपराध है—तीन साल की सज़ा होती है।"

कुछ सोचकर श्याम ने कहा, "न सही, यह कहने की भी क्या ज़रूरत है ? मेरे विचार में इतना कह देना ही काफी होगा कि मेरा भाई रोशन वन्ती का विवाह मेरी इच्छा के विरुद्ध करने पर तुला हुआ है। न उसमें मेरी इच्छा है, न मेरी लड़की की। विवाह की तिथि नियत हो चुकी है। मैं अदालत से प्रार्थना करती हूं कि विवाह को रुकवाया जाए। बस, अदालत इस मामले की छानबीन करेगी और विवाह रुक जाएगा।"

"लेकिन वह तो मेरा और मेरी लड़की का संरक्षक है, वह सब कुछ कर सकता है।"

श्याम ने निश्चयपूर्ण स्वर में कहा, "वह कुछ नहीं कर सकेगा, तुम किसी अर्ज़ीनवीस से इस मतलब की एक दरख्वास्त लिखा लो। इसे इंज़ेक्शन कहते हैं।"

"इंज़ेक्शन ?"

"नहीं इंज़ेक्शन, वह अर्ज़ीनवीस तुम्हें सब कुछ बता देगा। और भी ठीक हो यदि तुम इस आशय की दरख्वास्त दो कि रोशन को गार्डियन के

काम से बतरफ कर दिया जाए। न रहे बांस, न बजे बांसुरी।"

छाया के मुख पर प्रसन्नता की लाली दौड़ गई। कहने लगी, "बस यह सबसे अच्छा उपाय है। मैं कल ही दरख्वास्त दिए देती हूं...लेकिन..." छाया का मुख पुनः चिंतित हो उठा, "लेकिन यह दरख्वास्त तहसीलदार साहब की कचहरी में देनी पड़ेगी।"

श्याम ने कहा, "तुम चिंता न करो। तुम केवल अर्ज़ी दे दो, बाकी सब काम मैं संभाल लूंगा। मैं स्वयं पिताजी से बात करूंगा। मुझे पूरा विश्वास है कि वे मेरी बात नहीं टालेंगे।"

छाया दोनों हाथ बांधकर बोली, "बेटा, तुमने मेरे मुर्दा तन में फिर से जान डाल दी है। युग-युग जिओ बेटा, मुझ दुखिया का आशीर्वाद है।"

श्याम बोला, "तुमसे अधिक मुझे इस बात की चिन्ता है।"

जब छाया चली गई तो सैयदां ने, जो अब तक चुपचाप कुंज में घास साफ करती रही थी, श्याम की ओर अर्थपूर्ण दृष्टि से देखते हुए कहा, "मामला बड़ा टेढ़ा है, साहब।"

श्याम ने कोई उत्तर न दिया। वह जला-भुना बैठा था, ज़िन्दगी से बेज़ार !

सैयदां ने खांसकर कहा, "मेरा कुर्ता बिल्कुल फट गया है और पास में एक पैसा भी नहीं। मुझे एक कुर्ता सिलवा दीजिएगा।"

श्याम ने जेब से दो रुपये और कुछ ने निकाले और उसकी हथेली पर रख दिए।

सैयदां ने उसे झुककर सलाम किया और मुस्कराती हुई चली गई।

कुंज से निकलकर वह खेतों की बाड़ पर हो ली और अपने घर की ओर जाने लगी। फिर ठिठक गई। फिर कुछ कदम आगे बढ़ी। फिर कुछ सोचकर रुकी। धीरे-धीरे कुछ कदम चलकर वह फिर रुकी और वापस अपने घर को हो ली। लेकिन फिर अभी थोडी दूर ही गई थी कि फिर रुकी और मुड़ आई और धीरे-धीरे चलते हुए तहसीलदार साहब के बंगले में घुस गई।

श्याम की माता मोढ़े पर बैठी सब्ज़ी कुतर रही थीं। सैयदां को देखकर

सब्ज़ी एक ओर रख दी और बोलीं, "आओ सैयदां बेटी।"

सैयदां उनके निकट फर्श पर बैठ गई। उसका चेहरा पीला पड़ा हुआ था और आंखों में बेचैनी थी। फिर उसने अपनी आंखें झुका लीं और मद्धम स्वर में कहने लगी, "मांजी, आपको एक बात बताऊं, अगर आप इसका ज़िक्र न करें तो..."

32

दूसरे दिन प्रातःकाल ही गुलाम हुसैन ने आकर सूचना, दी कि कल रात मोहन ने बसन्तकिशन को कत्ल कर दिया है।

श्याम एकदम हक्का-बक्का रह गया। उसकी माता, जो बरामदे में खड़ी थीं, मोढ़े पर बैठ गईं। उनके चेहरे का रंग उड़ गया और वह बड़बड़ाने लगीं, "राम, राम...घोर कलियुग है !"

"लेकिन यह हुआ कैसे ?" श्याम ने पूछा।

"यह तो मैं नहीं जानता, रात तीसरे पहर यह खून हुआ, सारे गांव में कुहराम मचा हुआ है। बसंतकिशन की लाश को हस्पताल में ले गए हैं। वहां बड़ी भीड़ लग रही है। सुना है कि आज सरकारी कमीशन अपना काम शुरू करनेवाला था। बहुत-से हाकिम लोग और सरकारी कमीशन के ओहदेदार भी वहां पहुंचे हैं।"

"राम, राम, राम...क्या ज़माना आया है ! ब्राह्मण का खून, और राजपूत करे ! कहां तो राजपूत ब्राह्मणों की रक्षा करते थे, और कहां अब यह ज़माना कि अब वही उनकी हत्या करने लगे हैं। ब्रह्महत्या...राम, राम ! मुझसे तो खड़ा नहीं हुआ जाता, मेरे तो पांव तले से ज़मीन निकली जा रही है।" और श्याम की माता की आंखों में आंसू उमड़ आए।

कुछ देर बाद वे फिर बोलीं, "वह राजपूत नहीं राक्षस है। मोहनसिंह तो अब नीच हो गया है। उसने उस नीच जाति की औरत से जो नाता जोड़ा था, उसका कुछ न कुछ परिणाम तो निकलना ही था। सो देख लो..."

श्याम की माता ने उसके पिता को यह बात जाकर सुनाई। वे अपने कमरे में सो रहे थे। उन्होंने उठकर जल्दी-जल्दी कपड़े बदले और हस्पताल

को चले गए।

श्याम ने कहा, "मां, मैं भी ज़रा हस्पताल तक जाता हूं।"

"न, बेटा," उसकी माता ने तुरन्त कहा, "मुझे तो डर लगता है। मेरा सारा शरीर अभी तक कांप रहा है।"

श्याम ने कहा, "कोई चिन्ता की बात नहीं, मां।"

गुलाम हुसैन बोला, "मोहनसिंह भी हस्पताल ही में है। उसकी पीठ के एक-दो घाव फिर खुल गए हैं और उनमें से बहुत-सा खून बहा है। अब उसे हथकड़ियां और बेड़ियां पहनाकर चारपाई पर डाल रखा है और पुलिस की पूरी गार्द का पहरा है।"

"हाय मर जाए वह, जिसने ब्राह्मण की हत्या की है!"

हस्पताल में बड़ी भीड़ थी। बरामदे में, बगीचे में, वार्डों के चारों ओर और लकड़ी के जंगले पर लोग खड़े तमाशा देख रहे थे। तरह-तरह की कानाफूसियां हो रही थीं। एक जमघटे में एक सांवला-सा नौजवान, जिसके दायें गाल पर एक बड़ा-सा मस्सा उभरा हुआ था, ज़ोर-ज़ोर से बांहें हिला-हिलाकर बातें कर रहा था...

"तो मैंने झट उसकी बांहों को अपनी बांहों की लपेट में ले लिया। उसने मुझपर छुरी से वार करने को कोशिश भी की, लेकिन उसकी बांहें मेरे काबू में थीं। मैंने उसकी टांग अड़ाकर जो अड्डी-खोड़ा दिया, तो वह धम्म से ज़मीन पर आ गिरा।"

"मोहनसिंह की बात करते हो?" श्याम ने पूछा, "लेकिन यह माजरा क्या है?"

उस सांवले नौजवान ने उसे सलाम किया और कहने लगा, "बात यह हुई जनाब कि रात तीसरे पहर मैंने अपने पड़ोसी के घर में शोर सुना। हमारा घर पण्डित बसन्तकिशन और पण्डित सरूपकिशन के घरों के बिल्कुल करीब है।"

"अच्छा!" श्याम ने कहा।

एक आदमी बोल उठा, "ये लाला कोंडूमल के लड़के हैं न, जगजीत?"

"जी हां, जी हां!" श्याम ने सिर हिलाया।

जगजीत बोला, "तो तीसरे पहर के करीब हमने अपने पड़ोसी के घर में बहुत शोर सुना। बच्चों और औरतों के रोने की आवाज़ें और चीखें। दुर्गादास

भी चीख रहा था। और पण्डित सरूपकिशन गांववालों और अपने हालियों को, जो नीचे बाड़ियों में सोए पड़े थे, आवाज़ें दे रहे थे। एक हंगामा मचा हुआ था। कान-पड़ी आवाज़ सुनाई न देती थी।

" मैं उसी वक्त उठकर भागा। बस यही कुर्ता और लंगोट पहने हुए था। जल्दी में जूती भी न पहनी और न ही लाठी, कुल्हाड़ी या कोई और चीज़ साथ ली। वहां पहुंचा तो मालूम हुआ कि अभी-अभी मोहनसिंह ने छुरे से पण्डित बसन्तकिशन का खून कर दिया है। और उसके बाद वह दीवार फलांगकर पण्डित सरूपकिशन के मकान में दाखिल हुआ है। इतने में पण्डित बसन्तकिशन की औरत और बच्चे चीखने-चिल्लाने लगे। सब लोग जाग उठे। पण्डित सरूपकिशन और उनके लड़के ने, जो ऊपर सोए हुए थे, गांववालों को आवाज़ें देनी शुरू कीं और उनकी औरत, मेरा मतलब है पण्डित सरूपकिशन की घरवाली जो निचले कमरे में सोई हुई थी, चीखें मारने लगी और मालियों और पुलिसवालों को आवाज़ें देने लगी। मोहनसिंह हाथ में छुरी लिए कुछ देर वहां खड़ा रहा, फिर आंगन से निकलकर मक्की के खेतों की मेड़ पर चढ़ने लगा। यह सब कुछ इतनी जल्दी, इतने थोड़े वक्त में हुआ कि जब मैं वहां पहुंचा तो वह तब तक बाड़ के आखिरी सिरे पर चलता हुआ नज़र आ रहा था। मैंने लपककर उसका पीछा किया। वह अब भी धीरे-धीरे चल रहा था। फिर वह उस खुले रास्ते पर हो लिया जो धर्मशाला के पास से गुज़रता है और पुलिस चौकी से होता हुआ हस्पताल को जाता है। अब उसने अपने कदम तेज़ कर दिए। मैंने भागकर उसे जा लिया। उसने मुड़कर मुझपर छरे से वार करने की कोशिश की, लेकिन मैंने झट से उसकी बांहों को अपनी बांहों में ले लिया। उसने कहा, 'मुझे छोड़ दो।' मैंने कहा, 'खुन करके अब कहां भागते हो ?' उसने कहा, 'मुझे छोड़ दो, मैंने खून नहीं किया। मैंने इन्साफ किया है।' मैंने कहा, 'यह अदालत बताएगी। उसने मुझपर छुरे से वार करने की कोशिश की, लेकिन उसकी बांहें मेरे काबू में थीं और मैंने उसकी टांग अड़ाकर उसे जो एक पटखनी..."

पण्डित पेड़ाराम बोले, "तो क्या आपकी सहायता को कोई न आया ?

जब पण्डित सरूपकिशनजी ने अपने मालियों को आवाज़ें दीं, जो वहीं उनके घर के नीचे, उनकी बाड़ी में सोए थे, तो क्या वे भी न उठे ?"

"अजी कहां ?" जगजीत ने बाज़ू घुमाकर कहा, "वे सब तो हाली हैं। वे तो चाहते हैं, ज़मींदार मर जाए। उसका सारा घर सत्यानाश हो जाए, उनकी बला से ! और फिर उस वक्त उन्हें ऐसी क्या पड़ी थी जो उठकर मोहनसिंह जैसे खतरनाक कातिल के पीछे भागते !"

एक हाली उस जमघटे में खड़ा था, बोला, "नहीं भाई, यह बात न थी। हम उस वक्त बाड़ी के अन्दर गहरी नींद में थे। उसी बाड़ी में ढोर-डंगर, उसी में हम। एक ही दरवाज़ा है, वह भी बन्द था। कोई खिड़की भी न थी कि आवाज़ आती। हम बड़े मज़े से सोते रहे। दिनभर कुदाल और हल चलाते-चलाते आदमी थक जाता है। हम दुकान पर बैठनेवाले तो हैं नहीं जो...हमें तो उस वक्त पता चला जब पंडितजी ने खुद आकर हमें जगाया। यह बात नहीं जगजीत भाई, हम तो अपने मालिक के नमकहलाल हैं। लेकिन हमारी आंख ही नहीं खुली।"

गड़गंजाजी बोले, "हां, हम तुम लोगों की नमकहलाली खूब जानते हैं।"

हाली ने जब देखा कि लोग उसके खिलाफ हुए जा रहे हैं, तो भंजीमल सुनार से कहने लगा, "लालाजी, आप ही इन्साफ कीजिए; अगर आदमी बाड़ी में सोया हुआ हो, और बाड़ी भी ऐसी जिसमें सिर्फ छत से हवा निकलती हो, तो क्या अन्दर सोया हुआ आदमी बाहर के लोगों की आवाज़ सुन सकता है ?"

"रहने दो अपनी सफाई..."

एक चौकीदार ने तीखे स्वर में कहा, "हमें सब बातें अच्छी तरह मालूम हैं। फिर वह जमघटे के लोगों से सम्बोधित होकर बोला, "अजी क्या पता, ये सब हाली अन्दर ही अन्दर मोहनसिंह से मिले हुए हों !"

लोग हामी भरने लगे।

एक बोला, "इन हालियों को भी पुलिस के हवाले करना चाहिए।"

दूसरा बोला, "पुलिस खुद ही इनसे सच कहलवा लेगी।"

हाली बोला, "दुहाई है, सरकार की दुहाई ! गांववालो, तुम कैसी बातें कर रहे हो ?"

तीसरा बोला, "अभी पुलिस तुम्हें सब कुछ बता देगी। जब थानेदार यार मुहम्मद ने आंखें लाल कीं और सरकारी डंडा तुम्हें दिखाया, तो तुम्हारा झूठ-सच आप ही खुल जाएगा।"

हाली बड़बड़ाने लगा।

जगजीत कहने लगा, "हां, तो मैं कह रहा था कि मैंने उसकी टांग में टांग अड़ाकर उसे जो अड्डी-खोड़ा दिया तो धम से नीचे आ गिरा। वह पेट के बल गिरा था, उसी तरह पड़ा रहा। पहले तो मैंने सोचा कि बहाना करता है और मौका पाकर भाग जाना चाहता है। मैं उसके सिर पर खड़ा रहा कि वह उठे तो एक और पटखनी दूं। लेकिन वह न उठा। तब मैंने सिर के बालों से पकड़कर उसका चेहरा अपनी तरफ किया। यकीन मानिए, मोहनसिंह का चेहरा लाश की तरह सफेद था और उसकी आंखें बन्द थीं। और फिर मैंने देखा कि उसकी कमर और पीठ लहू से तर थीं। तब मैं चिल्लाने लगा और मैंने पुलिसवालों, चौकीदारों, पंडित सरूपकिशन और गांववालों को आवाज़ें दीं। फिर बहुत-से लोग दौड़े-दौड़े आए। असल में मोहनसिंह बेहोश हो गया था। लोग उसे थाने में ले गए और वहां से अब उसे हस्पताल में लाए हैं। और मैंने तो यह..."

एक आदमी, जो अभी-अभी जमघटे में दाखिल हुआ था, बोला, "मोहनसिंह की बात करते हो, क्या उसे फिर हस्पताल में लाए हैं ?"

"जी हां," जगजीत ने बताया।

"लेकिन यह...यह कत्ल हुआ कैसे ?"

"बात यह हुई," जगजीत कहने लगा, "रात कोई तीसरे पहर मेरी आंख खुल गई और मैंने अपने पड़ोसी के घर से शोर उठता सुना। हमारा घर पण्डित बसन्तकिशन और पण्डित सरूपकिशन के घर के पास है न...?"

श्याम टहलता-टहलता दूसरे जमघटे में जा मिला। यहां एक आदमी कह रहा था, "मैं ईमान की बात करता हूं। मैंने सुना है। कि बसन्तकिशन ने एक बार चन्द्रा को घाटी पर छेड़ा था और उसका सतीत्व भंग करने की कोशिश की थी।"

" यह झूठ है, एक ब्राह्मण ने कहा।

दूसरा बोला, "हो सकता है भई, हो सकता है भई ! हम सब बसन्तकिशन को अच्छी तरह जानते हैं। गांव का कौन ऐसा आदमी है जो उसके चाल-चलन से वाकिफ नहीं। परमात्मा उसे स्वर्ग में जगह दे ! मरनेवाले के खिलाफ कुछ न कहना चाहिए।"

"लेकिन ईमान की बात है," पहला आदमी फिर कहने लगा, ईमान की कहो—खुदा के आगे सबको जान देनी है।"

"तो इसमें क्या है ?" एक और आदमी बोला, "इस हरामज़ादी चन्द्रा का क्या है ? नीच जाति की आवारा औरत थी। अगर बसन्तकिशन ने उससे थोड़ा-बहुत मज़ाक कर भी लिया था, तो कौन ऐसी आफत आ गई थी ? वह महारानी थी क्या ? राजकुमारी थी ? आखिर क्या थी वह ? कल तक तो वह और उसकी मां टके-टके के लिए गांव में मारी-मारी फिरती थीं और आज बड़ी इज़्ज़तवाली बन गईं, ऊंह !"

एक और बोला, "लेकिन भई, वह थी तो एक राजपूत की प्रेमिका। राजपूत से लगकर खुद भी राजपूतनी हो गई।"

सब हंसने लगे।

श्याम को उनका हंसना बहुत बुरा लगा।

पहला आदमी कहने लगा, "मैं ईमान की बात कहता हूं। मैं किसीकी तरफदारी नहीं करूंगा। ईमान की सुनो तो बात यह है कि मोहनसिंह राजपूत है। बड़े कैंड़े का जवान है। वह अपनी बेइज़्ज़ती कैसे सह सकता था !"

"तो क्या आदमी इन ज़रा-ज़रा-सी बातों के लिए लोगों को कत्ल करता फिरे ? वाह, यह भी आपने खूब कही !"

एक और आदमी बोला, "सुना है उसने बसन्तकिशन की पसलियों में छुरा घोंप दिया। बस, उसी वक्त मर गया।"

"नहीं, मरा तो वह देर के बाद। बहुत देर तक खून बहता रहा। फिर उसकी लाश को यहां हस्पताल ले आए।"

"हत्यारा भी यहीं और बसन्तकिशन भी यहीं...क्या किस्मत है !"

"उसके खेल न्यारे हैं !"

"वाह सांइयां !"

"तेरी लीला अपरम्पार है !"

"वाहगुरु, वाहगुरु !"

एक आदमी बरामदे में से दौड़ता हुआ बगीचे में आया। सब लोगों की नज़रें उसपर जम गईं। उसने चिल्लाकर कहा, "बसन्तकिशन मरा नहीं।"

बगीचे में निस्तब्धता छा गई। सब लोग आश्चर्य से उसका मुंह ताकने लगे।

"बसंतकिशन मरा नहीं," उसने दोबारा चिल्लाकर कहा, "बह ज़िन्दा है।"

सन्नाटा, गहरा सन्नाटा...दूर, श्याम ने चील की चीख सुनी—दूर ऊपर आकाश में।

"वह ज़िन्दा है," उस आदमी ने कहा, "यकीन न हो तो डाक्टर से पूछ लो। वह मरा नहीं, बेहोश हो गया था। उसकी नब्ज़ें छूट गई थीं। घरवालों ने समझा कि वह मर गया है। चलकर डाक्टर से पूछ लो। उसकी नब्ज़ें लौट आई हैं।"

लोगों के चेहरों पर आशा के चिह्न नज़र आने लगे जैसे उन्हें उसकी बात पर विश्वास आने लगा हो।

दूसरे ही क्षण में सब लोग आपरेशन-रूम की ओर लपके। लेकिन पुलिसवालों ने उन्हें रोक दिया। पंडित सरूपकिशन उनकी ओर आ रहे थे। सबने हाथ जोड़कर उन्हें नमस्कार किया।

"पंडितजी...!" सब लोगों ने एकसाथ पूछा।

पंडितजी बोले, "हां, मेरा भाई ज़िन्दा है, अभी ज़िन्दा है।"

चारों तरफ से उन्हें बधाई मिलने लगी। पंडितजी हाथ जोड़कर खड़े हो गए।

आपरेशन-रूम में डाक्टर बसन्तकिशन की मरहम-पट्टी कर रहा था। सरकारी कमीशन ने उसकी नौकरी पुनः बहाल कर दी थी क्योंकि सारी तहसील में और कोई डाक्टर न था।

बसन्तकिशन अभी तक बेहोश था। उसकी नाक टेढ़ी और नीचे की ओर मुड़ी हुई मालूम होती थी। होंठ ढीले और लटके हुए थे। माथे पर लम्बे-लम्बे बाल बिखरे हुए थे और माथे के एक कोने में खुदा हुआ वह हरे रंग का 'ओं' बड़ा विचित्र-सा लग रहा था।

पूछने पर डाक्टर ने श्याम को बताया, "खून बहुत निकल चुका है और अभी तक पूरी तरह बन्द भी नहीं हुआ। मुझे इसके बचने की कोई उम्मीद नजर नहीं आती, फिर भी कोशिश करना हमारा काम है।"

"हां, ठीक कहते हैं आप.." और कुछ देर बाद श्याम ने फिर कहा, "और सुना है कि मोहनसिंह के घाव..."

"हां," डाक्टर ने कहा, "मोहनसिंह के घाव फिर खुल गए हैं। सारी मेहनत बेकार गई। बड़ा बेवकूफ निकला जाहिल !"

बाग के एक कोने में एक युक्लिप्टस के तने का सहारा लिए चन्द्रा बैठी थी।

"चन्द्रा !" श्याम ने धीरे से कहा और उसके सिर पर अपना हाथ रखा। "चन्द्रा !" उसने पुनः कहा।

चन्द्रा ने एक बार उसकी ओर देखा और फिर शून्य आकाश की ओर घूरने लगी। उसके पीले होंठ भिचे हुए थे, उसकी आंखें आंसुओं से खाली थीं। वह उसके मुख पर उस महान संकल्प की झलक को देख रहा था जिसकी उड़ान निराशा, मृत्यु और अत्याचार की सीमाओं से कहीं ऊंची होती है।

"चन्द्रा," श्याम ने उसके बालों में उंगलियां फेरते हुए कहा, "बसन्तकिशन मरा नहीं, वह ज़िन्दा है। उसकी नब्ज़ लौट आई है।"

कुछ क्षणों तक चन्द्रा चुपचाप एकटक ताकती रही। फिर धीरे-धीरे उसके मुख पर लाली आने लगी। भिचे हुए होंठों का तनाव कम हो गया और उसकी बड़ी-बड़ी टुकर-टुकर देखती हुई आंखों में आंसू उमड़ने लगे।

33

दूसरे दिन भी बसन्तकिशन न मरा। वह ज़िन्दा भी न हुआ, बल्कि ज़िन्दगी और मौत के बीच लटकता रहा—एक अविश्वसनीय, अनिश्चित दशा में। मोहनसिंह के घाव फिर बिगड़ गए थे और उनमें पीप भर आई थी। लेकिन अब चन्द्रा को उसकी देख-रेख करने की आज्ञा न दी गई थी। केबल हस्पताल के कर्मचारी ही उसकी मरहम-पट्टी और देखभाल कर सकते थे। मोहनसिंह के सम्बन्धियों को

भी उसके पास जाने की आशा न थी। बाहर भी पुलिस का पहरा था और भीतर भी। वह अब भी हथकड़ियों और बेड़ियों में जकड़ा हुआ था। यद्यपि हस्पताल में हथकड़ियां और बेड़ियां उतार दी जाती हैं, लेकिन अब डाक्टर भी ऐसी सलाह देते हुए घबराता था। मोहनसिंह ने अपना विश्वास खो दिया था। अब वह केवल एक रोगी ही नहीं था, एक भयानक अपराधी भी था—एक खूनी !

जब वह होश में आया तो पुलिसवालों ने उससे अनेकों प्रश्न किए। श्याम के पिता ने इलाके का मजिस्ट्रेट होने के कारण उसका बयान लिखने की कई बार कोशिश की, परन्तु उसने किसी प्रकार का बयान देने से बिल्कुल इन्कार कर दिया। न ही पुलिस के किसी प्रश्न का उत्तर देता था। बस चुप्पी साधे लेटा था। कभी-कभी कराहने लगता, क्योंकि घावों के खुल जाने से तकलीफ बहुत बढ़ गई थी, और अब चन्द्रा भी उसके पास न थी।

जब उसे बताया गया कि बसन्तकिशन मरा नहीं जीवित है, तब भी उसने कुछ न कहा, बल्कि उसका चेहरा लाश की तरह सफेद हो गया। फिर उसने आंखें बंद कर लीं और कोई न जान सका कि वह क्या सोच रहा है। पुलिस उसपर सख्ती भी न कर सकती थी। अपराधियों से अपराध स्वीकृत करानेवाला वह भयानक डंडा भी अब न बरता जा सकता था, क्योंकि मोहनसिंह की पीठ पहले ही घावों से छलनी थी और यदि सख्ती की जाती तो शायद वह मर जाता। वे उसे एक ही सजा दे सकते थे कि वे चन्द्रा को उसके पास न आने दें, और यह सज़ा उसे मिल रही थी।

कभी-कभी वह अपने मन के अंधियारे में किसीको रास्ता टटोलकर आगे बढ़ते हुए देखता और उसका श्वास रुकने लगता। उसकी उंगलियां किसी जाने-पहचाने नाजुक हाथ को छू लेतीं और फिर वह उस नरम-नाजुक गठरी को अपनी छाती से लिपटा लेता और उसके घावों में ठंडक पड़ जाती। वह उसके बालों से खेलने लगता और उसे नींद आने लगती। उसका श्वास ठीक से चलने लगता और वह उस गठरी को अपनी छाती से लिपटाए सो जाता...और फिर थोड़ी देर बाद, दस मिनट बाद या एक घंटे या दो घंटे बाद वह एकदम कांपकर जाग उठता और देखता कि उसकी छाती से वह नरम-

नाज़ूक गठरी नहीं लगी हुई, बल्कि उसके स्थान पर लोहे की जंजीरें, बरफ जैसी ठंडी, बोझिल जंजीरें होतीं और उसकी एड़ियों से कनपटियों तक अत्यन्त कष्टदायक दर्द का दौरा उठने लगता, जैसे कोई उसके घावों में गरम सलाखें चुभो रहा हो। चुभो रहा हो, बेरहमी से, ज़ोर-ज़ोर से घावों के अन्दर दूर तक, उसके हृदय तक, उसकी आत्मा के अन्तिम छोर तक—चुभोए जा रहा हो। और वह उस कष्टदायक पीड़ा को सहन न कर कराहने लगता और उसका जी चाहता कि चन्द्रा आ जाए, कहीं से आ जाए, बन्द दरवाजों को तोड़कर, पत्थर की दीवारों को चीरकर, कहीं से आ जाए। क्षण-भर के लिए ही आ जाए, ताकि वह उसके प्यारे मुख को देख ले। उसकी नाज़ुक उंगलियों के स्पर्श से आनन्दित हो सके। उसके चिर-परिचित बालों से खेल सके और वह एक नरमनाज़ुक गठरी बनी हुई उसकी छाती से लग जाए, उसके रिसते हुए घावों में ठंडक पड़ जाए...केवल एक क्षण के लिए...आह, केवल एक क्षण के लिए...

और वह अपने होंठों को ज़ोर से भींच लेता और धीरे-धीरे कराहने लगता और अजीब-से विचारों में डूब जाता...ऐसे विचारों में जिनमें कोई संतुलन नहीं होता—'नहीं, नहीं, मैं चन्द्रा से नहीं मिलूंगा। अभी नहीं, अभी नहीं। मैं सहन न कर सकूंगा...उसकी वेदनापूर्ण दृष्टि मेरे हृदय को चीर देगी...मैं...मैं अधीर होकर सब कुछ बक दूंगा। नहीं, नहीं...अभी नहीं...ओ मेरे परमेश्वर...अभी नहीं...मेरे राम... अभी नहीं...इस पीड़ा ने...'

और उसे कराहते देखकर पुलिस का सिपाही कह उठता, "मोहनसिंह, दर्द होता है, चन्द्रा को बुलाऊं?"

और फिर सब कहकहे लगाने लगते।।

यद्यपि चन्द्रा को मोहनसिंह से मिलने की आज्ञा न थी, फिर भी बह हस्पताल की चारदीवारी से बाहर न जाती थी। वह इस वार्ड के इर्द-गिर्द एक बेचैन पक्षी की तरह मंडराती रहती या फिर बगीचे के किसी कोने में बैठ जाती। घण्टों उसी तरह मौन और उदास बैठी रहती। धमकियों को उसपर कुछ असर न होता था। लोगों के समझाने पर भी वह कहीं जाने को तैयार न हुई। रात को वह हस्पताल के बरामदे में ही एक कम्बल ओढ़कर सो जाती। लोगों ने उसे सोते भी

बहुत कम देखा था। वह प्रायः बरामदे की दीवार से लगी घंटों बैठी रहती या दिन ही की तरह उस वार्ड के गिर्द चक्कर लगाती रहती, जिसमें उसका घायल प्रेमी पुलिस की हिरासत में था। उसकी हालत उस पक्षी की सी थी जिसके घोंसले पर किसी चील ने कब्जा कर लिया हो और वह चीखता हुआ मंडराता फिर रहा हो। चन्द्रा का चेहरा भी एक मौन चीख ही था—एक ऐसी करुण चीख जिसकी नीरवता हस्पताल के वातावरण में एक तीर की तरह सनसनाती मालूम होती थी।

कभी-कभी वह पूछ लेती, “कैसा हाल है उसका, अच्छा तो है न ?”

और सिपाही उत्तर देते, “बहुत अच्छा है, बहुत अच्छा है, तुम्हें हर वक्त याद करता है।”

और वे कहकहे लगाने लगते और चन्द्रा का मुख क्रोध से लाल अंगारा हो उठता। उसकी मुट्ठियां भिच जातीं और उस क्रोध की अवस्था से वह कांपने लगती। थोड़ी देर तक वह वहां निश्चेष्ट खड़ी रहती और फिर धीरे-धीरे वहां से चली जाती, अपने मन को समझाती हुई—‘घबराओ नहीं, मन, घबराओ नहीं, सब ठीक हो जाएगा...’

श्याम लगभग प्रतिदिन उससे मिलने जाता था। उसे धीरज देता और उसकी मां की आवश्यकताएं पूरी करता, क्योंकि इस घटना के बाद अब सारे गांव में, बल्कि सारे इलाके में उनका कोई हितैषी न रहा था। सभी व्यक्ति घृणा करते थे, उनकी परछाई से भी डरते थे। हां, एक और व्यक्ति भी उनसे सहानुभूति रखता था, और वह था हर समय गालियां बकनेवाला बामदेव। वह हर सम्भव रूप से उनकी सहायता करता। कभी-कभी चन्द्रा की सहेली नूरां भी आ जाती।

पांच-छः दिन बाद बसंतकिशन की हालत जरा संभली। एक तो यही बात आशापूर्ण थी कि वह इतने दिन मरा नहीं था। डाक्टर ने कहा, “अब कुछ उम्मीद बंध चली है। शायद बच जाए।”

“तो इसका मतलब यह हुआ कि बसन्तकिशन बच जाएगा...” चन्द्रा ने श्याम से पूछा।

“हां,” श्याम ने उत्तर दिया, “डाक्टर का ख्याल है, अब उसके बच जाने

की आशा है।"

"तो इसका मतलब यह हुआ कि अब मोहनसिंह को फांसी न होगी।"

"हां, अगर बसन्तकिशन बच गया तो उसे फांसी न होगी, शायद उम्रकैद की सज़ा हो, शायद इससे भी कम; जवान है और यह उसका पहला जुर्म है।"

"उम्रकैद की सज़ा कितनी होती है ?"

"चौदह साल।"

"मैं...मैं चौदह साल भी उसका इन्तज़ार कर सकती हूं। मैं जीवन-भर उसका इन्तज़ार करती रहूंगी।"

फिर बहुत देर तक दोनों चुप रहे।

एकाएक चन्द्रा ने कहा, "यदि वह यहां से भाग निकले ?"

श्याम उसका मुंह ताकने लगा। चन्द्रा का साहस, उसकी दिलेरी उसे हमेशा आश्चर्य में डाल देती थी।

"मेरा मतलब है," चन्द्रा उसे समझाने लगी, "जब वह अच्छा हो जाए। लेकिन अगर डाक्टर ने उसे स्वस्थ होने का सर्टिफिकेट न दिया हो, तो क्या इन दो-तीन दिनों में वह यहां से भाग नहीं सकता ? क्या ऐसा सम्भव हो सकता है ?" वह आशापूर्ण नेत्रों से श्याम की ओर देखने लगी।

"हां, ऐसा सम्भव हो सकता है, लेकिन..."

"लेकिन क्या ?"

"वह भागकर जाएगा कहां ?"

"कहीं दूर, दूसरे इलाके में, जहां हमें कोई न जानता हो—जहां हमें कोई न जानता हो। हम वहां जाकर फिर से अपना नया जीवन शुरू कर सकते हैं।" और चन्द्रा का मुख प्रकाशमान हो उठा।

"लेकिन यहां से भागना भी तो कठिन है। हर वक्त पुलिस का पहरा रहता है। और फिर वह अभी बहुत कमज़ोर है...उसके घाव..."

"वह अच्छा हो जाएगा न," चन्द्रा ने निश्चयपूर्ण स्वर में कहा, "भागना कोई इतना कठिन काम नहीं। मैं कोई रास्ता ढूंढ़ लूंगी। फिर हम कहीं दूर, किसी और इलाके में चले जाएंगे। कुछ दिनों तक भेस बदलकर छिपे रहेंगे। जब यह शोर-शराबा

रागात हो जाएगा, फिर हम नये सिरे से अपना नया जीवन शुरू कर सकते है।"

कुछ क्षण बाद वह फिर बोली, "एक काम...एक काम कर दो।" और उसने श्याम का बाज़ू पकड़ लिया।

"क्या ?"

"थानेदार सब कुछ कर सकता है। उसके ज़रा-से इशारे पर हमें भाग निकलने का मौका मिल सकता है।"

श्याम के चेहरे पर एक उदास, निराशा-भरी मुस्कराहट उभर आई। बोला, "यह कैसे हो सकता है ? कत्ल का केस है। वह यह काम क्यों करेगा ? बर्खास्त हो जाएगा।

चन्द्रा ने धीरे से कहा, "लेकिन मोहनसिंह तो हस्पताल से भागेगा, पुलिस की हवालात से तो नहीं। गारद की ज़रा-सी असावधानी से सारा काम बन सकता है। इस तरह थानेदार पर भी कोई आंच न आने पाएगी, क्यों ?"

श्याम ने कहा, "अच्छा, मैं कोशिश करूंगा।"

चन्द्रा कुछ इस तरह कहने लगी जैसे वह अपने-आपसे बातें कर रही हो, "यदि थानेदार ने भी माने तो भी यह काम हो सकता है। मोहनसिंह की दिलेरी, गारद की ज़रा-सी चूक...सिपाहियों को फुसलाया भी जा सकता है ...रिश्वत...?"

और श्याम देख रहा था कि उस औरत के दिल में किस तरह एक नया और अत्यन्त भयानक संकल्प जड़ पकड़ रहा था। वह दिल ही दिल में उसे सराहने लगा...काश ! वह भी इतना दिलेर होता ! इतने ही दृढ़ संकल्प का व्यक्ति होता ! काश ! वह भी वन्ती को उठाकर किसी गैर इलाके में भाग सकता ! वह क्यों यह सब कुछ नहीं कर सकता ?—वह सोचने लगा।

दूसरे दिन संध्या के समय जब वह और अलीजू सैर को निकले, तो रास्ते में उन्हें डाक्टर मिल गया। बड़ा खुश-खुश नज़र आ रहा था।

हाथ मिलाते हुए कहने लगा—"मुझे मुबारकबाद दीजिए। अफसरों ने सरकारी कमीशन को वापस बुला लिया है।"

अलीजू और श्याम यह सुनकर बहुत खुश हुए और उसे बधाई देने लगे।

"आपको कब पता चला ?" अलीजू ने पूछा। ऐसी बातों का प्रायः उसे सबसे पहले पता चल जाता था।

डाक्टर ने हंसते हुए कहा, "अभी थोड़ी देर हुई, तार आया था। मुझे कमीशन के एक मेम्बर ने बताया।"

"मुबारक, मुबारक," अलीजू ने पुनः कहा।

"आप लोगों की दुआ है..." डाक्टर ने कहा।

"कहिए !" अलीजू ने पूछा, "आपके मरीजों का क्या हाल है ?"

"मेरे ख्याल में...कुछ कह नहीं सकता...लेकिन ज्यों-ज्यों दिन गुजरते जाएंगे, बसन्तकिशन के बचने की उम्मीद बढ़ती जाएगी। अब यूं समझिए कि चालीस फीसदी उसके बचने की उम्मीद है।"

"और मोहनसिंह का क्या हाल है ?"

"ठीक हो रहा है। पहले से हालत अच्छी है, लेकिन कमज़ोर बहत है। किसीसे बातचीत नहीं करता। मेरे ख्याल में अगर चन्द्रा उसके पास होती तो..."

अलीज़ ने हंसकर कहा, "क्या आपका इरादा सरकारी कमीशन को दोबारा बुलवाने का है ?"

और वे तीनों हंसने लगे।

डाक्टर ने कहा, "लेकिन उस बेचारी को मोहनसिंह से मुलाकात का मौका तो देना चाहिए।"

अलीजू बोला, "डाक्टर साहब ! आप भी बिल्कुल बच्चों की सी बातें करते हैं। अजी, यह काम तो पुलिस का है। वह किसीसे मिलने दे, न मिलने दे। मैं और आप इस मामले में क्या कर सकते हैं ? अच्छा आप ही बताइए, वह उससे किस तरह मिल सकती है ? वह न उसकी रिश्तेदार है, न उसकी बीवी। कानून के अनुसार वह उससे मुलाकात की दरख्वास्त भी नहीं दे सकती।"

श्याम बोला, "सारी दुनिया जानती है कि वे एक तरह से मियांबीवी हैं। चन्द्रा मोहन से प्रेम करती है।"

अलीजू बोला, "कानून को प्रेम से क्या सरोकार ?"

डाक्टर हंसने लगा। फिर उसने उन दोनों से हाथ मिलाया, "माफ कीजिए ;

मुझे एक मरीज़ को देखने जाना है, वरना मैं आपके साथ घूमने चलता। "आदाब अर्ज।"

"आदाब अर्ज।"

कुछ देर तक दोनों चुपचाप चलते रहे। फिर अलीजू बोला, "क्या आपको मालूम है कि छाया ने अपने भाई के खिलाफ दावा दायर कर दिया है?"

"क्या?"

"यही कि रोशन की सरपरस्ती उसे मंजूर नहीं। उसे सरपरस्त न रहने दिया जाए। दूसरे यह कि वह वन्ती की शादी दुर्गादास से कर रहा है और यह शादी पांच सितम्बर को होने जा रही है। यह शादी छाया की मर्जी के खिलाफ हो रही है, और वह चाहती है कि शादी को रोक दिया जाए।"

"हूं!"

"उसने यह अर्जी तहसीलदार साहब की कचहरी में पेश की है। तहसीलदार साहब ने अर्जी लेने से पहले उसे बहुत समझाया-बुझाया, लेकिन वह न मानी।"

"तहसीलदार साहब ने?" श्याम के मुंह से निकला।

"हूं!"

"फिर?"

"तीन सितम्बर की पेशी है। रोशन को हाज़िर होने का हुक्म हुआ है। मेरे ख्याल में तहसीलदार साहब कोशिश करेंगे कि दोनों में समझौता हो जाए और यह घर का झगड़ा घर में ही रहे। मुझसे उन्होंने पूछा था। मैंने कहा—बड़ी नेक सलाह है।"

"आपका क्या ख्याल है इस बारे में?" अलीजू ने अर्थपूर्ण नज़रों से श्याम की ओर देखते हुए पूछा।

"नहीं—मैं पूरी तरह कुछ नहीं कह सकता," श्याम ने शुष्क स्वर में उत्तर दिया।

अलीजू चुप हो गया। कुछ देर बाद वह फिर बोला, "क्या आपको गालिब का यह शेर याद है जिसका दूसरा मिसरा है—

'गिरी थी जिस पे कल बिजली वह मेरा आशियां क्यों हो...' इसका पहला मिसरा क्या है, इस वक्त याद नहीं आ रहा।"

श्याम इस चोट को समझ गया। कहने लगा, "इसका पहला मिसरा है—

मुश्किलें इतनी पड़ीं मुझपर कि आसां हो गईं।"

अलीजू मुस्कराने लगा। यह असामी इतनी जल्दी काबू में आनेवाली नहीं—उसने सोचा।।

34

श्याम थानेदार के पास गया।

थानेदार बड़े ध्यान से उसकी बातें सुनता रहा।

बातों-बातों में जब श्याम ने अपना आशय प्रकट किया, तो वह मुस्कराया। फिर हंसने लगा।

"आप हंसते क्यों हैं?" श्याम ने तनिक क्रोध से कहा।

"यह बात आप कह रहे हैं, मुझे इसपर हंसी आ रही है।"

"क्यों ?"

"आप...आप-सा पढ़ा-लिखा, शरीफ, कानून को समझनेवाला आदमी यह बात कह रहा है।"

"इसमें हैरान होने की क्या बात है ? हां, मैंने ही आपसे यह बात कही है। क्या आपको यकीन नहीं आ रहा कि मैं ही, जो इस वक्त आपके सामने कुर्सी पर बैठा हूं, यह बात कह रहा हूं ?"

थानेदार ने धीरे से परन्तु धमकी के स्वर में कहा, "अगर आप तहसीलदार के लड़के न होते तो..."

"तो ?"

"तो मैं आपको हवालात में ठूंस देता।"

श्याम ने कहा, "थानेदार साहब ! ज़रा कान खोलकर सुनिए। मैं इस वक्त तहसीलदार के लड़के के रूप में आपसे बात नहीं कर रहा, बल्कि एक इन्सान की हैसियत से कर रहा हूं। क्या आप एक इंसान की इज़्ज़त और आबरू से वाकिफ नहीं हैं ? आपकी बातों से मालूम होता है कि आप वाकिफ नहीं हैं—और आप ही क्या, बहुत-से लोग इससे वाकिफ नहीं हैं। क्या आप जानते हैं कि प्रेम क्या होता है ? क्या होता है प्रेम ? मेरा ख्याल था कि शायद आप इससे

वाकिफ होंगे। मेरी आंखों के सामने वह तस्वीर आती है जब पहले दिन मैं इस वादी में आया था और सुबह उठते ही मैंने नदी का रुख किया था और कचहरी की घाटी उतरकर मैं रास्ता भूल गया था और खेतों की एक बाड़ के निकट जा निकला था। उस वक्त मैंने एक लड़की देखी थी जो बाड़ से अपने ढोर निकाल रही थी। अत्यन्त सुन्दर लड़की, जिसपर एक आदमी झुका हुआ था—बिलकुल आपका-सा कद था उसका और गर्दन पर एक घाव का निशान..."

श्याम चुप हो गया। थानेदार का रंग उड़ गया।

"ज़िन्दगी बड़ी अजीब चीज़ है थानेदार साहब। यह कानून, प्रेम से भी, जुल्म से भी बहुत अजीब और दिलचस्प है। आपका क्या ख्याल है इस बारे में ?" और श्याम ने तीखी नज़रों से उसकी ओर देखा।

थानेदार ने उससे नज़रें नहीं मिलाई। रुकते-रुकते बोला, "मैं...मैं इस वक्त कुछ अर्ज नहीं कर सकता—सोचूंगा इस बारे में।"

"अच्छा, तो मैं चलता हूँ," श्याम ने कुर्सी से उठते हुए कहा।

"आदाब अर्ज !"

"आदाब अर्ज !

श्याम ने चन्द्रा को यह सारा किस्सा सुनाते हुए कहा, "यह तुमने अच्छा नहीं किया। मेरे विचार में यह बड़ी भारी भूल थी। वह कभी नहीं मानेगा।"

चन्द्रा ने कहा, "मैं कहती हैं, इस वक्त भूलों पर सोचने का मौका नहीं, कोशिश करने का मौका है। मुझे पूरी आशा है वह मानेगा, अवश्य मानेगा। उसे मानना ही होगा। मैं नूरां को भेजूं गी। मैं स्वयं जाऊंगी। उसके पांव पड़ूंगी, गिड़गिड़ाऊंगी..." सहसा वह कहते-कहते रुक गई। शायद उसने श्याम के मुख पर निराशा के चिह्न देख लिए थे। भरे कण्ठ से बोली, "तुम यहां मेरी हिम्मत बांधने आते हो या मुझे निराश करने ?"

"चन्द्रा," श्याम ने धीरे से कहा, "मैंने तुम जैसी औरतें बहुत कम देखी हैं।"

35

थानेदार ने सोच-समझकर जो फैसला किया वह यह था कि उसने मोहनसिंह पर पहरा और भी सख्त कर दिया। गारद के सिपाहियों की संख्या दुगनी कर दी और उन्हें हिदायत की कि वे किसी हालत में भी चन्द्रा को मोहनसिंह से मिलने न दें। यदि वह चाहता तो चन्द्रा को हिरासत में भी ले सकता था, लेकिन इससे मामला बिगड़ जाने का भय था। उसे कुछ नूरां का भी डर था और कुछ श्याम का भी। उसने इसीमें भलाई जानी कि वह चन्द्रा को स्वतन्त्र रहने दे, लेकिन अन्दर ही अन्दर उसने कई सिपाहियों को उसकी कड़ी निगरानी के लिए नियत कर दिया।

सिपाही थानेदार की आज्ञा पाकर मोहनसिंह से और भी सख्ती से पेश आने लगे। पहले वे टट्टी-पेशाब आदि के लिए उसकी हथकड़ियां खोल देते थे, लेकिन अब उसे हर समय हथकड़ियां और बेड़ियां पहने रखने पर विवश कर दिया गया। मोहनसिंह सब कुछ चुपचाप सहन कर रहा था—उनके ताने, जो ताने न होकर खुली गालियां थीं, और उनका अनुचित व्यवहार। पहले-पहल मोहनसिंह को इसपर बहुत क्रोध आता था, लेकिन फिर धीरे-धीरे उसे अनुभव हुआ कि वह उन गालियों, उन तीरों को बड़ी आसानी से सहन कर सकता है। उसे ऐसा मालूम हुआ जैसे उसे उन बातों से कोई सम्बन्ध ही न हो।

आज पट्टी कराते समय उसे बहुत तकलीफ हुई। बहुत-सी पीप बही थी। डाक्टर के ख्याल में एक-दो घावों की हालत बहुत खतरनाक थी और उसे भय था कि कहीं उसमें गंगरीन न हो जाए। गंगरीन? गंगरीन न जाने क्या बला होती है। वह आज बहुत कमजोर था। पीड़ा की कष्टदायक लहरें सारे शरीर में दौड़ रही थीं—वह दर्द से कराहने लगा।

एक सिपाही ने कहा, "सुनते हो, बेटा किसी गैर इलाके में भाग जाना चाहते हैं।"

दूसरा बोला, "बाहर इसकी प्रेमिका चन्द्रा भागने का इन्तज़ाम कर रही है। पट्ठा विलायत जाएगा, साहब लोग बनकर।"

सब सिपाही कहकहा लगाकर हंसने लगे।

कौन भाग रहा है? मोहनसिंह सोचने लगा। क्या चन्द्रा उसके भागने का प्रबन्ध कर रही है? उसके शरीर में एक नई लहर दौड़ने लगी। हां, वह भाग रहा था। वह अच्छा हो गया था और चन्द्रा को लेकर किसी गैर इलाके की ओर भाग रहा था। यह तो बहुत अच्छी बात थी। कब वह इस ज़ालिम देश को छोड़ जाएगा और किसी ऐसे देश में चला जाएगा जहां लोग उनसे केवल इसलिए घृणा नहीं करेंगे कि चन्द्रा एक नीच घराने की लड़की है। कौन कहता है, कौन कहता है! बसंतकिशन ने चन्द्रा को नीच समझा था...हां, लेकिन वह...उफ, यह दर्द...मेरे परमेश्वर...यह दर्द कब दूर होगा? यह पीप कब बन्द होगी? उसे अनुभव हुआ जैसे उसके शरीर में लाखों छोटे-छोटे कीड़े रेंग रहे हों—लाखों छोटे-छोटे कीड़े जो सुई की तरह डंक चलाते थे, शरीर के हर अंग में। उनका डंक दिल तक चुभता था, दिमाग तक। खोपड़ी के अंदर सुइयां-सी चुभ रही थीं।

उसका श्वास ज़ोर-ज़ोर से चलने लगा। किसी अज्ञात भय से उसके पट्टों में खिंचाव आने लगा। इस समय चन्द्रा क्यों नहीं आ जाती? वह अभी तक क्यों नहीं आई? वह तो कुछ नहीं चाहता। केवल उसकी उंगलियों को अपने बालों से उलझाते देखना चाहता है। वह उसकी गरम सांस को अपने माथे पर महसूस करना चाहता है। उफ, यह आग की सलाखें, यह आग की जिह्वाएं क्यों उसके शरीर में खुबी जा रही हैं? चन्द्रा कहां है? वह क्यों नहीं आती? वह क्यों उसके हाथ-पांव नहीं दबाती। यह मेरे हाथ-पांव को क्या हो गया है? क्या यह गंगरीन है? गंगरीन क्या होता है? यह डाक्टर भी कैसी बातें करता है!

उसके कानों में कहकहों की आवाजें उतरने लगीं। ये कौन हंस रहे थे? सिपाही थे।...उसकी बन्दूक कहां थी? उसने अपनी दुनाली बन्दूक कहां छोड़ दी थी? रास्ते में झाड़ियां थीं...सूअरनी तेज़ी से उसकी तरफ भागी आ रही थी। वह अब भी उसके बच्चों को भय से झाड़ी में छिपते देख सकता था।... यह औंधे मुंह कौन पड़ा है जिसकी पीठ घावों से छलनी है? उठ जवान! हिम्मत से काम ले! उठ जवान! हिम्मत से काम ले! दरवाज़ा खुला है। दरवाजा खुला है। और वह अभी तक नहीं आई। क्या उसे मालूम नहीं कि

फिर वे कभी न भाग सकेंगे ? आज दरवाजा खुला है और सिपाही कहकहे लगा रहे हैं। हंसी की एक सफेद-सी दीवार बन गई है। सिपाहियों के कहकहे कारतूस के छरों की तरह हवा में बिखर रहे हैं। वे इन कारतूस के छरों की धुन्ध के कारण हंसी की दीवार के आगे कुछ नहीं देख सकते। काश ! वह अब भी आ जाती !...वह करवट बदलना चाहता है।

वह करवट बदलना चाहता है। चन्द्रा के मज़बूत परन्तु कोमल हाथ अपनी छाती के गिर्द लिपटे हुए महसूस करना चाहता है। आह, उसके खुले घावों में ठण्डक पड़ गई थी। यह उसीका हाथ था ? ये बड़ी-बड़ी आंखें जो उसे झुककर देख रही हैं ? ये बड़ी-बड़ी आंसू-भरी आंखें। मेरी नन्ही-मुन्नी, भोली चन्द्रा, तू क्यों रो रही है ? मैं अच्छा हो जाऊंगा और फिर हम इसी खुले दरवाजे से भाग निकलेंगे और किसी अन्य देश में जा बसेंगे, जहां हमें कोई तंग करनेवाला न होगा, और चन्द्रा, तू मेरी दुल्हन बनेगी !

चन्द्रा दुल्हन बन गई थी। मोतिया के गजरे पहने, चमेली और संघदराज के फूलों को अपने केशों में गुंथे और विवाह का लाल दुपट्टा ओढ़े उसकी ओर बढ़ रही थी। दरवाज़ा खुला था और वह भीतर आ गई थी। वह उस लाल दुपट्टे के भीतर उसकी चंचल, उल्लासपूर्ण आंखें देख सकता था। उसके अधरों पर वही मुस्कान थी। चन्द्रा, तु अब तक कहां थी ? मेरी चन्द्रा ! मैं राजपूत हूं, अपने वचन का सच्चा...वह लाल दुपट्टा उसके मुख पर आ गिरा था। उसकी दुल्हन उसके हृदय से चिपट गई थी। घावों में ठण्डक पड़ गई थी। हथकड़ियां फूलों के गजरे और बेड़ियां पायल ! वह उन पायलों की झंकार सुन रहा था, उन फूलों की सुगन्धि सूंघ रहा था।

लेकिन यह लाल दुपट्टे-सा मेरे मुख पर कैसा पड़ा है ? इसे परे हटा दे, चन्द्रा ! इसे मुंह पर से हटा दे। इसके होते हुए मैं तेरे मुखड़े को अच्छी तरह नहीं देख सकता। मेरी प्यारी, यह लाली-सी कैसी है ? चारों ओर लाली। लाली ही लाली। "चन्द्रा ! चन्द्रा !"

सिपाही कमरे के कोने में बैठे ताश खेल रहे थे। एकाएक उन्होंने मोहनसिंह को ज़ोर-ज़ोर से 'चन्द्रा, चन्द्रा' पुकारते सुना। वे उठकर उसकी चारपाई की ओर

लगके। लेकिन मोहनसिंह मर चुका था। उसका शरीर बरफ की तरह ठण्डा और अकड़ा हुआ था।

लालटेन के मद्धम प्रकाश में वे अपने कैदी की ओर आश्चर्य से देखने लगे, जो हथकड़ियों और बेड़ियों के बावजूद उन्हें चकमा देकर फरार हो गया था। वह औंधे मुंह अपने बिस्तर पर पड़ा था। हथकड़ियों को उसने अपनी छाती से लगा रखा था। दोनों हाथों से दबाकर, मोतियों के गजरों की तरह...

उन्होंने लालटेन परे रख दी और एक-दूसरे का मुंह ताकने लगे। सारे कमरे में एक विचित्र प्रकार की बोझिल, शोकजनक उदासी छाने लगी और उनके चेहरों पर किसी अज्ञात भय का प्रतिबिम्ब झलकने लगा।

दरवाजा खुला था, लेकिन दुल्हन न आई थी। वह उसी वार्ड की दीवार के दूसरी ओर कम्बल लपेटे दीवार से लगी बैठी थी। दोनों में केवल एक दीवार ही तो रोक थी। दरवाजा भी खुला था, लेकिन वह फिर भी न आई थी। वह उसके इतने निकट बैठी थी, दीवार के दूसरी ओर, लेकिन उसने उसकी आवाज़ तक न सुनी थी। उसने लाल दुपट्टे के स्थान पर एक फटा-पुराना कम्बल ओढ़ रखा था और उसे कुछ ज्ञान न था कि इसी दीवार के दूसरी ओर उसका प्रेमी उसे पुकार रहा है, अपने तन, मन और आत्मा की सम्पूर्ण शक्ति से उसे बुला रहा है, और दरवाज़ा खुला है।

दरवाज़ा खुला है और मोहनसिंह मर गया है। लेकिन कुछ भी तो नहीं हुआ। मोहनसिंह मर गया है और सारा संसार उसी तरह जीवित है, और कोई नहीं जानता कि इस संसार में क्या घटना हुई है। मोहनसिंह मर गया है, और कोई रोता नहीं। सिपाही भी मौन हैं, और लालटेन भी जल रही है, और चन्द्रा दीवार की दूसरी ओर एक पुराना कम्बल ओढ़े शून्य दृष्टि से घूर रही है।

दरवाज़ा खुला है, और रहती दुनिया तक खुला रहेगा, और वह रहती दुनिया तक न आएगी, क्योंकि वह दीवार के दूसरी ओर है...।

36

कालेज की छुट्टियां समाप्त हो चुकी थीं और अब वह वापस लाहौर जा रहा था। वही गुलाम हुसैन उसके साथ था। वही मार्ग था, वही खच्चर। हां, समय वह न था, आशाएं वह न थीं। वह स्वयं वह न था जब आज से तीन मास पूर्व इस वादी में आया था। भावुक और आशायुक्त, एम० ए० का विद्यार्थी, जो जीवन को यौवन की आशावादी ऐनक से देखने का आदी था। उसके जीवन के कण-कण में और उसके शरीर की नस-नस में एक कट निराशा का लावा रच गया था। जिसने उसके होंठों की मुस्कान कड़वी कर दी थी और उसकी आंखों की चमक गंदली। वह खच्चर की पीठ पर बैठे-बैठे वादी के बदलते हुए दृश्य देखता रहा और गुलाम हुसैन की बातें सुनता रहा। उन बातों का कोई अर्थ न था और वह एक निरर्थक-सी गूंज बनकर उसके मस्तिष्क के किसी परदे से टकरा रही थीं। प्रत्येक वस्तु एक कटुतम गुबार में लिपटी हुई थी। वह यह न समझ सका कि आज इस वादी से सौन्दर्य क्यों कन्नी काट रहा है। सहसा उसकी आंखों के सामने उसके कालेज का कैम्पस घूम गया, जिसके मध्य में पीपल का एक पेड़ था और बैंच पर बैठी हुई इस्टिला। इस्टिला के गुलाबी कपोल, जिनपर कोटी के पाउडर का भ्रम होता था। इस्टिला की हर समय चमकती हुई मुस्कान, जैसे किसीने उस मुस्कान पर ताज़ाताज़ा पालिश किया हो। वह मुस्कान हर समय पालिश किए हुए बूट की तरह क्यों चमकती थी ? उस मुस्कान में क्यों कोई गहराई न थी ?—वह इस्टिला को देखकर मुस्करा रहा था, 'हैलो, हैलो !' उसने अपनी उंगली से उसके कपोलों को छू लिया। यह प्रेम कितना छिछला, कितना तुच्छ था, 'तुमने मेरे पत्र का उत्तर नहीं दिया... वह यों हुआ...ओ माई डार्लिंग...आज मैट्रो में डांस है न ! ओ-के।' यह झूठा जीवन, यह झूठा प्रेम—एक निरन्तर झूठ ! ऐ भगवान ! क्या झूठ का यह क्रम कभी समाप्त न होगा ? क्या उसका सारा जीवन इसी झूठे और बनावटी मार्ग पर चलता रहेगा ? एकाएक एक पक्षी नाशपाती के एक पेड़ पर से उड़ा और एक और पक्षी अपने पंख फैलाए हुए उससे आ मिला और वे दोनों साथ-साथ आकाश में तैरने लगे और वह आश्चर्य से उनकी ओर देखने लगा। उसे ख्याल

आया कि ऐसा कभी नहीं हो सकता। ये दोनों पक्षी इस खूबसूरती के साथ हवा में नृत्य नहीं कर सकते, कभी नहीं कर सकते। अभी कोई न कोई दुर्घटना अवश्य होगी और इनकी इस क्षणिक प्रसन्नता का महल ढह पड़ेगा–लेकिन कुछ भी तो न हुआ और वे दोनों पक्षी आकाश में अठखेलियां करते आंखों से ओझल हो गए। उसके होंठ जोर से अन्दर की ओर भिंच गए और कोई उसके हृदय के वीराने में चिल्ला-चिल्लाकर कहने लगा, 'ऐ विश्व के ढोंगी भगवान ! अपने अत्याचारों का अंधियारा आवरण इस संसार के ओर-छोर पर से हटा ले। प्रकाश की कांपती हुई अन्तिम किरण को तो मनुष्य के हृदय को छू लेने दे ताकि वह जाग उठे और अंधकारमय पिंजरे की सलाखों को टुकड़े-टुकड़े कर दे ताकि एक स्वतंत्र पक्षी की तरह श्वास ले सके।' पक्षियों का वह जोड़ा अब आकाश में गुम हो गया था और वादी की परी किसी प्राचीन कथा की सौ वर्षीय निद्रा में खो गई थी और वादी के खेतों में जंगल उग रहे थे और उसकी सारी हरियाली कंटीले झाड़ में परिवर्तित होती जा रही थी और वंती एक पुराने दुर्ग में गिरफ्तार, इस कंटीले झाड़ की गहराइयों में गुम, सौ वर्षीय निद्रा में खोई हुई थी। और वह स्वयं उस वादी का अन्तिम तुच्छ कीड़ा था, जिसने अपनी रेंगती हुई कल्पना में मानव-समाज के दानव जादूगर को—सौन्दर्य, जीवन और प्रसन्नता को विष पिलाते देखा था। सौन्दर्य इस सौ वर्षीय निद्रा से कब जागेगा ? जीवन विष के इस सूखे चश्मे से कब फूटेगा ? और प्रसन्नता किस प्रकार इन कांटों की लपेट से बचकर आकाश तक फैलेगी ? ये प्रश्न एक चीख बनकर उसके अंतस्तल के वीरानों और खण्डहरों में गूंजने लगे। और उसकी मार्मिक वेदना से बेचैन हो उसकी कनपटियों की रगें फटने लगीं। मार्ग पर अब पतझड़ की ऋतु अपना विषैला श्वास उगल रही थी। वृक्षों पर से पत्ते झड़ रहे थे। हर जगह घास काटी जा रही थी और धरती उस भेड़ की तरह ठिठुरती हुई मालूम होती थी जिसकी सारी ऊन गड़रिये ने काट ली हो। शफतालू के एक टुट-मुंड वृक्ष को देखकर एकाएक उसकी आंखों में आंसू भर आए और उसकी नज़रों में एक धुन्ध-सी फैलने लगी और उस धुन्ध की झिलमिल में पिछले दो सप्ताहों की घटनाएं उभरने लगीं...

बसन्तकिशन अब स्वस्थ हो चुका था। चन्द्रा का कोई पता न चलता था। वह उसी रात कहीं गायब हो गई थी और कई लोगों का ख्याल था कि उसने आत्महत्या कर ली थी। वंती का विवाह निकट आता जा रहा था और श्याम हर समय अपनी जिह्वा पर राख का सा स्वाद अनुभव करता था, जैसे किसी असाधारण घटना ने जीवन की समस्त प्रसन्नताओं को जलाकर राख कर दिया हो। वह राख केवल उसकी जिह्वा पर ही नहीं उसकी दृष्टि में भी थी। अब उसे हर चीज़ बदलती हुई नज़र आती थी। वादी में खिली हुई चांदनी को देखकर उसे ऐसा लगता मानो किसीने वादी के नंगे शरीर पर भभूत मल दी हो। बुलबुल के मधुर स्वर को भी किसीने जलाकर राख कर दिया हो। और पक्षियों का मधुर कलरव उसके कानों पर राख की वर्षा का सा असर करता। विचित्र अनुभव था। उसे हर चीज़ में राख का मज़ा आने लगा। कड़वा, कसैला, चुरचुरा, खट्टा-खट्टा-सा स्वाद। जैसे किसीने उसके मुंह में, उसकी आंखों में, उसके कानों में, उसके लहू में, उसके मन में, उसकी आत्मा के कण-कण में यह राख झोंक दी थी और अब वह उस राख के अतिरिक्त और कुछ न चख सकता था, न सुन सकता था, न देख सकता था, न महसूस कर सकता था। चारों ओर राख ही राख थी और वह किसी गन्दे बर्तन की तरह उसमें अंटा हुआ था।

इस अनुभव ने उसपर एक विचित्र प्रकार का शैथिल्य लाद दिया था। कई दिनों से न वह बाहर निकला था, न किसीसे मिला था। प्रायः बिस्तर पर लेटे-लेटे दिन गुज़ार देता या कभी उठकर बाग में चला जाता और आड़-ओं के झुण्ड में बैठकर वह पुस्तक घुटनों पर रखे किसी सोच में डूबा रहता। विचारों के तूफान उमड़ते चले आते और उसकी आत्मा के तट की रेत पर फैल जाते। इनके बाद विचार-शून्यता के लम्बे-लम्बे क्षण आते, जब लहरें उस रेत से पीछे हटते-हटते गुम हो जातीं और वह अपने सामने उस तट की रेत को चमकते देखता और देर तक देखता रहता—विचारहीन-सा विरक्त अवस्था में, और कुछ न समझ सकता कि यह रेत क्यों चमकती है और लहरों के पदचिह्न उसपर क्यों मौजूद नहीं रहते ? और वह तूफान जिसका अब उसे

केवल एक किनारा नजर आ रहा है, क्यों शांत है ? उसे ऐसा अनुभव होता जैसे किसीने उस तूफान को हथकड़ियां और बेड़ियां पहनाकर बन्दीगृह में डाल दिया है। लेकिन इस विचार के आते ही जैसे वह तूफान पुनः उमड़ने लगता। उसकी लहरें आगे बढ़ने लगतीं और चमकती हुई रेत पर छा जातीं। लेकिन अब उसे ऐसा मालूम होता मानो उस तूफान से उसका कोई सम्बन्ध नहीं। वह एक दर्शक है जो एक ऊंचे टीले पर बैठा दृश्य देख रहा है। जैसे वह उसकी आत्मा का तट नहीं है। जैसे यह तूफान उसके विचारों का वह अनन्त प्रवाह नहीं। जैसे यह चमकती हुई रेत उसकी आत्मा के तट की रेत नहीं। वह तो घटनाओं के बहाव से बिल्कुल अलग-अलग आडुओं के झुण्ड में पुस्तक अपने घुटनों पर रखे बैठा है और सोच रहा है—वह क्या सोच रहा है ? और वह सोचने लगता कि वह क्या सोच रहा है ? लेकिन उसके विचार किसी एक चीज़ पर न जम पाते और वह उस सोच की अंधियारी काई पर से फिसलता हुआ एक अंधकारमय गहराई में लुढ़क जाता और उसे कुछ ज्ञात न होता कि वह कहां है; क्या कर रहा है; क्या सोच रहा है ; इन बातों का उसके जीवन के साथ क्या सम्बन्ध है; वह जीवित है अथवा मृत।

इसी विचार-शैथिल्य और जीवन तथा मृत्यु के मध्य उसने कई दिन गुज़ार दिए। वे दिन—जब जीवन राख था, पेड़ों पर आड़ू इस तरह स्थिर खड़े थे मानो किसीने उन्हें मिट्टी से बनाकर वृक्षों पर लटका दिया था...। मिट्टी और राख... और उसका जी चाहा कि वह उठकर सारे विश्व को बुरी तरह झंझोड़ डाले—जागो, जागो, हिलो, क्रियाशील हो जाओ, हृदय की समस्त विकलताओं के साथ उठो ! और उसे अलिफ-लैला की वह कहानी स्मरण हो उठी जब कोई राजकुमार अपनी प्रेमिका परी की खोज में घूमता-घूमता एक स्थान पर आकर पत्थर हो गया था, एक पत्थर की मूर्ति में परिवर्तित हो गया था, और हज़ार कोशिश करने पर भी हिलडुल न सकता था। स्वयं उसकी भी यही अवस्था थी। उसे अनुभव हुआ कि वह मान्दर के किनारे नदी की एक ऊंची चट्टान पर पत्थर हो गया है। एक पत्थर की मूर्ति बनकर सारी वादी को देख रहा है। इस विचार-शैथिल्य, जीवन तथा मृत्यु के मध्य की अवस्था में वह मिट्टी के आड़

की तरह लटक रहा है, जिसे कोई हिला नहीं सकता, कोई झंझोड़ नहीं सकता—शताब्दियों तक। यहां तक कि वन्ती का विवाह हो गया है। जीवन मर गया है। मृत्यु मर गई है। वादी जलकर राख हो गई है। नदी का पानी सूख गया है और वह उसके सूखे, तपते हुए, नीले-नीले पत्थरों के ऊपर एक चट्टान पर पत्थर की मूर्ति बन उस दृश्य को शताब्दियों से ताक रहा है। वह उस दृश्य को नहीं ताकना चाहता, वह आंखें झपकाना चाहता है, लेकिन नहीं झपका सकता, क्योंकि उसकी आंखें भी उबलकर पत्थर बन चुकी हैं।

चारों ओर निस्तब्धता थी और शून्य का साम्राज्य। उसे अनुभव हुआ जैसे वह स्वयं उस शून्य का, उस निस्तब्धता का एक भाग हो जो सारे विश्व को अपने घेरे में लिए हुए हो। निस्तब्धता–जो न सोचती है, न समझती है, न अनुभव करती है और न क्रियाशील होती है। जो है और होकर भी नहीं है, जिसमें विचारों की कोई दिशा नहीं होती और वे आवारा पक्षियों की तरह जिधर चाहें उड़े चले जाते हैं। अनुभूतियों की कोई पहुंच नहीं होती और वे तालाब की लहरों की तरह, जिन्हें किसी छोटे-से कंकड़ ने गतिशील कर दिया हो, चारों ओर घूमती हुई, चक्कर बनाती हुई क्षितिज तक बढ़ी चली जाती हैं। खाना-पीना, सोना, पढ़ना-लिखना, जीवन के समस्त कार्य निर्मूल तथा व्यर्थ से प्रतीत होते हैं, क्योंकि निस्तब्धता का कोई रूप नहीं होता, कोई रंग नहीं होता। वह न मृत्यु है न जीवन, न विकल है न शान्त। वह है, और होकर भी नहीं है।

दिन व्यतीत होते चले गए परन्तु समय स्थिर रहा...और श्याम उसी राख के शून्य वातावरण में पत्थर की मूर्ति बना हुआ जीवन और मृत्यु के बीच लटकता रहा।

और फिर छाया ने बताया कि तहसीलदार साहब ने उसका मुकदमा खारिज कर दिया है।

"क्या हुआ ?" उसने उसी अस्तव्यस्तता में पूछा। छाया आश्चर्य से उसका मुंह ताकने लगी।

"बस मुकदमा खारिज कर दिया। कहा, कोई कारण नज़र नहीं आता, रोशन को क्यों उसकी सरपरस्ती से हटाया जाए ? बात यह हुई कि रोशन कचहरी

में साफ झूठ कह गया कि वह वन्ती का ब्याह दुर्गादास से करना चाहता है। उसने कहा कि अभी उसका ऐसा कोई इरादा नहीं।"

"फिर ?"

"मुकदमा खारिज हो गया। लेकिन मैं जानती हूं कि रोशन के दिल में क्या है। वह चुपके से वन्ती का ब्याह कर देगा।"

"फिर ?"

"परमात्मा के लिए कुछ करो।"

"हूं !"

"श्याम, क्या तुम्हें उसका कुछ विचार नहीं ?"

"हूं !"

"श्याम, तुम अपने पिता से कहो। वे अब भी इस ब्याह को रोक सकते हैं।"

"हूं ! अच्छा, मैं आज उनसे कहूंगा।"

"तुम कहो या न कहो, मैं यह ब्याह कभी न होने देंगी।" छाया ने क्रोधपूर्वक कहा और जल्दी से वहां से चली गई।

यह क्रोध क्यों ? ये लोग इतने शीघ्र क्रोध में क्यों आ जाते हैं ? छाया इतनी तेजी से क्यों चली जा रही है ? इतनी विकलता क्यों ? यहां इस चट्टान पर पत्थर की मूर्ति बनकर बैठना कितना सुखकर है...परमात्मा के लिए कुछ करो। परमात्मा के लिए...जो व्यक्ति अपने लिए कुछ नहीं कर सकता, वह परमात्मा के लिए क्या करेगा, भोली छाया ! हूँ ! मैं आज ही उनसे कहूंगा।' क्या कहूंगा ? किससे कहूंगा ? पत्थर की एक मूति राख के एक ढेर से क्या कह सकती है ? लेकिन फिर भी कुछ न कुछ तो कहना ही चाहिए। क्या कहना चाहिए ? हां, कुछ न कुछ तो कहना ही चाहिए...'पिताजी, मैं वन्ती से ब्याह करना चाहता हूं।' हश् ! नालायक ! 'पिताजी, मैं चाहता हूं कि वन्ती का ब्याह दुर्गादास से न हो। वह दुर्गादारा की नहीं, सरूपकिशन की पत्नी बनेगी।' मैं इस मामले में क्या कर सकता हूं ? 'पिताजी, यह मामला मेरा है।' मैं तुम्हारा मामला तुमसे बेहतर समझता हूं...तहसीलदार साहब ने किवाड़ बन्द कर दिए और अपने शयनागार में चले गए और श्याम चिल्लाया—'पिताजी, सुनिए तो। पिताजी, सुनिए तो।

पिताजी...' और वह किवाड़ खटखटाता रहा, लेकिन भीतर से कोई उत्तर न मिला। ठीक ही तो है, उसने सोचा, राख का एक ढेर पत्थर की एक मूर्ति को क्या उत्तर दे सकता है?

और उसके दो दिन बाद वन्ती का विवाह हो गया। वन्ती का विवाह हुआ और सारा गांव वहां मौजूद था। वन्ती का विवाह हुआ और तहसीलदार साहब और उनकी पत्नी वहां मौजूद थीं। वन्ती का विवाह हुआ और घायल बसन्तकिशन वेदी के किनारे चारपाई पर लेटा मुस्करा रहा था और अजंता के चित्र-सा तृषित नेत्रों से अपनी बहू की ओर बार-बार झांक रहा था, जिसका मुख बरफ की तरह सफेद था और जो अब स्वयं बरफ की एक मूर्ति बनकर रह गई थी... और दुर्गादास का घिसटता हुआ भूत बरफ की उस मूर्ति को अपने पल्लू से बांधे वेदी के चारों ओर घूम रहा था।...सौन्दर्य और पशु...फैक्सटीन और निष्पाप सरलता। क्योंकि वन्ती वन्ती नहीं थी, वह लाजवंती थी। वह छुईमुई थी जो हाथ लगाने से बंद हो जाती है और बोल नहीं सकती, जो अपनी आत्मा के अंदर ही अंदर घूट जाती है और बोल नहीं सकती। वन्ती प्रकाश की प्रतिमा थी, लेकिन जब पण्डित ने उसका हाथ दुर्गादास के हाथ में दिया था तो प्रकाश की वह प्रतिमा उस क्षण बर्फ की शिला में परिवर्तित हो गई थी। वह चीखना-चिल्लाना चाहती थी, लेकिन उसकी आवाज़ भी जम गई थी। काश, वह बरफ की मूर्ति बोल सकती! काश, वह पत्थर का बुत क्रियाशील हो सकता! काश! काश! राख! राख...

वन्ती का विवाह हुआ और छाया वहां मौजूद न थी। कहते हैं, रोशन ने उसे एक कमरे में बन्द कर दिया था। छाया सारा दिन और रात उसी कमरे के अन्धकार में एक चमगादड़ की तरह चक्कर लगाती रही, चिल्लाती रही और दोनों हाथों से अपनी छाती कूटती रही, लेकिन उसे उस तरह एक चमगादड़ की तरह व्याकुल, चक्कर लगाते किसीने न देखा। उसका चीत्कार किसीने न सुना। उसकी छाती की धमक मिट्टी की उन दीवारों से बाहर न जा सकी, क्योंकि सारा गांव वंती के विवाह में सम्मिलित था। मिट्टी की दीवारें सब कुछ जानती हैं लेकिन कुछ नहीं कर सकतीं। वे कैद कर सकती हैं लेकिन रास्ता नहीं दे

सकतीं। वे पनाह दे सकती हैं लेकिन आज़ादी नहीं। छाया कैद में थी और वन्ती का विवाह हो रहा था।

वंती का विवाह हो रहा था और तहसीलदार साहब ने मुकदमा खारिज कर दिया था। माता-पिता ने अपने प्रिय पुत्र को अपना जीवन नष्ट करने से बचा लिया था। समाज ने एक और व्यक्ति को अपनी सुरक्षित चारदीवारी से बाहर भटकने से रोक लिया था...तहसीलदार साहब मुस्करा रहे थे, उनकी पत्नी मुस्करा रही थी, रोशन मुस्करा रहा था, सरूपकिशन मुस्करा रहा था और उसकी पत्नी मौका पाकर घर से निकल आई थी और मक्की के खेत में एक गूजर की गोद में बैठी मुस्करा रही थी—यों कहिए, सारा समाज प्रसन्न था। धन्य हैं ऐसे विवाह जिनसे सारे समाज में प्रसन्नता की लहर दौड़ जाती है। यहां तक कि खेत के पौधे भी प्रसन्नता से झूमने लगते हैं।

वंती का विवाह हो रहा था और चांद राख का ढेर बना हुआ था। आकाश पर सितारे राख के सफेद कणों की तरह बिखरे हुए थे और धरती, आकाश राख से सने हुए आंगन की भांति नज़र आते थे। अखरोट के एक छोटे-से वृक्ष के सहारे पत्थर का एक बुत खड़ा था। उसके पांव में दूर तक मक्की के खेत थे और सरूपकिशन का घर जिसकी छत से धुआं उठ रहा था और हल्का-हल्का, मद्धम-मद्धम-सा शोर और कहकहे और गीतों के थर्राते हुए स्वर। और उस घर से परे एक ढलवान और बाज़ार, और बाजार का तल्ला और रोड़ी नाला, फिर दूर तक फैले खेत और उनसे परे पूर्वी पर्वत-श्रृंखलाएं—और उन सबके ऊपर चांदनी की राख का गुबार।

एकाएक सारी वादी में शहनाई के चीखते हुए स्वर गूंजने लगे... गंज ऊंची होने लगी...ऊंची और ऊंची। यहां तक कि धरती और आकाश उस गूंज से परिपूर्ण हो गए। स्वर थर्रा रहा था, कांप रहा था। ऊंचा...और ऊंचा। उसका चीत्कार किसी मनुष्य के चीत्कार के समान था। ऊंचा...और ऊंचा। जैसे वंती की आत्मा पिघल गई थी और अब इन ऊंचे स्वरों में इस वादी में निर्दयी भगवान के आगे सिर झुकाए चीख-चिल्ला रही थी, तड़प रही थी। यह प्रसन्नता का गीत न था, किसी घायल पक्षी की उड़ान थी, अन्तिम उड़ान। गोली लग

चुकी थी और वह अपने पंख फड़फड़ाता हुआ, वायु में चक्कर काटता हुआ, चीत्कार करता हुआ मृत्यु के मुंह में जा रहा था। बुलबुल का विषाद-भरा स्वर... मृत्यु...शादी की शहनाई...मृत्यु...बुलबुल का विषाद-भरा स्वर::मृत्यु... कीट्स के शब्द–'टु सिंक अपॉन द मिडनाइट विद पेन'...शायद कीट्स सच्चा था। इस शहनाई के स्वर से जीवित मांस के जलने की बू आ रही थी...और वेदी जल रही थी और दुर्गादास और वन्ती उसके गिर्द घूम रहे थे...

कहीं से दो जुगनू उस अखरोट के तने के निकट झिलमिलाने लगे। दो नाज़ुक आकाश-किरणें उस बुत की पत्थर की आंखों के निकट कांपने लगीं, लेकिन उसकी आंखों में ज्योति न थी और हाथ बेजान थे। वह उन्हें पकड़ न सकता था, कोई उसके कानों में कह रहा था, 'इतनी प्रसन्नता न सह सकूंगी। अब मैं मर जाऊं तो अच्छा है—जब तक जीवित हूं तुम्हारे साथ हैं'—लेकिन वह जीवित न था। वह तो पत्थर का बुत था और उस आवाज़ को सुन न सकता था, 'ओ माई डार्लिंग...ओ माई डार्लिंग !' वन्ती ने अपने होंठ उसके होंठों पर रख दिए। वह उसके गले से लिपटी जा रही थी...ओ माई डार्लिंग...लेकिन उसके होंठ निर्जीव थे...ठण्डे और बेजान और भिचे हुए...और वह वन्ती को चूम न सकता था।

जुगनुओं की कांपती हुई प्रकाश-किरणें झिलमिला रही थीं। सरूपकिशन के आंगन में लड़कियां गीत गा रही थीं—"सोहने रांझे ने मुन्द्रां पाइयां...जिन्हा लाइयां नी तोड़ निभाइयां।" चांद चमक रहा था और अखरोट के नीचे चांदनी और अन्धकार का सुन्दर संगम था और उस संगम में पत्थर का वह बुत अकेला खड़ा थानिर्जीव, शांत, निष्चेष्ट ! "जिन्हां लाइयां नी तोड़ निभाइयां," यह लड़कियों का गीत था या शहनाई का नगमा या घायल पक्षी की आवाज़...ओ माई डार्लिंग...ओ माई डार्लिंग...

चांदनी राख की तरह बरसती रही। वातावरण देर तक उस घायल चीख की पुकार से कांपता रहा, लेकिन पत्थर का बुत अखरोट के तने का सहारा लिए चुपचाप खड़ा रहा। उसकी आंखें बुझी हुई थीं और होंठ अन्दर की ओर भिचे हुए...

न जाने कितने दिनों तक वह उसी तरह जीवन और मृत्यु के बीच लटकता रहा। कितने ही दिनों से कुछ खाया-पिया नहीं था।

उसे कुछ ज्ञान न था कि वह कहां है, क्या कर रहा है, कब सोता है, कब जागता है। उसकी माता व्याकुल थी, पिता की आंखों में आंसू थे, छाया को भी उसने अपने सिर पर हाथ फेरते देखा था। नायब तहसीलदार की बातें भी उसने सुनी थीं और सैयदां की अफवाहें भी।...चन्द्रा पागल हो गई थी। वह गांव-गांव घूमती फिरती थी। उसके कपड़े फटे हुए थे। वह हर किसीको मोहनसिंह समझती थी और उसे ज़बरदस्ती मक्की के खेतों में घसीट ले जाती थी। उसके मुंह से राल बहती थी...आज वंती धर्मशाला में पूजा के लिए गई थी और सांप की मूर्ति को दूध से नहलाया था। आज वंती अपनी सहेलियों के साथ ठाकुरजी की पूजा को गई थी और उसने नदी में तरनारी के फूल बहाए थे। आज वंती ने हरे रेशम के झिलमिलाते हुए कपड़े पहन रखे थे और उसकी नाक में सफेद मोती की कील चमक रही थी...। उनके संबंधी लाहौर में आ गए थे जिन्हें मंगनी पर आने को लिखा गया था। वे बाग में आरामकुर्सियों पर बैठे श्याम से बातें कर रहे थे और वह हं-हां में उनका उत्तर दे रहा था।...उसकी माता की प्रार्थनाएं, उसके पिता का कोमल स्वर...वह खाना भी खा रहा था। वह वस्त्र भी बदल रहा था। वह नायब तहसीलदार के साथ सैर को भी जा रहा था। वह आड़ूओं के कंज में किताव भी पढ़ रहा था। और फिर उसे ऐसा मालूम होता जैसे वह, वह नहीं। वह किसी अन्य व्यक्ति को यह सब कार्य करते हुए देख रहा है। जैसे वह इन सब बातों से अलग-अलग एक ऊंची चट्टान पर एक दर्शक बना इस खेल को देख रहा है। इस खेल में प्रसन्नता थी न शोक। इस खेल से उसका कोई सम्बन्ध न था। उसकी अनुभूति जड़ हो चुकी थी, उसकी आत्मा निस्तब्ध और उसका अन्तस्तल बरफ का एक टुकड़ा।

मंगनी ! यह किसकी मंगनी हो रही थी ? वह उसी अस्तव्यस्तता में सोचने लगा। यह सारा आडम्बर किसलिए? क्या सिन्दूर के एक तुच्छ, अधम गोल-से टीके के लिए, जो पत्थर के बुत के माथे पर इसलिए लगा दिया जाए ताकि शताब्दियों तक कोढ़ के एक बदसूरत दाग की तरह झिलमिलाता रहे ? अजीब लोग हैं ये भी ! यह कैसा संसार है ! तर्क, सचाई, न्याय उसे थोथे शब्द प्रतीत होने लगे; ऐसे शब्द जिनमें आत्मा न थी, जिनमें से आत्मा निकालकर बाहर फेंक दी

गई थी और अब उसे ये शब्द चन्द्रा की तरह पागल मालूम होते थे। केवल ये शब्द ही नहीं बल्कि ये लोग भी जो प्रतिक्षण इन शब्दों का सहारा ढूंढ़ते थे, उसे पथभ्रष्ट मालूम होते थे। बेचारे मुसाफिर रास्ता भूल गए हैं और अब शहनाइयां और ढोलके और मिसरी की डलियां इकट्ठी कर रहे हैं ताकि मिसरी की मिठास और आनन्द में उस घायल चीख की कटुता और उस मरते हुए पक्षी की अन्तिम उड़ान को गुम कर सकें जिसे उन्होंने स्वयं अपने हाथों आहत किया था। उस बुत के माथे पर सिन्दूर का टीका लगाएं जिसकी आत्मा को उनके क्रूर हाथों ने नोच-नोचकर बाहर फेंक दिया था। मंगनी ? उसने सोचा, मंगनी बड़ी अच्छी चीज़ है। मंगनी के बाद एक भूत एक बरफ की शिला को अपने पल्लू से बांधे हुए सुन्दर वेदी के गिर्द घिसटता हुआ घूमता है। वेदी जलती है और शहनाई बजती है, जिसके ऊंचे स्वरों में जीवित मांस के जलने की बू आती है। अच्छा खेल है ! अच्छा हो चाहे बुरा, वह तो एक ऊंची चट्टान पर बैठा है और उन लोगों का तमाशा देख रहा है; उसे क्या ?

उसे क्या ? यह मंगनी का दिन था। शहनाइयां बज रही थीं। बाग और बंगला झंडियों से सजे हुए थे। स्त्रियां सुन्दर वस्त्र पहने इधर-उधर आ-जा रही थीं। पुरुषों ने श्वेत-उज्ज्वल कपड़े पहन रखे थे। हां, कहीं-कहीं नीम के बड़े-बड़े धब्बे थे। कई एक ने अधिक सफेदी के प्रयत्न में कपड़े नीले कर लिए थे। बेचारे इन्सान ! देहाती !...यह लड़की कौन है ? अच्छी-खासी मालूम होती है। मुस्करा भी रही है।...यह तहसीलदार साहब हैं। यह उनके सम्बन्धी हैं। यह तहसीलदार साहब की पत्नी हैं। यह छाया है...यह चमगादड़ है जो एक अंधियारे कमरे की दीवारों के साथ अपना सिर टकराता फिरता है...। नमस्कार पण्डितजी ! आहा ! तहसीलदार साहब की पत्नी पण्डित सरूपकिशन के चरण छू रही हैं... अजंता का चित्र मुस्करा रहा था, अभिमानपूर्वक ! वह जीवित था, वह सफल था। उसकी सभ्यता, संस्कृति, कला, साहित्य सब कुछ जीवित था। एक श्वेत दुपट्टा गर्दन के दोनों ओर लहरा रहा था...तुम मुझे मृत समझते हो ! मूर्ख, मेरी मुस्कराहट देख। मेरे गालों की चमक, मेरी आवाज़ की तेजी, गेरे होंठों की मुस्कान देख ! मैं जीवित हूं, केवल तुम पत्थर के बुत हो। समाज की आत्मा मेरी

मुट्ठी में है। मूर्ख, काल्पनिक संसार में उड़नेवाले...

हवन होने लगा। पण्डित आसनों पर बैठे श्लोक पढ़ रहे थे। आग जल रही थी। आग का धुआं और सुगंधित घी की लपटें। एक थाल में चावल, जाफरान, सिन्दूर, गुलाब की पत्तियां, सुगंधित निर्मल जल और घी का एक दीया जलता हुआ। एक लौ...अकेली ! रौ में है रख़्शे-उम्र देखिए कहां थमे—न हाथ बाग पर है न पा रकान में।...[1] लेकिन उसके पांव रकाबों में थे। वह घोड़े की पीठ पर बैठा हुआ था और बह और गुलाम हुसैन साथ-साथ चले जा रहे थे।

शहनाई बज रही थी, ढोलक बज रही थी, गीत गाए जा रहे थे। एकाएक पंडित सरूपकिशन ने हाथ का इशारा किया और दूसरे ही क्षण चारों ओर चुप्पी छा गई। केवल हवन की लकड़ियां कभी-कभी चटख उठतीं या लपटों में घी के जलने की आवाज़ आती जैसे जीवित मांस भूना जा रहा हो। पण्डितजी श्लोक पढ़ रहे थे। अन्तिम श्लोक जिसके बाद चन्दन, जाफरान, सिन्दूर, गुलाबजल और चावल का टीका लगता है। अजीब तमाशा था और वह उस ऊंची चट्टान पर बैठा उस सारे दृश्य को देख रहा था।

पण्डितजी ने हाथ का इशारा किया और तहसीलदार साहब की पत्नी ने थान उठा लिया और धीरे-धीरे आगे बढ़ी। यह क्या ! हे भगवान यह क्या ! वह उसकी ओर बढ़ी चली आ रही थी। उसकी ओर जो इन सबसे अलग-थलग एक ऊंची चट्टान पर बैठा था। सब लोगों की दृष्टि उसपर जमी हुई थी। लड़कियों के मुस्कराते हुए चेहरे उसकी ओर थे जो उसे एक खेल समझ रहा था। एक तमाशा जिसमें न प्रसन्नता है, न शोक...। वह मुस्कराते हुए उसकी ओर बढ़ी चली आ रही थी और दुनिया की नज़रें पत्थर के उस बुत के माथे पर लगी हुई थीं जहां कुछ ही क्षणों में कोढ़ का बदनुमा दाग लगा दिया जाएगा और जो फिर शताब्दियों तक झिलमिलाता रहेगा। नहीं, नहीं ! यह मंगनी उसकी न थी। वह पत्थर का बुत था, तो भी उससे यह अपराध न हो सकता...हाथ उसके निकट आ रहा था, नहीं...नहीं, मैंने कोई अपराध नहीं किया। मैं तो केवल दर्शक हूं।

---

[1] जीवन-यात्रा न जाने किस ओर कहां जाकर रुकेगी—न तो हाथ में घोड़े की लगाम है और न रकाब में पांव ही।

तुम लोगों का तमाशा देख रहा था। एक पत्थर का निरपराध दर्शक ! भगवान के लिए यह कोढ़ मुझे न दो।...समाज का हाथ उसकी ओर बढ़ा चला आ रहा था। इतना बड़ा और भयंकर हाथ और उस हाथ में लाल टीका जगमगा रहा था जैसे एक तेज़ जलती हुई मशाल। यह मशाल मेरी आंखें झुलस देगी। मेरे माथे को जला देगी। नहीं, नहीं ! मैंने कोई अपराध नहीं किया। उफ ! यह आग की लपलपाती जिह्वाएं ...

एकाएक उसने सुना। एक छोटा-सा लड़का दरवाज़े की दहलीज़ पर खड़ा चिल्ला-चिल्लाकर कह रहा था—"वंती मर गई—वंती मर गई।"

और उस पत्थर के बुत में जान पड़ गई। उसने ज़ोर से अपनी माता का हाथ झटक दिया। थाल एक छनाके के साथ फर्श पर आ रहा और वह बड़ी तेज़ी से घर से निकल गया।

37

वह भागता चला जा रहा था और उसके माता-पिता, अन्य सम्बन्धी और नौकर-चाकर उसे आवाजें दे रहे थे। लेकिन उसे ये आवाजें किसी दूसरी दुनिया से आती हुई प्रतीत हो रही थीं। वह उन आवाज़ों के मद्धम कोलाहल में मृत्यु के उस तूफान को गरजते सुन रहा था, जो बार-बार हज़ारों-लाखों तोपों की गरज के साथ कह रहा था—वंती मर गई, वंती मर गई। इस तूफान की गरज से उसके कानों के परदे फटे जा रहे थे, लेकिन वह फिर भी उसे बार-बार सुन रहा था—वंती मर गई, वंती मर गई। बिजली की कड़क की तरह वे शब्द उसे बारबार सुनाई देते थे। एक भयानक बादल की लहरें उसकी आत्मा के तट से टकरा रही थीं और वह चट्टान और वह पत्थर का बुत चकनाचूर हो गया था। वही बिजली इस पत्थर के बुत पर गिरी थी, जिसने वंती की मृत्यु का शोकजनक समाचार अपनी कड़क में भरकर सारे विश्व में फैला दिया था। वंती मर गई थी और उसकी अनुभूतियां जीवित हो उठी थीं। उसकी रग-रग में ज्वालाएं रच गई थीं। वह सरूपकिशन के घर की ओर भागा चला जा रहा था, क्योंकि अब वह बुत तमाशाई न था, उस तमाशे का एक भाग था...

वंती सरूपकिशन के घर में थी। वह प्रातः नदी पर नहाने गई थी और फिर न लौटी थी। दुर्गा ने उसे बताया कि एक प्रकार से तो वह वंती की मृत्यु से प्रसन्न था, क्योंकि वन्ती का पवित्र यौवन और फूल की तरह निष्पाप सौन्दर्य दुर्गा की कुरूपता और अधेड़पन को और भी प्रत्यक्ष कर देता था और जब से वन्ती उनके यहां आई थी, वह हर समय बुझी-बुझी-सी रहती थी। दुर्गा जानता था कि बन्ती वहां खुश न थी। कभी खुश न रह सकती थी। उसने दुर्गादास की समस्त कामनाओं को ठुकरा दिया था। उसके चेहरे से गुलाब के फूल मुरझा चुके थे। अब वहां बरफ थी...श्वेत ठण्डी बरफ, जो उन ऊंचे पर्वतों की याद दिलाती थी जिनकी चोटियों तक मनुष्य के कदम आज तक नहीं पहुंच पाए। यही बरफ उसकी दृष्टि में थी और यद्यपि बह मुंह से कुछ न कह सकती थी, लेकिन वह अपनी दृष्टि दुर्गादास या सरूपकिशन के चेहरे पर गाड़ देती तो वे उस बरफीली दृष्टि से नज़र न मिला सकते और उनके सारे शरीर में सिहरन-सी दौड़ जाती। उसकी आंखों की भयानक, बर्फीली गम्भीरता से घर के वातावरण पर एक कंपकंपी-सी छा जाती और दुर्गा को महसूस होता कि आषाढ़ की ऋतु में फागुन की तूफानी हवाएं चल रही हैं जो उसके घर में फुंकारती हुई छत फाड़कर निकल जाएंगी। और उसे वन्ती से भय आने लगा और वह उसके आगमन को एक अपशकुन समझने लगा और मन ही मन में उससे घृणा करने लगा।

विवाह के बाद वन्ती की सहेलियों ने उसे हंसते या मुस्कराते बहुत कम देखा। उसके चेहरे की गहरी गंभीरता एक आवरण की तरह उसकी आत्मा के गिर्द लिपटी हुई थी और कोई न देख सकता था कि उस आत्मा के भीतर क्या है; वन्ती क्या देख रही है, क्या सोच रही है। सहेलियों के बहुत तंग करने और बार-बार गुदगुदाने पर कभी वह मुस्करा देती, लेकिन कुछ इस तरह जैसे बरफ की शिला पर कोई भूली-भटकी किरण थर्राई हो, दूसरे ही क्षण वह किरण भी गायब हो जाती और उसके मुस्कराते हुए, कांपते हुए होंठ आंसुओं में भीगे हुए-से प्रतीत होने लगते...।

विवाह से पूर्व भी और विवाह के पश्चात् भी उसकी पूरी-पूरी निगरानी की

जाती थी। उसे घर से कभी अकेले न निकलने दिया जाता। हर समय स्त्रियां उसे घेरे रहतीं। कोई न कोई अवश्य उसके पास मौजूद होता। लेकिन वन्ती को उनकी उपस्थिति का बहुत कम अनुभव होता था। अब वह दूर, बहुत दूर चली गई थी, चली जा रही थी। अब उसे किसी प्रकार की परेशानी न थी...न वह उन परेशानियों को हैरानी की नज़र से देखती थी। वह सब कुछ ठीक ही तो था। प्रथा-परम्पराओं के अनुसार यह सब कुछ न्यायपूर्ण था। केवल उसका हृदय जम चुका था, आत्मा जम चुकी थी और वे ग्लेशियर जो दूसरों को उसकी आंखों में नज़र आते थे, स्वयं वन्ती की आंखों में फिसल रहे थे। मृत्यु की वह परछाईं जिसका अनुभव लोगों को अपने लिए होता था, वास्तव में वन्ती की अपनी आंखों में छाई हुई थी।

और जब सहेलियों ने उसे बताया कि तहसीलदार के लड़के की सगाई होने जा रही है और यह भी कि शगुन बड़े ठाठ से होगा, गांव-भर की औरतें वहां जमा होंगी और वहां विवाह से भी अधिक रौनक होगी, तो भी वह चुप ही रही और किसीने उसकी बड़ी-बड़ी पुतलियों की हैरानी को न देखा। नहीं, शायद यह हैरानी न थी, बल्कि एक विचित्र प्रकार की अनुभूति, एक हृदय-विदारक अनुभव की गहराई भी उस हैरानी में मिली हुई थी। एक ऐसी हैरानी जिसमें उसकी आत्मा की जलन, उसके हृदय का लहू घुला हुआ था और इसके साथ ही उसके चेहरे पर एक ऐसी विचित्र मुस्कान उमड़ आई जिसमें कटुता भी थी, मधुरता भी और ममता भी; लेकिन किसीने उसकी उसे विचित्र मुस्कान को न समझा, न उसकी दृष्टि को।

और जब उसकी सहेलियों ने उससे पूछा कि क्या वह मंगनी में सम्मिलित होगी—उनके साथ चलेगी न ? तो उसने अजीब-सी मुस्कराहट के साथ कहा, "हां, मैं ज़रूर चलूंगी।" और वह मंगनी के दिन बहुत सवेरे उठी और नये वस्त्र लेकर अपनी सहेलियों के साथ नदी पर नहाने के लिए चल दी। मान्दर की नदी पर नहीं बल्कि रोड़ी नाले पर, जो बाजार के पीछे एक सुन्दर घाटी में एक मन्दगति नदी की तरह बहता था। जिस स्थान पर वन्ती और उसकी सहेलियां नहा रही थीं, वहां उन्होंने बांध लगाकर पानी की एक सुन्दर, छोटी-सी झील

बना डाली थी। यहां नदी के एक तरफ ऊंची-ऊंची झाड़ियां थीं और दूसरी तरफ जंगली अंजीर के वृक्षों का झुण्ड, जिसकी घनी छाया से यह स्थान ओट में हो गया था।

नहा-धोकर वन्ती ने वस्त्र बदले। उसने वही सूट पहना जो उसने बहुत समय हुआ गंगू मिशर के लड़के के विवाह में पहना था। आज नियम-विरुद्ध वह मुस्करा रही थी और उसके नरम-नाज़ुक होंठ रह-रहकर कांप उठते थे और उसकी आंखों में एक अद्भुत चमक दौड़ जाती थी। हां, उसके मुख पर लालिमा न थी और उसके मुख का गौरवर्ण उसकी घनी पलकों की काली पंक्ति को और भी उज्ज्वल कर रहा था। लड़कियां इस परिवर्तन पर हैरान थीं और असल बात समझे बिना उसे बार-बार छेड़ रही थीं, लेकिन वंती ने उनकी चंचलतापूर्ण बातों का कोई उत्तर न दिया।

नहा-धोकर और वस्त्र बदलकर वह अपनी सहेलियों के साथ धीरे-धीरे वापस चल दी। चांदी के तारोंवाले लहरिये दुपट्टे ने उसके चेहरे की चमक को उज्ज्वल कर दिया था और उसके घने बालों का जाल रह-रहकर उस दुपट्टे की झीनी सिलवटों में से झलक उठता था। अपने एक हाथ में उसने कांसी का एक कटोरा उठा रखा था। जिसमें तरनारी के फूल रखे हुए थे। धड़े के पहाड़ की चरागाहों पर धीरे-धीरे धुन्ध फैल रही थी...आज वह श्याम को देखेगी, अपने प्रियतम को देखेगी। वह उसे देखे बिना नहीं रह सकती। उसका दिल कांपने लगा और उसकी आत्मा पर जमी हुई बरफ धीरे-धीरे पिघलने लगी" वह उसे अवश्य देखेगी। चरागाहों पर धुन्ध छा रही थी, अपने प्रियतम के प्रिय स्पर्श की तरह...और नीलाधारी की झाड़ियों के आंचल में एक सुन्दर झरना था और वह अपने मनमोहन श्याम की गोदी में थी। चारों ओर अंजों के नीले-नीले फूल खिले हुए थे, झाड़ियों में छिपी हुई बुलबुल गीत गा रही थी और तरनारी के फूलों की आकाशगंगा कांप रही थी। उसने अपनी आंखें बन्द कर लीं। एकाएक वह लड़खड़ा गई। धरती-आकाश घूमने लगे, कटोरा उसके हाथ से छूटकर नीचे गिरा और तरनारी के फूल चारों ओर बिखर गए। "वन्ती, वन्ती !" उसकी सहेलियों ने उसे थामते हुए कहा। लेकिन वह अब चल न सकती थी। वह वहीं

एक शहतूत के तने के निकट घास पर लेट गई। धरती-आकाश घूमे जा रहे थे और उससे अपनी पलकें न उठाई जाती थीं...उसकी सांस मद्धम होती चली गई और उसकी समस्त अंनुभूतियां गोलाकार रूप में घूमती-घूमती लोप होने लगीं... दो जुगनू चमक रहे थे और उसकी उंगलियों की पोरों पर, पलकों पर, गालों पर, होंठों पर, गरदन पर चुम्बनों की वर्षा हो रही थी। हल्की-हल्की, नन्ही-नन्ही बूंदों की तरह...और उन बूंदों में दो जुगनू चमक रहे थे और कोई कह रहा था—जब तक मैं ज़िदा हूं, तुम्हारे साथ हूं...

और उसकी सहेलियां जोर-जोर से चिल्लाने लगीं, "वन्ती, वन्ती !" लेकिन वन्ती वहां न थी। वह दूर, बहुत दूर चली गई थी...यद्यपि उन्होंने बहुत शोर मचाया, उसके हाथ-पांव मले, उसके शीतल गालों को सहलाया, लेकिन वन्ती की घनी पलकों में कोई जान पैदा न हई, न उसके होंठ ही कांपे, न ही उसकी नसों में जीवन का श्वास फूटा। वह एक बरफ की मूर्ति के समान उस शहतूत के वृक्ष के नीचे पड़ी थी और ऊपर डाल-डाल पर हरे-हरे तोते चिल्ला रहे थे...वन्ती उठ ! वन्ती जाग ! जाग ! तेरे प्रियतम का शगुन है। देख, पर्वतों पर धुन्ध फैल रही है। सूरज का सोना नदी की आंखों में चमक रहा है। तेरी सहेलियों के हृदयों में प्रेम के गीत रुके हुए हैं। उठ प्यारी वन्ती ! लाजवन्ती, छुईमुई जैसी नाज़ुक लजीली कुंवारी उठ ! देख तेरे प्रियतम के माथे पर शगुन का टीका चमक रहा है और तेरी मांग सुहाग के सिन्दूर में रची हुई है। उठ प्यारी वन्ती ! देख संसार कितना सुन्दर है ! शहतूत के पेड़ पर गुलाबी, किरमज़ी शहतूत लम्बी-लम्बी बालियों की तरह लटक रहे हैं और खेतों पर धुन्ध फैलती जा रही है, प्रियतम के मधुर स्पर्श की भांति...

और यद्यपि तोते देर तक चिल्लाते रहे, उसकी सहेलियां देर तक शोर मचाती रहीं, यहां तक कि बहुत-से लोग जमा हो गए, और यद्यपि संसार उसी तरह सुन्दर था और नीले आकाश पर सावन के बादल राजकुमारों की भांति अपने बहुमूल्य वस्त्र पहने, जिनमें धुन्ध का रेशम और किरणों के सुनहरे तार गुंथे हुए थे—अपनी इठलाती चाल से गुजर रहे थे—लेकिन वन्ती को ऐसे दृश्य देखने का अवकाश कहां था ! उसने किसी ओर भी पलक उठाकर न देखा। वह चुपचाप बरफ के ग्लेशियर की ओर बढ़ती गई।

उसकी मां, श्याम, पण्डित सरूपकिशन और दुर्गादास और बहुत-से लोगों ने उसे शहतूत के वृक्ष के नीचे सोते हुए पाया। श्याम ने बढ़कर उस बरफ की मूर्ति को अपनी भुजाओं में उठा लिया। वन्ती के बालों का घना जाल जमीन तक बिखर गया। वह उसके श्वेत, धवल चेहरे की ओर देखने लगा। उसकी घनी पलकों की पंक्ति की ओर, जिनकी गहराइयों में आंसू की झीलें जमकर रह गई थीं। अब कोई बुलबुल उड़ानें न भर रही थी, वह तो देवदार की सबसे ऊंची टहनी से दूर उड़कर आकाश में खो गई थी।...श्याम पागल हो उठा, उसने अपना चेहरा उसके वक्षस्थल में छिपा लिया और सिसक-सिसककर कहने लगा...ओ माई डार्लिंग...ओ माई डार्लिंग...

...और अब उसे केवल इतना याद था कि मान्दर की नदी के किनारे एक चिता जल रही थी और उसकी लपटें नदी के स्तर पर नाच रही थीं।...वह श्वेत हिमशिला अब चांदी की भभूत में परिवर्तित होती जा रही थी। हवा दम साधे हुए थी, बादल घिरे हुए थे और शफतालू का एक वृक्ष उस चिता के निकट खड़ा था जिसके पत्ते, फल-फूल सब झड़ चुके थे। वह उस वसन्त ऋतु में अपने जीवन की पतझड़ लिए चुपचाप खड़ा था। चिता जल रही थी और वह बरफ की मूर्ति चांदी की भभूत बनती जा रही थी।

चिता के निकट दुर्गादास खड़ा था—मौन, सिर झुकाए; लपटों के प्रकाश में उसकी भयानक परछाई एक भूत की तरह नदी के स्तर पर कांप रही थी। श्याम का प्रतिबिम्ब भी एक भूत था और बलभद्र का भी, सरूपकिशन का भी और छाया का भी।...और इन जीवित भूतों के मध्य में एक चिता जल रही थी।

...और शफतालू का वृक्ष अकेला खड़ा था।

OOO